James Baldwin

Beale Street Blues

Roman

Deutsch
von
Nils Thomas Lindquist

Rowohlt

Die amerikanische Originalausgabe erschien 1974
unter dem Titel «If Beale Street Could Talk» bei The Dial Press, New York
Die Vorbemerkung auf Seite 5 schrieb James Baldwin
für die deutsche Ausgabe
Schutzumschlag- und Einbandentwurf von Hannes Jähn

1.–30. Tausend August 1974

Gesamtherstellung Clausen & Bosse, Leck/Schleswig
Printed in Germany
ISBN 3 498 00442 5

Die Beale Street ist eine Straße in New Orleans, wo mein Vater, wo Louis Armstrong und der Jazz geboren wurden.

Jeder in Amerika geborene Schwarze ist in der Beale Street, ist im Schwarzen-Viertel irgendeiner amerikanischen Stadt geboren, ob in Jackson, Mississippi, oder in Harlem in New York: alle ‹Nigger› stammen aus der Beale Street. Die Beale Street ist unser Erbe. Dieser Roman handelt von der Unmöglichkeit *und* von der Möglichkeit, von der absoluten Notwendigkeit, diesem Erbe Ausdruck zu geben.

Die Beale Street ist eine laute Straße. Es bleibt dem Leser überlassen, aus dem Schlagen der Trommeln den Sinn herauszuhören.

James Baldwin

Für
Yoran

Mary, Mary,
Welchen Namen willst du
diesem Kindlein geben?

I

Mir ist angst um meine Seele

Herr, mir ist angst,
Mir ist angst,
Mir ist angst um meine Seele . . .

Ich sehe mich im Spiegel an. Ich weiß, daß ich auf den Namen Clementine getauft bin, und so wäre es sinnvoll, wenn die Leute mich Clem nennen würden, oder gar, stell dir vor, Clementine, denn so heiße ich immerhin; aber sie tun es nicht. Die Leute nennen mich Tish. Auch gut, denke ich. Ich bin müde, und langsam glaube ich, daß vielleicht alles, was geschieht, irgendwie sinnvoll ist. Denn angenommen, es wäre nicht sinnvoll, wie könnte es dann geschehen? Aber das ist wahrhaftig ein schrecklicher Gedanke. So ein Gedanke kann nur aus Schwierigkeiten entstehen – Schwierigkeiten, die sinnlos sind.

Heute habe ich Fonny besucht. Fonny – das ist auch nicht sein richtiger Name, er ist auf den Namen Alonzo getauft, und es wäre vielleicht sinnvoller, wenn die Leute ihn Lonnie nennen würden. Aber nein, wir haben ihn immer Fonny genannt. Alonzo Hunt, das ist sein Name. Ich kenne ihn, so lange ich lebe, und ich hoffe, daß ich ihn immer kennen werde. Aber Alonzo nenne ich ihn nur, wenn ich ihm etwas ganz Schwieriges beibringen muß.

Heute sagte ich: «– Alonzo –?»

Und er sah mich an, mit dem lebendigen, fragenden Blick, mit dem er mich immer ansieht, wenn ich ihn bei seinem Namen nenne.

Er ist im Gefängnis. Da waren wir nun: ich saß auf einer Bank vor einem Brett, und er saß auf einer Bank vor einem Brett. Und wir sahen uns durch die Glaswand zwischen uns an. Durch das Glas kann man nichts hören; darum hat man ein kleines Telefon. Da muß man reinsprechen. Ich weiß nicht, warum die Leute immer nach unten blicken, wenn sie ins Telefon sprechen, aber das tun sie immer. Man muß daran denken, daß man aufsieht zu dem Menschen, mit dem man spricht.

Ich denke jetzt immer daran, denn Fonny ist im Gefängnis, und ich liebe seine Augen, und jedesmal wenn ich ihn sehe, habe ich Angst, daß ich ihn nie wiedersehen werde. Also, kaum bin ich dort, nehme ich den Hörer ab, und ich halte ihn einfach in der Hand und sehe Fonny die ganze Zeitlang an.

Wie ich also sagte «– Alonzo –?», da blickte er nach unten, und dann sah er auf und lächelte und hielt den Hörer und wartete.

Ich wünsche es keinem, daß er den, den er liebt, je durch eine Glasscheibe ansehen muß.

Und ich hab es auch nicht so gesagt, wie ich's sagen wollte. Ich wollte es wie ganz nebenbei sagen. Er sollte sich nicht beunruhigen, sollte verstehen, daß ich es ohne einen Vorwurf im Herzen sagte.

Verstehst du: ich kenne ihn. Er ist sehr stolz, und er macht sich furchtbar viele Gedanken, und wenn ich's mir recht überlege, dann weiß ich – er weiß es nicht –, daß dies der Hauptgrund ist, warum er im Gefängnis ist. Er macht sich sowieso schon zu viele Gedanken, und ich will nicht, daß er sich auch noch meinetwegen Gedanken macht. Wirklich, am liebsten hätte ich ihm gar nicht gesagt, was ich sagen mußte. Aber ich wußte, ich mußte es sagen. Er mußte es wissen.

Und ich dachte auch: wenn er irgendwann aufhört, sich Gedanken zu machen, wenn er nachts allein daliegt, wenn er ganz allein ist, dann wird er sich vielleicht in seinem tiefsten Innern, wenn er daran denkt, freuen. Und das kann ihm helfen.

Ich sagte: «Alonzo, wir bekommen ein Kind.»

Ich sah ihn an. Ich weiß, daß ich lächelte. Er machte ein Gesicht, als würde er ins kalte Wasser springen. Ich konnte ihn nicht anfassen. Ich hätte ihn so gern angefaßt. Ich lächelte wieder, und meine Hände am Telefonhörer wurden feucht, und dann sah ich ihn einen Moment überhaupt nicht mehr, und ich schüttelte den Kopf, und mein Gesicht war naß, und ich sagte: «Ich freu mich, ich freu mich. Mach dir keine Sorgen, ich freu mich.»

Aber jetzt war er weit weg von mir, ganz allein. Ich wartete, daß er zurückkam. Ich sah, wie sein Gesicht aufleuchtete: *mein* Kind? Ich wußte, daß er das dachte. Ich will damit nicht sagen, daß er an *mir* zweifelte: aber ein Mann denkt so was. Und in diesen paar Sekunden, während er dort draußen allein war, weit weg von mir, war das Kind das einzig Wirkliche auf der Welt, wirklicher als das Gefängnis, wirklicher als ich selbst.

Ich vergaß zu sagen: wir sind nicht verheiratet. Für ihn bedeutet das mehr als für mich, aber ich verstehe, wie er fühlt. Wir wollten heiraten, aber dann kam er ins Gefängnis.

Fonny ist zweiundzwanzig. Ich bin neunzehn.

Er fragte die alberne Frage: «Bist du sicher?»

«Nein. Ich bin nicht sicher. Ich will dich nur durcheinanderbringen.»

Da grinste er. Er grinste, denn jetzt wußte er es.

«Was machen wir nun?» fragte er mich – wie ein kleiner Junge.

«Na, wir werden's ja sicher nicht ersäufen. Also werden wir's wohl aufziehen müssen.»

Fonny warf den Kopf zurück und lachte. Er lachte, bis ihm die Tränen über das Gesicht liefen. Da wußte ich, daß der erste Teil, vor dem ich mich so gefürchtet hatte, geschafft war.

«Hast du's Frank erzählt?» fragte er. Frank ist sein Vater.

Ich sagte: «Noch nicht.»

«Und deinen Leuten?»

«Noch nicht. Aber mach dir darum keine Gedanken. Ich wollte nur, daß du es zuerst weißt.»

«So was», meinte er. «Das läßt sich hören. Ein Kind.»

Er sah mich an, dann blickte er nach unten. «Was machst du nun, im Ernst?»

«Ich werde das machen, was ich bisher gemacht hab. Ich werde bis zum letzten Monat arbeiten. Und dann werden Mama und Sis für mich sorgen, mach dir da keine Gedanken. Und bis dahin haben wir dich sowieso hier rausgeholt.»

«Bist du da sicher?» Mit seinem kleinen Lächeln.

«Natürlich bin ich da sicher. Ich hab nie daran gezweifelt.»

Ich wußte, was er dachte, aber ich darf einfach nicht darüber nachdenken – nicht solange ich ihn vor mir sehe. Ich *muß* sicher sein.

Dann erschien der Mann hinter Fonny, und es war Zeit zu gehen. Fonny lächelte und hob die Faust, wie er es jedesmal tat, und ich hob auch die Faust, und er stand auf. Immer wenn ich ihn hier drinnen sehe, bin ich überrascht, wie groß er ist. Natürlich, er hat abgenommen, und dadurch wirkt er größer.

Er drehte sich um und ging durch die Tür, und die Tür fiel hinter ihm zu.

Mir war schwindlig. Ich hatte den ganzen Tag kaum was gegessen, und es war schon ziemlich spät.

Ich ging hinaus, durch die großen, breiten Korridore, die ich hassen gelernt habe – Korridore, die sich weiter erstrecken als die Wüste Sahara. Die Sahara ist nie leer; diese Korridore sind nie leer. Wenn du durch die Sahara gehst, und du fällst, umkreisen dich bald die Geier. Sie riechen, sie fühlen deinen Tod. Sie kreisen immer niedriger: sie warten. Sie wissen. Sie wissen genau, wann das Fleisch reif ist, wann der Geist sich nicht mehr wehren kann. Die Armen sind immer auf dem Weg durch die Sahara. Und die Anwälte und die Kautionsvermittler und all dieses Pack umkreisen die Armen – genau wie die Geier. Natürlich sind sie kaum reicher als die Armen, nein, das ist ja der Grund, warum sie zu Geiern geworden sind, zu Aasfressern, zu widerlichen Fledderern, und damit meine ich auch die schwarzen Typen, die in mancher Hinsicht noch schlimmer sind. Ich persönlich, glaube ich, würde mich schämen. Aber wenn ich länger darüber nachdenke, dann sage ich mir, vielleicht auch nicht. Ich weiß nicht, was ich nicht alles täte, um Fonny aus dem Gefängnis rauszuholen. Hier drinnen bin ich noch keinem begegnet, der sich schämt, keinem – außer Leuten wie mir, außer den hart arbeitenden schwarzen Frauen, die Tochter zu mir sagen, außer den stolzen Puertorikanern, die nicht begreifen, was los ist – zum Beispiel spricht niemand hier, der mit ihnen redet, Spanisch –, und die sich schämen, daß welche, die sie lieben, im Gefängnis sind. Aber es ist unrecht, daß sie sich schämen. Die Leute, die für die Gefängnisse verantwortlich sind, sollten sich schämen.

Ich schäme mich nicht für Fonny. Wenn überhaupt, dann bin ich stolz auf ihn. Er ist ein Mann. Wie er die ganze Scheiße hier schluckt, daran sieht man, daß er ein Mann ist. Manchmal, das gebe ich zu, fürchte ich mich, denn keiner kann all den Dreck schlucken, den sie ständig auf uns abladen. Aber dann mußt du eben irgendwie sehen, daß du's von einem Tag zum nächsten schaffst. Wenn du zu weit vorausdenkst, wenn du auch nur *versuchst*, zu weit vorauszudenken, dann schaffst du's nie.

Manchmal fahre ich mit der Subway nach Hause, manchmal

nehme ich den Bus. Heute nahm ich den Bus, weil es ein bißchen länger dauert und weil mir etwas schwer auf der Seele lag.

Wenn du Probleme hast, dann hat das manchmal eine komische Wirkung auf die Seele. Ich weiß nicht, wie ich's erklären soll. Die Tage gehen so dahin, und scheinbar hörst du den Menschen zu, und scheinbar sprichst du mit ihnen, und scheinbar tust du deine Arbeit, oder zumindest wird deine Arbeit irgendwie fertig; aber du hast keine Menschenseele gesehen oder gehört, und wenn jemand dich fragte, was hast du an diesem Tag getan, dann müßtest du eine Zeitlang nachdenken, ehe du antworten könntest. Aber gleichzeitig, und sogar am gleichen Tag – und das ist's, was so schwer zu erklären ist –, siehst du die Leute, wie du sie nie zuvor gesehen hast. Sie leuchten so klar wie eine blanke Klinge. Vielleicht deshalb, weil du die Leute anders siehst, als du sie sahst, bevor deine Schwierigkeiten anfingen. Vielleicht bist du noch mehr über sie verwundert, aber anders als sonst, und das macht sie dir sehr fremd. Vielleicht erschrickst du und bist wie betäubt, weil du nicht weißt, ob du dich überhaupt noch irgendwie auf wen verlassen kannst.

Und selbst wenn sie etwas tun wollten – was könnten sie tun? Zu niemandem in diesem Bus könnte ich sagen: Hören Sie, Fonny hat Schwierigkeiten, er ist im Gefängnis – kannst du dir vorstellen, was die alle hier im Bus zu mir sagen würden, wenn sie erfahren würden, aus meinem Mund, daß ich jemanden liebe, der im Gefängnis ist? –, und ich weiß, daß er nie ein Verbrechen begangen hat und daß er ein wunderbarer Mensch ist, bitte helfen Sie mir doch, ihn rauszuholen! Kannst du dir vorstellen, was die alle hier im Bus sagen würden? Und was würdest *du* sagen? Ich kann doch nicht sagen: Hören Sie, ich erwarte ein Kind, und ich habe Angst, und ich will nicht, daß dem Vater meines Kindes etwas geschieht, lassen Sie ihn nicht im Gefängnis sterben, bitte, oh, bitte! So was kann man nicht sagen. Und das heißt, daß man eigentlich gar nichts sagen kann. Schwierigkeiten haben, das heißt, du bist allein. Du setzt dich hin, und du siehst aus dem Fenster, und du fragst dich, ob du nun den Rest deines Lebens damit zubringst, in diesem Bus hin und her zu fahren. Und wenn du das tätest – was geschieht mit deinem Kind, was geschieht mit Fonny?

Und wenn du diese Stadt je gemocht hast, dann magst du sie jetzt nicht mehr. Wenn ich je aus dieser Sache rauskomme, wenn wir je da rauskommen, dann, das schwör ich, werde ich nie wieder einen Fuß in die Stadt New York setzen.

Vielleicht mochte ich sie, vor langer Zeit, als Daddy mich und Sis manchmal mitnahm und wir uns die Leute hier und die Gebäude anschauten und Daddy uns verschiedene Sehenswürdigkeiten zeigte und wir vielleicht im Battery Park eine Pause machten und Eis und Hotdogs aßen. Das war eine schöne Zeit, und wir waren immer sehr glücklich – aber das war wegen unserem Vater, nicht wegen der Stadt. Es war, weil wir wußten, daß unser Vater uns lieb hatte. Heute kann ich sagen, weil ich's jetzt ganz sicher weiß, daß die Stadt uns nicht mochte. Die Leute sahen uns an, als ob wir Zebras wären – und du weißt ja, manche mögen Zebras, und manche mögen sie nicht. Aber keiner fragt die Zebras.

Es ist wahr, ich hab nicht viele andere Städte gesehen, nur Philadelphia und Albany, aber ich schwöre, New York muß die häßlichste und schmutzigste Stadt in der Welt sein. Es muß die häßlichsten Gebäude und die gemeinsten Menschen haben. Und es hat auch die schlimmsten Polypen. Falls es irgendwo einen noch schlimmeren Ort gibt, dann muß der so nah bei der Holle liegen, daß du die schmorenden Menschen riechen kannst. Siehst du, und genau das ist der Geruch von New York im Sommer.

In den Straßen dieser Stadt habe ich Fonny kennengelernt. Ich war noch klein, er war nicht mehr ganz so klein. Ich war etwa sechs – so um dies Alter herum –, und er war ungefähr neun. Sie wohnten auf der anderen Straßenseite, er und seine Familie, seine Mutter und zwei ältere Schwestern und sein Vater, und sein Vater hatte einen Schneiderladen. Wenn ich heute zurückdenke, frage ich mich, für *wen* er wohl seine Schneiderei betrieb: wir kannten keinen, der Geld hatte, um seine Sachen zum Schneider zu bringen – na ja, vielleicht alle heiligen Zeiten mal. Aber ich glaube nicht, daß *wir* ihn geschäftlich am Leben halten konnten. Natürlich waren die Leute, die Farbigen, damals, höre ich, nicht mehr ganz so arm wie in den Tagen, als Daddy und Mama versuchten, zusammen ihren Weg zu machen. Sie waren damals nicht mehr so arm, wie wir's im Süden gewesen waren. Aber arm genug waren wir, das steht fest, und wir sind es immer noch.

Ich hatte Fonny nie weiter beachtet, bis wir einmal nach der Schule in Streit gerieten. Dieser Streit hatte mit Fonny und mir eigentlich überhaupt nichts zu tun. Ich hatte eine Freundin, Geneva, ein etwas vorlautes, schlampiges Mädchen mit eng um den Kopf geflochtenem Haar, breiten aschgrauen Knien und langen Beinen und großen Füßen; und sie war immer in irgendwas verwickelt. Natürlich war sie meine beste Freundin, da ich nie in irgendwas verwickelt war. Ich war mager und ängstlich, und so lief ich hinter ihr her und geriet immer mit in *ihre* Schwierigkeiten. Niemand sonst mochte mich wirklich leiden, und erst recht mochte niemand sonst Geneva leiden. Also, sie sagte, sie könnte Fonny nicht ausstehen. Ihr würde schon übel, wenn sie ihn nur ansehe. Dauernd sagte sie zu mir, wie häßlich er sei: eine Haut wie nasse, rohe Kartoffelschalen und Augen wie ein Chinese und all das dichte, krause Haar und diese dicken Lippen! Und solche O-Beine, daß er außen an den Fußballen Schwielen hätte! Und wie sein Hintern abstünde – seine Mutter müßte ein Gorilla gewesen sein. Ich stimmte ihr zu, was blieb mir übrig, aber in Wirklichkeit dachte ich, daß er gar nicht so übel sei. Irgendwie mochte ich seine Augen, und – ehrlich gesagt – ich fand, wenn die Leute in China solche Augen hatten, würde es mir nichts ausmachen, nach China zu gehen. Einen Gorilla hatte ich noch nie gesehen, so kam sein Hintern mir ganz normal vor, und er war, wenn man schon Vergleiche ziehen wollte, noch nicht mal so groß wie der von Geneva. Und erst viel später bemerkte ich, daß Fonny tatsächlich etwas o-beinig war. Aber Geneva hatte dauernd was an ihm auszusetzen. Ich glaube nicht, daß er sie überhaupt je beachtete. Dafür war er immer viel zu sehr mit seinen Freunden zugange, den schlimmsten Burschen aus unserem Block. Sie kamen immer in zerfetzten Sachen die Straße entlang, blutend, voller Beulen und Schrammen, und gerade vor diesem Streit hatte Fonny einen

Zahn eingebüßt.

Fonny hatte einen Freund, der Daniel hieß, ein großer schwarzer Junge, und Daniel hatte es auf Geneva abgesehen, ungefähr so ähnlich, wie Geneva es auf Fonny abgesehen hatte. Und ich weiß nicht mehr, wie alles anfing, aber schließlich hatte Daniel Geneva zu Boden geworfen, und die beiden wälzten sich herum, und ich versuchte, Daniel von ihr fortzureißen, und Fonny zerrte an mir herum. Ich drehte mich um und schlug ihn mit dem erstbesten Gegenstand, den ich zu fassen kriegte – ich zog ihn aus einer Mülltonne. Es war nur eine Holzlatte, aber es steckte ein Nagel darin. Der Nagel schrammte über seine Wange und riß die Haut auf, und das Blut fing an zu tropfen. Ich traute meinen Augen nicht, ich war so erschrocken. Fonny hielt die Hand an sein Gesicht und sah mich an, und dann sah er seine Hand an, und mir fiel nichts Besseres ein, als die Latte wegzuwerfen und davonzulaufen. Fonny rannte hinter mir her, und – was alles noch schlimmer machte – Geneva sah das Blut und fing an zu schreien, ich hätte ihn getötet, ich hätte ihn getötet! Fonny hatte mich im Handumdrehen eingeholt, und er hielt mich fest und spuckte mich an, durch die Lücke, wo der Zahn gewesen war. Er traf mich direkt auf den Mund, und es *demütigte* mich, glaube ich, so sehr – weil er mich nicht geschlagen und mir nichts getan hatte, und vielleicht weil ich doch spürte, was er nicht getan hatte –, daß ich schrie und anfing zu weinen. Es ist komisch. Vielleicht veränderte sich mein Leben gerade in dem Augenblick, als Fonny mir in den Mund spuckte. Geneva und Daniel, die das Ganze angefangen hatten und beide keinen Kratzer am Leibe hatten, begannen mich anzuschreien. Geneva sagte, ich hätte ihn garantiert umgebracht, ja, ich hätte ihn umgebracht, durch rostige Nägel kriege man Wundstarrkrampf und sterbe. Daniel sagte: ja, das wisse er, ein Onkel von ihm daheim im Süden sei genauso gestorben. Fonny hörte sich all das aufmerksam an, während das Blut weiterrann und ich weiterheulte. Schließlich wurde ihm wohl klar, daß sie über ihn sprachen und daß er ein toter Mann – oder Junge – war, dann fing er auch an zu heulen, und dann nahmen Daniel und Geneva ihn in die Mitte und gingen davon und ließen mich stehen.

Ein paar Tage lang sah ich Fonny nicht. Ich war sicher, daß er Wundstarrkrampf hatte und sterben würde; und Geneva sagte, sobald er gestorben sei, was jeden Augenblick geschehen müsse, werde die Polizei kommen und mich auf den elektrischen Stuhl bringen. Ich beobachtete den Schneiderladen, aber da erschien mir alles normal. Mr. Hunt stand dort wie immer mit seinem lachenden hellbraunen Gesicht, bügelte Hosen und erzählte jedem, der reinkam, Witze – es war immer irgendwer im Laden –, und hin und wieder kam Mrs. Hunt vorbei. Sie war eine Erweckte, die nie viel lächelte, aber trotzdem verhielten sie sich beide nicht so, als ob ihr Sohn im Sterben läge.

So wartete ich, als ich Fonny ein paar Tage lang nicht gesehen hatte, bis der Schneiderladen leer schien und Mr. Hunt allein war und ging hinüber. Mr. Hunt kannte mich damals ein wenig, so wie wir alle in unserem Block einander kannten.

«Heh, Tish», sagte er, «wie geht's? Wie geht's der Familie?»

Ich sagte: «Ganz gut, Mr. Hunt.» Und wie geht's *Ihrer* Familie? wollte ich sagen, wie ich's immer sagte und auch diesmal hatte sagen wollen, aber ich konnte nicht.

«Und wie geht's in der Schule?» fragte er nach einer kurzen Pause, und da hatte ich das Gefühl, daß er mich wirklich seltsam ansah.

«Oh, ganz ordentlich», sagte ich, und mein Herz fing an zu schlagen, als wollte es mir aus der Brust springen.

Mr. Hunt drückte seine Bügelpresse runter, so ein Ding, wie man es in Schneidereien hat – wie zwei gegenüberstehende Bügelbretter. Er drückte das Ding runter und sah mich einen Augenblick an, und dann lachte er und sagte: «Mein Junge, dies Großmaul, wird wohl bald wieder hier sein.»

Ich hörte, was er sagte, und ich verstand – irgend etwas; aber mir war nicht klar, was ich da verstanden hatte.

Ich ging zur Ladentür, tat so, als wollte ich hinausgehen, und dann drehte ich mich um und sagte: «Wie das, Mr. Hunt?»

Mr. Hunt lachte immer noch. Er drückte die Bügelpresse runter und wendete die Hose, oder was er dort haben mochte, und sagte:

«Fonny. Seine Mama hat ihn für ein Weilchen zu ihren Leuten aufs Land geschickt. Er stellt hier zuviel an, meint sie.»

Wieder drückte er die Presse runter. «Sie hat keine Ahnung, in was für Sachen er da unten geraten kann.» Dann sah er zu mir auf und lächelte. Als ich später Fonny näher kennenlernte und auch Mr. Hunt besser kennenlernte, bemerkte ich, daß Fonny sein Lächeln hat. «Na, ich werd ihm sagen, daß du vorbeigekommen bist», sagte er.

«Schönen Gruß an die Familie, Mr. Hunt», sagte ich und rannte über die Straße.

Geneva war auf der Treppe vor unserem Haus, und sie sagte, ich käme daher wie eine Verrückte und wäre beinahe überfahren worden.

Ich blieb stehen und sagte: «Du bist eine Lügnerin, Geneva Braithwaite. Fonny hat nicht den Starrkrampf gekriegt, und er wird nicht sterben. Und ich komme nicht ins Gefängnis. Geh nur, und frag seinen Daddy.» Und dann sah Geneva mich so komisch an, daß ich die Stufen rauflief und die Treppe raufrannte, und ich setzte mich auf die Feuerleiter, aber so dicht am Fenster, daß sie mich nicht sehen konnte.

Vier oder fünf Tage später ungefähr kam Fonny zurück, und er kam zu unserem Haus rüber. Es war kein Kratzer an ihm zu sehen. Er hatte zwei Schmalzkuchen dabei. Er setzte sich auf die Stufen vorm Haus. Er sagte: «Tut mir leid, daß ich dir ins Gesicht gespuckt hab.» Und er gab mir einen von seinen Schmalzkuchen.

Ich sagte: «Tut mir leid, daß ich dich geschlagen hab.» Und dann sagten wir nichts. Er aß seinen Schmalzkuchen, und ich aß meinen.

Die Leute wollen es bei Jungen und Mädchen in diesem Alter nicht glauben – die Leute haben sowieso keine Ahnung, und langsam begreife ich warum –, aber damals wurden wir Freunde. Oder aber, und das ist eigentlich das gleiche – und auch etwas, was die Leute nicht wissen wollen –, ich wurde seine kleine Schwester, und er wurde mein großer Bruder. Er mochte seine Schwestern nicht, und ich hatte keine Brüder. Und so wurden wir füreinander das, was dem andern fehlte.

Geneva war wütend auf mich und hörte auf, meine Freundin zu sein, obwohl, wenn ich jetzt darüber nachdenke ... vielleicht war es auch so, daß ich, ohne es zu wissen, aufhörte, ihre Freundin zu sein; denn nun – und ohne zu wissen, was das hieß – hatte ich Fonny. Daniel war wütend auf Fonny, er nannte ihn Sissy, weil er sich mit Mädchen abgab, und er hörte auf, Fonnys Freund zu sein – für lange Zeit. Sie hatten sogar Streit miteinander, und Fonny verlor noch einen Zahn. Ich glaube, jeder, der Fonny damals beobachtete, war überzeugt, daß er, bis er erwachsen wäre, keinen einzigen Zahn mehr im Mund haben würde. Ich weiß noch, wie ich zu Fonny sagte, ich wollte raufgehen und die Schere meiner Mutter holen und Daniel umbringen, aber Fonny sagte, ich sei nur ein Mädchen und hätte nichts damit zu tun.

Sonntags mußte Fonny in die Kirche gehen – und ich will damit sagen, er *mußte* gehen: auch wenn es ihm gelang, seine Mutter öfter hinters Licht zu führen, als sie wußte oder wissen wollte. Seine Mutter – später hab ich auch sie besser kennengelernt, und wir werden gleich noch über sie sprechen – war, wie ich gesagt habe, eine Erweckte, und wenn sie schon ihren Mann nicht retten konnte, so wollte sie doch, verdammt noch mal, ihr Kind retten. Denn Fonny war *ihr* Kind; er war nicht ihrer beider Kind.

Ich glaube, das ist der Grund, warum Fonny so schlimm war. Und ich glaube, das ist der Grund, warum er, wenn man ihn näher kennenlernte, so ein netter, ein wirklich netter Mensch war, ein wirklich lieber Kerl, der irgend etwas sehr Trauriges an sich hatte: wenn man ihn näher kennenlernte. Mr. Hunt, Frank, versuchte gar nicht, einen Anspruch auf ihn zu erheben, aber er liebte ihn – liebt ihn. Die beiden älteren Schwestern waren nicht eigentlich Erweckte, aber sie hätten es geradesogut sein können, und auf alle Fälle schlugen sie ihrer Mutter nach. Also blieben nur Frank und Fonny übrig. In einer Weise hatte Frank Fonny die ganze Woche lang, und Fonny hatte Frank die ganze Woche lang. Das wußten die beiden, und das ist der Grund, warum Frank Fonny am Sonntag seiner Mutter überlassen konnte. Was Fonny auf der Straße machte, war genau das gleiche, was Frank im Schneiderladen und zu Hause machte. Er war schlimm. Das ist der Grund, warum Frank den Schneiderladen hielt, so lange er konnte. Das ist der Grund, warum Frank, wenn Fonny blutend nach Hause kam, für ihn sorgen konnte; das ist der Grund, warum sie beide, Vater und Sohn, mich lieben konnten. Eigentlich ist es gar kein Geheimnis, außer daß es mit den Menschen immer ein Geheimnis ist. Später überlegte ich manchmal, ob Fonnys Mutter und Vater sich wohl noch jemals liebten. Ich fragte Fonny. Und Fonny sagte:

«Ja, nun. Aber nicht so wie du und ich. Ich hab's oft gehört. Meist, wenn sie aus der Kirche kam, tropfnaß und muffig. Dann tat sie so, als sei sie so müde, daß sie sich kaum noch rühren konnte und ließ sich einfach aufs Bett fallen, in ihren Kleidern – vielleicht hatte sie gerade noch Kraft genug, sich die Schuhe auszuziehen. Und sich den Hut abzunehmen. Und immer stellte sie irgendwo ihre Handtasche ab. Ich hör noch das Geräusch: etwas Schweres, mit Silbergeld darin, das irgendwo hart aufplumpste – wo immer sie die Tasche hinlegte. Dann hörte ich sie sagen: Gewiß hat der Herr heute abend meine Seele gesegnet. Schatz, wann wirst du dem Herrn dein Leben schenken? Und, Baby, dann sagte er, und ich schwöre dir, er lag da, und sein Schwanz wurde steif, und entschuldige, Baby, aber so war sie nun mal veranlagt, denn das, verstehst du?, war wie das Spiel, das du zwei Straßenkatzen auf dem Hinterhof spielen hörst. Scheiße. Sie winselte und miaute jämmerlich, sie war die Katze, und sie hetzte ihn durch den ganzen Hof, hetzt ihn herum, bis er sie ins Genick beißt – und inzwischen wollte er nichts anderes mehr, als wirklich nur ein bißchen schlafen, aber sie sang ihren Kehrreim, und er mußte die Musik abdrehen, und da gab es nur eins – er biß sie ins Genick, und dann hatte sie ihn. Also, mein Daddy lag da, ausgezogen, und sein Schwanz wurde steif und steifer, und mein Daddy sagte: Erst dann, nehme ich an, wenn der Herr *mir sein* Leben schenkt. Und sie sagte: Oh, Frank, laß mich dich zum Herrn führen. Und er sagte: Unsinn, Frau, jetzt führe ich den Herrn zu *dir. Ich* bin der Herr. Und sie fing an zu heulen, und sie jammerte, Gott, hilf mir, diesem Mann zu helfen. Du hast ihn mir gegeben. Ich kann nichts dafür. Oh, Herr, hilf mir. Und er sagte: Der Herr wird dir helfen, Schatz, sobald du nur wieder ein Kindlein wirst, nackt wie ein Kindlein. Komm schon, komm zum Herrn. Und sie heulte los und rief Jesus an, während er anfing, ihr die Kleider auszuziehen – ich hörte, wie sie raschelten und knisterten und zerrissen und auf den Boden fielen, und manchmal blieb ich mit dem Fuß in den Sachen hängen, wenn ich morgens, ehe ich zur Schule ging, durch ihr Zimmer kam –, und wenn er sie nackt hatte und auf sie raufstieg und sie immer noch schrie, Jesus! hilf mir, Herr!, dann sagte mein Daddy: Gleich kriegst du deinen Herrn, warte nur, gleich. Wo willst du, daß er dich segnet? Wo tut's dir weh? Wo soll der Herr dir die Hand auflegen? Hier? Hier? Oder hier? Wo willst du seine Zunge spüren? Wo soll der Herr in dich reinfahren, du gemeine, dumme schwarze Schlampe? Du Schlampe. Du Schlampe. Du Schlampe. Und er schlug sie, fest und laut. Und sie sagte: Oh, Herr, hilf mir, meine Last zu tragen. Und er sagte: Hier ist sie, Baby, du kannst sie ganz gut tragen, das weiß ich. Du hast einen Freund in Jesus, und ich werd dir sagen, wenn er kommt. Das erste Mal. Ob er ein zweites Mal kommt, ob es eine Wiederkunft gibt, wissen wir nicht. Noch nicht. Und das Bett schwankte, und sie stöhnte und stöhnte und stöhnte. Und am nächsten Morgen war es, als wäre nichts geschehen. Sie war wie immer. Sie gehörte immer noch Jesus, und er ging fort, die Straße runter, zum Laden.»

Und dann sagte Fonny: «Wär es nicht wegen mir gewesen, ich glaube, der Kater wäre auf und davon. Ich werde meinen Daddy immer lieben, weil er mich nicht verlassen hat.» Nie werde ich Fonnys Gesicht vergessen, wenn er über seinen Daddy sprach.

Dann wandte sich Fonny mir zu und nahm mich in die Arme und lachte und sagte: «Du erinnerst mich sehr an meine Mutter, weißt du? Los, komm, jetzt singen wir zusammen ‹Sünder, liebst du meinen Herrn?› Und wenn ich dich nicht stöhnen höre, weiß ich, daß du nicht gerettet bist.»

Ich glaube, es geschieht nicht allzu oft, daß zwei Leute lachen und sich dabei lieben können, lieben, weil sie lachen, lachen, weil sie lieben. Die Liebe und das Lachen kommen vom gleichen Ort her, aber nicht viele suchen ihn.

Fonny fragte mich eines Samstags, ob ich am nächsten Morgen mit ihm in die Kirche käme, und ich sagte ja, obwohl wir Baptisten waren und in einer Erweckungskirche nichts verloren hatten. Aber damals wußte jeder, daß Fonny und ich Freunde waren, es war einfach eine Tatsache. In der Schule und unsern ganzen Block rauf und runter nannten sie uns Romeo und Julia, wenn auch bestimmt nicht, weil sie das Stück gelesen hatten, und nun kam Fonny daher und sah absolut miserabel aus mit seinem geschniegelten, glänzenden Haar, mit seinem Scheitel, der so furchtbar gerade war, als wäre er mit einem Tomahawk oder einem Rasiermesser gezogen. Er trug seinen blauen Anzug, und mich hatte Sis angezogen, und so gingen wir los. Es war, genaugenommen, unsere erste Verabredung. Unten an der Treppe wartete seine Mutter.

Es war kurz vor Ostern, also war es nicht kalt, aber es war auch nicht warm.

Nun ja, obwohl wir klein waren und ich gewiß nicht davon träumen konnte, ihr Fonny wegzunehmen oder dergleichen, und obwohl sie Fonny nicht wirklich liebte, sondern nur dachte, sie müsse ihn lieben, weil sie ihn nun mal in diese Welt gestoßen hatte, mochte Fonnys Mutter mich schon damals nicht. Das merkte ich an vielen Dingen, zum Beispiel ging ich fast nie zu Fonny nach Hause, aber Fonny war immer bei uns, und das nicht etwa, weil Fonny und Frank mich nicht gern bei sich gesehen hätten. Es war, weil die Mutter und die beiden Schwestern mich nicht mochten. Einerseits dachten sie, wie mir später klar wurde, daß ich nicht gut genug für Fonny sei – was in Wirklichkeit hieß, daß sie meinten, ich sei nicht gut genug für *sie* –, und andererseits meinten sie, daß ich vielleicht genau das war, was Fonny verdiente. Gut, ich bin dunkel, und meine Haare sind einfach nur schlichte Haare, und es gibt nichts Auffälliges an mir, und nicht mal Fonny gibt sich Mühe, so zu tun, als sei ich hübsch. Er sagt nur, daß hübsche Mädchen eine furchtbare Plage sind.

Wenn er das sagt, dann weiß ich, er denkt an seine Mutter – das ist's, warum er, wenn er mich aufziehen will, zu mir sagt, ich erinnerte ihn an seine Mutter. Ich erinnere ihn überhaupt nicht an seine Mutter, und das weiß er, aber er weiß auch, daß ich weiß, wie sehr er sie liebte: wie sehr er sie lieben wollte, wie sehr er gewollt hätte, daß ihm erlaubt worden wäre, sie zu lieben, um es im Klartext zu sagen.

Mrs. Hunt und die Mädchen haben helle Haut, und man sah, daß Mrs. Hunt da unten in Atlanta, wo sie herkommt, ein sehr schönes Mädchen gewesen war. Und sie hatte – hat – noch immer diesen Blick, diesen Rühr-mich-nicht-an-Blick, den Frauen, die einmal schön waren, bis ans Grab mit sich herumtragen. Die Schwestern waren nicht so schön wie die Mutter, und natürlich waren sie nie in Atlanta jung gewesen, aber sie waren hellhäutig – und hatten langes Haar. Fonny ist heller als ich, aber viel dunkler als sie, und sein Haar ist nun mal eindeutig kraus, daran konnte auch all das Fett, das seine Mutter jeden Sonntag hineintat, nichts ändern.

Fonny schlägt wirklich seinem Vater nach. Und so schenkte mir Mrs. Hunt ein wirklich gütiges, geduldiges Lächeln, als Fonny an diesem Sonntagmorgen mit mir aus dem Haus kam.

«Ich freu mich mächtig, daß du heute morgen mit uns zum Haus des Herrn kommst, Tish», sagte sie. «Meine Güte, wie hübsch du heute morgen aussiehst!»

Die Art, wie sie das sagte, *zeigte* mir, wie ich an anderen Tagen ausgesehen haben mußte: zeigte mir, *wie* ich aussah.

Ich sagte: «Guten Morgen, Mrs. Hunt», und wir gingen die Straße hinunter.

Es war die Sonntag-Morgen-Straße. Unsere Straßen haben ihre besonderen Tage und sogar Stunden. Wo ich zur Welt kam und wo auch mein Baby zur Welt kommen wird, blickst du die Straße hinunter, und du siehst förmlich, was in den Häusern geschieht: so zum Beispiel am Samstagnachmittag gegen drei – das ist eine sehr schlechte Stunde. Die Kinder sind von der Schule zurück. Die Männer sind von der Arbeit zurück. Man sollte meinen, daß dies ein sehr glückliches Zusammensein wäre, aber das ist es nicht. Die Kinder sehen die Männer. Die Männer sehen die Kinder. Und das macht die Frauen, die kochen und putzen und sich die Haare glätten, und die sehen, was Männer nicht sehen, beinahe wahnsinnig. Du kannst es in den Straßen sehen, du kannst es daran hören, wie die Frauen nach ihren Kindern schreien. Du kannst es daran sehen, wie sie aus dem Haus gestürmt kommen – wie der Wind – und den Kindern eine kleben und sie die Treppe hinaufzerren, du kannst es an dem Gezeter der Kinder hören, und du kannst es daran sehen, wie die Männer, ohne all dies zu beachten, an einem Geländer beieinander stehen, beim Friseur zusammensitzen und eine Flasche rumgehen lassen, wie sie zur Bar an der Ecke gehen, das Mädchen an der Bar aufziehen, miteinander streiten und sich später emsig an ihrem Weinspalier zu schaffen machen. Der Samstagnachmittag ist wie eine drohende Wolke, wie ein Warten darauf, daß der Sturm losbricht.

Aber am Sonntagmorgen haben die Wolken sich verzogen, der Sturm hat seine Schäden angerichtet und ist abgezogen. Einerlei, wie der Schaden aussah, jedermann ist jetzt frisch gewaschen. Die Frauen haben es irgendwie fertiggebracht, alles wieder hinzukriegen, alles zusammenzuhalten. Und da sind sie nun alle, frisch gewaschen, geschrubbt, die Haare gebürstet und eingefettet. Später gehen sie Hammelhachsen essen oder Kutteln oder Brat- oder Backhühnchen mit Kompott und Reis und Gemüse oder Maisbrot oder Semmeln. Dann kommen sie nach Hause und lachen und sind freundlich miteinander, und manche Männer waschen am Sonntag ihr Auto, sorgfältiger, als sie ihre Vorhaut waschen. An diesem Sonntagmorgen die Straße entlangzugehen, mit Fonny, der neben mir ging wie ein Gefangener, und Mrs. Hunt auf der anderen Seite von mir, die wie eine Königin mit großen Schritten in ihr Königreich eilte, das war, als ginge ich über einen Jahrmarkt. Aber heute glaube ich, es lag an Fonny – an Fonny, der kein Wort sagte –, daß es mir wie ein Jahrmarkt vorkam.

Einen Häuserblock von der Kirche entfernt hörten wir schon die Tamburine.

«Was gäbe ich drum, wenn wir deinen Vater dazu brächten, an einem solchen Morgen zum Haus des Herrn zu kommen», sagte Mrs. Hunt. Dann sah sie mich an. «In welche Kirche geht ihr denn sonst, Tish?»

Nun, ich sagte schon, wir waren Baptisten. Aber wir gingen nicht oft zur Kirche – vielleicht an Weihnachten oder Ostern, eben an solchen Tagen. Mama konnte die Betschwestern nicht verstehen, und die konnten Mama nicht verstehen, und Sis ist darin wie Mama, und Daddy sah keinen Sinn darin, dem Herrn nachzulaufen, und er schien nicht gerade viel Respekt vor ihm zu haben.

Ich sagte: «Wir gehen in die Abyssinnia Baptist», und blickte auf die Spalten im Bürgersteig.

«Das ist eine sehr hübsche Kirche», sagte Mrs. Hunt – so als sei dies das Beste, was man gerade noch über sie sagen könne und als sei dies ja nicht eben viel.

Es war elf Uhr morgens. Der Gottesdienst hatte gerade angefangen. Die Sonntagsschule hatte sogar schon um neun begonnen, und Fonny sollte normalerweise pünktlich dazu in der Kirche sein; aber an diesem Sonntagmorgen hatte er meinetwegen einen Sonderdispens bekommen. Und es ist auch wahr, daß Mrs. Hunt etwas träge war und im Grunde keine Lust hatte, so früh aufzustehen und dafür zu sorgen, daß Fonny pünktlich in der Sonntagsschule war. In der Sonntagsschule war niemand, der sie bewundert hätte – ihren sorgsam gewaschenen und bedeckten Körper und ihre schneeweiße Seele. Frank dachte nicht daran, aufzustehen und Fonny zur Sonntagsschule zu bringen, und die Schwestern wollten sich nicht an ihrem krausköpfigen Bruder die Hände schmutzig machen. Also mußte Mrs. Hunt sich seufzend und den Herrn preisend erheben und Fonny anziehen. Aber wenn sie ihn nicht selbst an der Hand zur Sonntagsschule führte, ging er natürlich meistens nicht hin. Und oft saß die gute Frau selig in der Kirche, ohne zu wissen, wo sich ihr einziger Sohn herumtrieb. «Wenn Alice keine Lust hat, sich über etwas aufzuregen», sagte Frank sehr viel später einmal zu mir, «dann legt sie es in Gottes Hand.»

Die Kirche war früher ein Postamt gewesen. Ich weiß nicht, wie's kam, daß das Gebäude verkauft werden mußte, oder wieso auch nur irgend jemand es hatte kaufen wollen, denn es sah immer noch wie ein Postamt aus, lang und dunkel und niedrig. Man hatte ein paar Wände rausgebrochen und ein paar Bänke reingestellt und die kirchlichen Zeichen und die Agendentafeln aufgehängt; aber die Decke war aus diesem scheußlichen, runzligen Blech, und sie hatten sie entweder braun gestrichen oder ohne Anstrich gelassen. Wenn man reinkam, war die Kanzel ein ziemliches Stück von einem entfernt. In Wahrheit, glaube ich, waren die Leute in der Kirche einfach stolz darauf, daß ihre Kirche so groß war und daß sie sie irgendwie in die Hand bekommen hatten. Sicher, ich war (mehr oder weniger) an die Abyssinnia-Kirche gewöhnt. Sie war heller und hatte eine Empore. Und auf dieser Empore saß ich immer auf Mamas Knien. Jedesmal, wenn ich an ein bestimmtes Lied denke, an *Strahlender Tag*, bin ich wieder auf dieser Empore auf Mamas Knien. Jedesmal, wenn ich *Gesegnete Stille* höre, muß ich an Fonnys Kirche und an Fonnys Mutter denken. Nicht daß es ein stilles Lied oder daß es in der Kirche still gewesen wäre. Aber ich kann mich nicht erinnern, daß ich dieses Lied jemals in unserer Kirche gehört habe. Ich werde bei diesem Lied immer an Fonnys Kirche denken, weil Fonnys Mutter, als sie es an diesem Sonntagmorgen sangen, glücklich wurde.

Zu beobachten, wie Menschen unter der ‹*höheren Macht*› glücklich werden und aus sich herausgehen, ist immer ein eigenartiger Anblick, auch wenn man es ständig sieht. Aber in unserer Kirche wurden die Leute nicht oft glücklich: wir waren eher ordentlich, eher gesittet als erweckt. Und ich finde es immer noch irgendwie erschreckend, aber ich glaube, das liegt daran, daß Fonny es haßte.

Die Kirche war sehr breit, sie hatte drei lange Gänge. Nun, und anders als man meinen sollte, ist es sehr viel schwerer, den Mittelgang zu finden, als wenn es nur einen Gang in der Mitte gibt. Man muß sozusagen Instinkt dafür haben. Wir traten in die Kirche, und Mrs. Hunt führte uns gleich den am weitesten links gelegenen Gang entlang, so daß alle in den beiden Bankreihen rechts von uns sich umdrehen und uns ansehen mußten. Und wahrhaftig, wir waren sehenswert. Da war ich, schwarz und langbeinig, in einem blauen Kleid, mit geglättetem Haar und einem blauen Band darin. Da war Fonny, der mich an der Hand hielt und Qualen auszustehen schien, in seinem weißen Hemd, seinem blauen Anzug und mit einem blauen Schlips, und sein Haar glänzte grausam und verzweiflungsvoll, weniger von der Vaseline darin als von dem Schweiß, der ihm auf der Kopfhaut stand. Und da war Mrs. Hunt, die irgendwie, ich weiß nicht wieso, von dem Augenblick an, als wir durch die Kirchentür gingen, von einer strengen Liebe zu ihren zwei kleinen Heiden erfüllt war und uns vor sich her zum Gnadenstuhl geleitete. Sie trug etwas in Rosa oder Beige, ich bin mir jetzt nicht ganz sicher, aber jedenfalls fiel es auf in all der Düsternis. Und sie trug einen dieser schrecklichen Hüte, wie Frauen sie damals trugen, mit einem Schleier, der etwa bis zu den Augenbrauen oder zur Nase reicht und mit dem man immer so aussieht, als hätte man irgendein Leiden. Außerdem trug sie Stöckelschuhe, die ein bestimmtes Geräusch machten, so ähnlich wie Pistolenschüsse, und sie trug den Kopf sehr hoch und erhaben. In dem Augenblick, in dem sie die Kirche betrat, war sie errettet, war sie erweckt und heilig, und ich erinnere mich noch heute daran, wie ich plötzlich tief innen vor ihr zitterte. Es war, als gäbe es nichts, nichts, nichts, das man ihr je noch sagen konnte, wollte man es nicht durch die Hände des lebendigen Gottes gehen lassen: und er würde es mit ihr besprechen, bevor er dir die Antwort gab. Der Gnadenstuhl: sie führte uns nach vorn zur ersten Reihe und ließ uns vor ihm niedersitzen. Wir durften sitzen, sie aber kniete, das heißt, sie kniete sich vor ihrem Platz hin und beugte den Kopf und bedeckte die Augen, wobei sie aufpaßte, daß sich der Schleier nicht verhedderte. Ich warf Fonny einen verstohlenen Blick zu, aber Fonny sah nicht zu mir her. Mrs. Hunt erhob sich, umfing die ganze Gemeinde mit einem kurzen Blick, und dann setzte sie sich demütig.

Jemand legte gerade Zeugnis ab, ein junger Mann mit rötlichem Haar, er sprach über den Herrn und darüber, wie der Herr alle dunklen Flecke aus seiner Seele herausgewaschen und alle Lust von seinem Fleisch genommen hatte. Als ich älter wurde, sah ich ihn hin und wieder in unserer Gegend. Er hieß George: ich sah ihn manchmal auf den Stufen vorm Haus oder auf dem Bordstein sitzen und dösen, und er starb an einer Überdosis. Die Gemeinde rief ihm bis zum Erbrechen «Amen!» zu, und eine dicke Schwester auf der

Kanzel sprang auf in ihrer langen weißen Robe und stieß einen kurzen Schrei aus, und alle schrien: «Hilf ihm, Herr Jesus, hilf ihm!» Und in dem Augenblick, als er sich setzte, stand eine andere Schwester auf – sie hieß Rose, und nicht lange darauf verschwand sie aus der Kirche und kriegte ein Baby, und ich erinnere mich noch an das letzte Mal, als ich sie sah, damals war ich ungefähr vierzehn, wie sie im Schnee durch die Straßen lief, das Gesicht gezeichnet und die Hände ganz geschwollen und mit einem Fetzen um den Kopf und mit rutschenden Strümpfen, und wie sie dabei vor sich hin sang –, und sie stand auf und fing an zu singen: *Wie war dir, als du aus der Wüste kamst und Gott dir Stecken ward und Stab?* Und da sah Fonny doch zu mir her, nur eine Sekunde lang. Mrs. Hunt sang und klatschte in die Hände. Und etwas wie ein Feuer loderte in der Gemeinde auf.

Jetzt fing ich an, eine andere Schwester zu beobachten. Sie saß auf der anderen Seite neben Fonny und war dunkler und weniger schön als Mrs. Hunt, aber ebenso gut gekleidet. Sie warf die Hände empor und schrie: «Heilig! Heilig! Heilig! Gesegnet sei dein Name, Jesus! Gesegnet sei dein Name, Jesus!» Und Mrs. Hunt fing an zu schreien und schien ihr zu antworten: es war, als versuchten sie einander zu übertreffen. Die Schwester hatte ein blaues, dunkles, ein dunkelblaues Kleid an, und sie trug einen dazu passenden blauen Hut, so einen Hut, der wie ein Käppchen auf dem Hinterkopf sitzt, und in dem Hut steckte eine weiße Rose, und jedesmal, wenn sie sich bewegte, bewegte die Rose sich mit, und jedesmal, wenn sie den Kopf neigte, neigte sich auch die weiße Rose. Die weiße Rose war wie ein seltsames Licht, besonders weil die Frau selbst so dunkel war und so ein dunkles Kleid trug. Fonny und ich saßen stumm dort zwischen ihnen, während die Stimmen der Gemeinde rings um uns lauter wurden und immer lauter, ohne Erbarmen. Fonny und ich berührten uns nicht und sahen uns nicht an, und doch hielten wir uns wie Kinder in einem schaukelnden Boot aneinander fest. Ein Junge hinter uns – ich lernte ihn später kennen, er hieß Teddy, ein großer braunhäutiger Junge, der überall außer da, wo er's hätte sein sollen, breit und dick war – an Schenkeln, Händen, Hinterteil und

Füßen, so ähnlich wie ein umgekehrter Pilz –, fing an zu singen: *Gesegnete Stille, heilige Stille.*

«*Welche Zuversicht in meiner Seele*», sang Mrs. Hunt.

«*Auf dem stürmischen Meer*», sang die dunkle Schwester auf der anderen Seite neben Fonny.

«*Jesus spricht zu mir*», sang Mrs. Hunt.

«*Und die Wogen rollen nicht mehr*», sang die dunkle Schwester.

Teddy hielt das Tamburin und gab damit dem Klavierspieler den Einsatz – ich habe ihn nie kennengelernt: es war ein langer dunkler, böse blickender Bruder mit Händen wie geschaffen zum Würgen; und mit diesen Händen bearbeitete er die Tasten, als schlüge er irgend jemandem, an den er sich erinnerte, den Schädel ein. Kein Zweifel, auch die Gemeinde hatte ihre Erinnerungen, und die gingen in Scherben. Die Kirche fing an zu schaukeln. Und schaukelte auch mich und Fonny, obwohl das niemand wußte, und auf eine ganz andere Art. Wir wußten jetzt, daß niemand uns liebte, oder vielmehr: jetzt wußten wir, wer uns liebte. Wer uns auch immer liebte, er war nicht hier.

Komisch, woran du dich festhältst, um den Terror zu überstehen, wenn du von Terror umgeben bist. Ich glaube, ich werde mich, bis ich sterbe, an die weiße Rose der schwarzen Dame erinnern. Plötzlich schien sie steil hochzuschießen an diesem ehrfurchtgebietenden Ort, und ich griff nach Fonnys Hand – mir war nicht bewußt, daß ich nach ihr griff. Und links und rechts von uns tanzten auf einmal die beiden Frauen – schrien: «Der heilige Tanz!» Die Dame mit der Rose warf den Kopf nach vorn, und die Rose sauste wie ein Blitz um ihren Kopf, um unsere Köpfe, und die Dame mit dem Schleier hatte den Kopf nach hinten geworfen: der Schleier, der nun hoch über ihre Stirn gerutscht war, der diese Stirn einrahmte, war wie sprühendes schwarzes Wasser, das uns taufte und sie besprühte. Die Leute rückten von uns ab, um ihnen Platz zu machen, und die beiden tanzten in den Mittelgang. Beide hielten ihre Handtaschen. Beide trugen Schuhe mit hohen Absätzen.

Fonny und ich gingen nie wieder in die Kirche. Wir haben nie über unsere erste Verabredung gesprochen. Nur, als ich ihn das erste Mal in den Tombs* besuchen mußte und diese Treppen hinauf und durch diese Hallen ging, da war es genau, als müßte ich in die Kirche gehen.

Jetzt, nachdem ich Fonny von dem Kind erzählt hatte, wußte ich, wem ich es sagen mußte: Mama und Sis – ihr richtiger Name ist Ernestine, und sie ist vier Jahre älter als ich – und Daddy und Frank. Ich stieg aus dem Bus und wußte nicht, wohin ich gehen sollte – ein paar Straßen weit nach Westen, zu Frank, oder eine Straße weit nach Osten, zu uns nach Haus. Aber mir war so komisch, daß ich dachte, ich gehe besser heim. Eigentlich wollte ich's ja Frank erzählen, bevor ich es Mama erzählte. Aber ich glaubte nicht, daß ich den weiten Weg schaffte.

Meine Mama ist irgendwie eine seltsame Frau – so sagen die Leute –, und sie war zwanzig, als ich geboren wurde, also ist sie noch nicht vierzig. Ich muß dir sagen, ich liebe sie. Ich finde, sie ist eine schöne Frau. Vielleicht ist sie nicht schön anzusehen – was immer *das* heißen mag, in diesem Königreich der Blinden. Mama hat angefangen, etwas zuzunehmen. Ihr Haar wird grau, aber nur unten am Nacken, an der Stelle, die ihre Generation ‹das Kräuterbüschel› nannte, und ganz oben auf dem Kopf – also sieht man das Grau nur, wenn sie den Kopf beugt oder sich umdreht, und beides tut sie weiß Gott nicht oft. Schaut sie dich an, dann ist sie schwarz in schwarz. Sie heißt Sharon. Sie versuchte lange Zeit, Sängerin zu werden, und sie ist in Birmingham geboren, aber mit siebzehn gelang es ihr, aus diesem Höllenwinkel herauszukommen: sie lief mit einer fahrenden Jazzband davon, oder genauer gesagt mit dem Schlagzeuger. Letzteres führte zu nichts, denn, wie sie sagt:

«Ich weiß nicht, ob ich ihn je wirklich liebte. Ich war jung, aber heute glaube ich, ich war jünger, als ich für mein Alter hätte sein sollen. Wenn du verstehst, was ich meine. Jedenfalls, ich weiß, ich war nicht die Frau, die diesem Mann helfen, ihm geben konnte, was er brauchte.»

* Stadtgefängnis von New York.

Er ging hierhin, und sie ging dorthin, und sie landete ausgerechnet in Albany, wo sie als Barmädchen arbeitete. Sie war neunzehn und hatte inzwischen erkannt, daß sie, obwohl sie eine Stimme hatte, doch keine Sängerin war – daß man eine ganze Menge mehr braucht als eine Stimme, um das Leben einer Sängerin auszuhalten und auf sich zu nehmen. Das bedeutete, daß sie sozusagen verloren war. Sie merkte, wie sie unterging; jeden Tag gingen rings um sie her Leute unter, und Albany ist für Schwarze auch nicht gerade ein Gottesgeschenk.

Sicher, ich muß sagen, ich glaube nicht, daß Amerika überhaupt für irgendwen ein Gottesgeschenk ist – wäre es das, dann müßten Gottes Tage gezählt sein. Der Gott, dem diese Leute, wie sie sagen, dienen – und tatsächlich dienen, ohne daß ihnen bewußt ist, wie sie ihm dienen –, hat einen ganz gemeinen Sinn für Humor. Wahrscheinlich würdest du ihn krumm und lahm schlagen, wenn er ein Mann wäre. Oder: wenn *du* einer wärst.

In Albany begegnete sie Joseph, meinem Vater, und sie begegnete ihm an der Busstation. Sie hatte gerade ihren Job aufgegeben, und er hatte gerade seinen aufgegeben. Er ist fünf Jahre älter als sie, und er war Gepäckträger an der Busstation gewesen. Er kam aus Boston, und eigentlich war er Matrose bei der Handelsmarine; aber er war in Albany sozusagen hängengeblieben, hauptsächlich wegen dieser älteren Frau, mit der er damals ging, die es einfach nicht schlucken wollte, daß er zur See fuhr. Zu der Zeit, als Sharon, meine Mutter, mit ihrem kleinen Pappkoffer und ihren großen, erschreckten Augen in die Busstation kam, ging es zwischen ihm und der Frau gerade zu Ende. Joseph konnte Busstationen nicht leiden, und es war die Zeit des Korea-Krieges, also wußte er, daß er, wenn er nicht bald wieder auf See war, bei der Armee landen würde, und *das* wollte *er* auf keinen Fall schlucken. Wie es manchmal im Leben so ist, alles spitzte sich gleichzeitig zu: und da kam Sharon.

Er sagt, und ich glaube es ihm, daß er wußte, er würde sie nicht wieder aus den Augen lassen – von dem Moment an, als er sah, wie sie vom Fahrkartenschalter fortging und sich allein auf eine Bank setzte und sich umschaute. Sie gab sich Mühe, forsch und sorglos auszusehen, aber sie sah nur verängstigt aus. Er sagt, er wollte lachen, und gleichzeitig bewirkte irgend etwas in ihren erschreckten Augen, daß ihm zum Weinen zumute war.

Er ging zu ihr hinüber, und er vergeudete keine Zeit.

«Verzeihung, Miss. Fahren Sie in die City?»

«Sie meinen, nach New York City?»

«Ja, Miss. Nach New York – City.»

«Ja», sagte sie und starrte ihn an.

«Ich auch», sagte er. Er hatte sich genau in dieser Minute dazu entschlossen, doch war er ziemlich sicher, daß er genug Geld für die Fahrkarte in der Tasche hatte. «Aber ich kenne die Stadt nicht sehr gut. Kennen Sie sich dort aus?»

«Wieso? Nein, nicht besonders», sagte sie und sah noch ängstlicher aus als zuvor, denn sie hatte keine Ahnung, wer dieser Verrückte sein mochte oder worauf er hinauswollte. Sie war ein paarmal in New York gewesen, mit ihrem Schlagzeuger.

«Ich hab nämlich einen Onkel, der dort wohnt», sagte er, «und der hat mir seine Adresse gegeben, und jetzt dachte ich, ob Sie vielleicht wissen, wo das ist?» Er kannte New York kaum, er hatte immer hauptsächlich von San Francisco aus gearbeitet, und er gab Mama einfach aus dem Kopf irgendeine Adresse an, worauf sie noch erschreckter dreinschaute. Es war eine Adresse irgendwo in der Nähe der Wall Street.

«Ja, schon», sagte sie, «aber ich weiß nicht, ob da unten auch Farbige leben.» Sie wagte nicht, diesem Wahnsinnigen zu erzählen, daß dort *niemand* wohnte, daß es da unten außer Cafeterias, Warenhäusern und Bürogebäuden überhaupt nichts gab. «Nur Weiße», sagte sie und blickte herum, wohin sie davonlaufen konnte.

«Stimmt», sagte er, «mein Onkel ist ein Weißer», und er setzte sich neben sie.

Er mußte noch zum Schalter, um sich seine Fahrkarte zu besorgen, aber er hatte Angst, sie jetzt schon allein zu lassen, er hatte Angst, sie würde verschwinden. Und jetzt kam der Bus, und sie stand auf. Also stand er auch auf, ergriff ihren Koffer und sagte: «Gestatten Sie», und nahm sie am Ellbogen und führte sie hinüber zum Schalter, und sie stand neben ihm, während er seine Fahrkarte kaufte. Es blieb ihr ja auch gar nichts anderes übrig, wenn sie nicht laut um Hilfe schreien wollte, und sie konnte ihn sowieso nicht daran hindern, in den Bus zu steigen. Sie hoffte nur, es würde ihr irgend etwas einfallen, bis sie in New York ankamen.

Ja, das war das letzte Mal, daß mein Daddy diese Busstation sah, und das allerletzte Mal, daß er einem Fremden die Koffer trug.

Natürlich war sie ihn nicht losgeworden, bis sie in New York ankamen; und er hatte es anscheinend nicht sehr eilig, seinen weißen Onkel aufzusuchen. Sie kamen in New York an, und er half ihr, sich in einer Pension einzuquartieren, und dann ging er ins Hospiz der Christlichen Jungen Männer. Und am nächsten Morgen kam er, um sie abzuholen, zum Frühstück. Binnen einer Woche hatte er sie geheiratet und war wieder auf See, und meine Mutter, noch etwas überwältigt, gewöhnte sich ins tägliche Leben ein.

Sie wird die Neuigkeit von dem Baby gut aufnehmen, glaube ich, und Sis Ernestine auch. Daddy wird sie vielleicht etwas rauher aufnehmen, aber nur, weil er nicht so viel von seiner Tochter weiß wie Mama und Ernestine. Ja. Er wird sich auch auf andere Art sorgen, und er wird es sich mehr anmerken lassen.

Als ich schließlich bei uns im obersten Stockwerk ankam, war keiner zu Hause. Wir wohnen hier seit etwa fünf Jahren, und die Wohnung ist nicht schlecht, wie Sozialwohnungen nun mal sind. Fonny und ich wollten uns einen Speicher unten im East Village herrichten, und wir hatten uns schon einige angesehen. Das sei besser, dachten wir, weil wir es uns im Grunde nicht leisten konnten, in einer Sozialwohnung zu leben. Fonny kann sie sowieso nicht ausstehen, und außerdem wäre dort kein Platz, wo Fonny an seinen Skulpturen arbeiten könnte. Die anderen Wohnungen in Harlem sind noch schlimmer als die Sozialwohnungen. Du wärst nie imstande, in solchen Häusern dein neues Leben anzufangen, du erinnerst dich zu gut an alles, und du würdest nie wollen, daß dein Kind dort aufwächst. Aber es ist schon etwas, wenn du bedenkst, wie viele Kinder in solchen Häusern zur Welt kamen – wo es Ratten gibt, groß wie Katzen, Küchenschaben, groß wie Mäuse, Silberfischchen, lang wie der Finger eines Mannes – und es irgendwie überlebten. Und du magst gar nicht an die denken, die es nicht überlebten; und, ehrlich gesagt, diejenigen, die es überlebten oder überleben, haben immer etwas sehr Trauriges an sich.

Ich war noch keine fünf Minuten zu Hause, da kam Mama zur Tür herein. Sie hatte eine Einkaufstasche in der Hand und trug das auf dem Kopf, was ich ihren Einkaufshut nenne, ein weiches beiges Barett.

«Wie geht's, meine Kleine?» Sie lächelte, sah mich aber gleichzeitig aufmerksam an. «Wie geht's Fonny?»

«Wie immer. Es geht ihm gut. Er läßt grüßen.»

«Schön. Warst du beim Anwalt?»

«Heute nicht. Ich muß am Montag hin, verstehst du, nach der Arbeit.»

«Ist er bei Fonny gewesen?»

«Nein.»

Sie seufzte, nahm ihren Hut ab und legte ihn auf den Fernsehapparat. Ich nahm die Einkaufstasche, und wir gingen in die Küche. Mama machte sich daran, die Sachen fortzuräumen. Ich lehnte halb sitzend am Spülstein und sah ihr zu. Dann bekam ich es einen Augenblick mit der Angst, und mir drehte sich der Magen um. Und dann wurde mir bewußt, daß ich im dritten Monat bin und es ihr sagen *muß*. Noch sieht man nichts, aber eines Tages wird Mama mich wieder aufmerksam ansehen.

Und da, während ich dort halb lehnte und halb saß und ihr zusah – sie stand am Kühlschrank, sie musterte kritisch ein Huhn und legte es weg, und sie summte irgendwie leise vor sich hin, aber so, wie man summt, wenn die Gedanken auf etwas Bestimmtes konzentriert sind, auf etwas Unangenehmes, das jeden Augenblick um die Ecke kommen, dich jeden Augenblick treffen muß –, da plötzlich hatte ich das Gefühl, daß sie es schon wußte, schon lange wußte und nur darauf wartete, daß ich es ihr sagte.

Ich sagte: «Mama –?»

«Ja, Kleines?» Sie summte weiter.

Aber ich sagte nichts. Dann, nach einer Minute, schloß sie die Kühlschranktür und drehte sich um und sah mich an.

Ich fing an zu weinen. Es war ihr Blick.

Sie stand einen Moment da. Sie kam und legte mir die eine Hand auf die Stirn und dann die andere Hand auf die Schulter. Sie sagte: «Komm in mein Zimmer. Dein Daddy und Sis kommen gleich nach Hause.»

Wir gingen in ihr Zimmer und setzten uns aufs Bett, und Mama schloß die Tür. Sie berührte mich nicht. Sie saß nur sehr still da. Es war, als müßte sie ganz beherrscht sein, weil ich in Tränen aufgelöst war.

Sie sagte: «Tish, hör mir zu. Ich glaube, du hast keinen Grund zu weinen.» Sie rückte etwas näher. «Du hast es Fonny gesagt?»

«Ich hab's ihm gerade heute gesagt. Ich dachte, ich sollte es ihm zuerst sagen.»

«Du hast recht getan. Und ich wette, er hat über's ganze Gesicht gegrinst, nicht wahr?»

Ich warf ihr einen verstohlenen Blick zu und lachte. «Ja. Natürlich hat er das getan.»

«Du mußt – warte mal – du bist jetzt etwa im dritten Monat?»

«Fast.»

«Warum weinst du denn?»

Dann faßte sie mich an: sie nahm mich in die Arme und wiegte mich, und ich weinte.

Sie gab mir ein Taschentuch, und ich putzte mir die Nase. Sie ging ans Fenster und schneuzte sich auch.

«Nun hör zu», sagte sie, «du hast schon genug auf der Seele, ohne dir Sorgen zu machen, ob du ein schlechtes Mädchen bist, und all diesen unsinnigen Quatsch. Ich hoffe, ich hab dich so erzogen, daß du's besser weißt. Wärst du ein schlechtes Mädchen, dann säßest du jetzt nicht hier auf dem Bett, dann wärst du schon lange für den Gefängnisaufseher auf den Strich gegangen.»

Sie kam wieder ans Bett und setzte sich. Sie schien nachzudenken und nach den richtigen Worten zu suchen.

«Tish», sagte sie, «zuerst, als wir hierher geschleppt wurden, da gaben die Weißen uns auch keine Prediger, damit sie den Segen über uns sprachen, ehe wir unsere Kinder bekamen. Und du und Fonny, ihr wärt jetzt zusammen, ob verheiratet oder nicht, wenn die gleichen verfluchten Weißen nicht wären. Ich will dir also sagen, was du tun mußt. Du mußt an das Kind denken. Du mußt zu diesem Kind stehen, um alles andere kümmere dich nicht, was immer passiert oder nicht passiert. Das mußt *du* tun. Kein anderer kann es für dich tun. Und wir übrigen, hörst du, wir werden zu dir stehen. Und wir werden Fonny rausholen. Mach dir keine Sorgen. Ich weiß, es ist schwer – aber mach dir keine Sorgen. Und dieses Kind ist das beste, was Fonny je widerfahren ist. Er braucht dieses Kind. Es wird ihm sehr viel Mut geben.»

Sie legte ihren einen Finger unter mein Kinn, wie sie es manchmal tut, und sah mir lächelnd in die Augen.

«Hast du mich verstanden, Tish?»

«Ja, Mama. Ja.»

«Gut. Wenn dein Daddy und Ernestine heimkommen, setzen wir uns zusammen an den Tisch, und *ich* werde es der Familie verkünden. Das ist vielleicht einfacher, meine ich, nicht wahr?»

«Ja. Ja.»

Sie stand vom Bett auf.

«Zieh deine Straßenkleider aus, und leg dich einen Augenblick hin. Ich komm dann und hole dich.»

Sie öffnete die Tür.

«Ja, Mama – Mama?»

«Ja, Tish?»

«Ich danke dir, Mama.»

Sie lachte. «Ach, Tish, Tochter, ich weiß zwar nicht, wofür du mir dankst, aber was ich tun kann, tu ich mehr als gern für dich.»

Sie schloß die Tür, und ich hörte sie in der Küche hantieren. Ich zog meinen Mantel und meine Schuhe aus und legte mich aufs Bett. Es war die Stunde, in der die Dunkelheit beginnt und die Geräusche der Nacht anfangen.

Es klingelte an der Tür. Ich hörte Mama rufen: «Sofort, eine Sekunde!» Und dann kam sie noch mal zu mir ins Zimmer. Sie brachte ein kleines Glas mit etwas Whiskey darin.

«Hier. Setz dich auf. Trink das. Wird dir guttun.»

Dann zog sie die Schlafzimmertür hinter sich zu, und ich hörte ihre Absätze durch den Flur klappern, der zur Wohnungstür führt. Es war Daddy. Er war guter Laune, ich hörte ihn lachen.

«Ist Tish schon da?»

«Sie macht drinnen ein Schläfchen. Sie war ziemlich erledigt.»

«Hat sie Fonny gesehen?»

«Ja. Sie hat Fonny gesehen. Sie hat das Innere der Tombs gesehen. Darum hab ich ihr gesagt, sie soll sich hinlegen.»

«Was ist mit dem Anwalt?»

«Sie geht am Montag hin.»

Daddy gab nur einen kurzen Laut von sich, und ich hörte, wie die Kühlschranktür geöffnet und wieder geschlossen wurde und wie er sich ein Bier eingoß.

«Wo ist Sis?»

«Sie kommt gleich. Sie mußte heute länger arbeiten.»

«Was, meinst du, werden die verdammten Anwälte uns kosten, bis das alles vorbei ist?»

«Joe, du weißt ganz genau, daß es keinen Sinn hat, mich das zu fragen.»

«Na gut. Die machen bestimmt ihren Schnitt, diese elenden Scheißer.»

«Da kannst du Amen sagen.»

Unterdessen hatte Mama sich etwas Gin und Orangensaft eingegossen und saß ihm gegenüber am Tisch. Sie wippte mit dem Fuß; sie dachte voraus.

«Wie ging's heute?»

«Ganz gut.»

Daddy arbeitet im Hafen. Er fährt nicht mehr zur See. *Ganz gut*, das bedeutet, daß er an diesem Tag vielleicht nicht mehr als ein oder zwei Leute anbrüllen oder keinem drohen mußte, er werde ihn umbringen.

Fonny hat Mama eine seiner ersten Skulpturen geschenkt. Das war vor etwa zwei Jahren. Irgend etwas an ihr erinnert mich immer an Daddy. Mama hat sie, ganz für sich, auf ein kleines Tischchen im Wohnzimmer gestellt. Sie ist nicht sehr hoch, und sie ist aus schwarzem Holz geschnitzt. Es ist ein nackter Mann, der die eine Hand an die Stirn hält und mit der anderen halb sein Geschlecht verbirgt. Die Beine sind lang, sehr lang und sehr weit gespreizt, und der eine Fuß ist auf den Boden gestemmt, als könnte er sich nicht rühren, und die ganze Bewegung der Gestalt drückt Qual aus. Es war schon eine sehr eigenartige Figur für so einen jungen Burschen, oder wenigstens kam sie mir eigenartig vor, bis ich darüber nachdachte. Fonny ging auf eine Berufsschule, wo man Jungen und Mädchen beibringt, allen möglichen, wirklich nutzlosen Scheißkram herzustellen, wie Spieltische und Fußschemel und Kommoden, die kein Mensch je kaufen wird, denn wer kauft schon handgearbeitete Möbel? Die Reichen tun es nicht. Die sagen, die jungen Leute sind dumm, und deshalb bringt man ihnen bei, mit der Hand zu arbeiten. Diese jungen Leute sind überhaupt nicht dumm. Aber die Leute, die solche Schulen leiten, wollen erreichen, daß sie nicht klug werden: in Wirklichkeit lehren sie die Jungen und Mädchen, Sklaven zu sein. Fonny hat sich darauf gar nicht erst eingelassen, und er haute ab und nahm das meiste Holz aus der Werkstatt mit. Er brauchte dazu etwa eine Woche, einen Tag das Werkzeug, am nächsten Tag das Holz; aber das Holz war ein Problem, weil man's nicht in die Hosentasche oder unter den Mantel stecken kann; schließlich brachen er und ein Freund von ihm nach Dunkelwerden in der Schule ein und räumten, verdammt noch mal, fast die ganze Werkstatt aus und luden das Holz in den Wagen des Bruders von dem Freund. Einen Teil des Holzes versteckten sie im Keller eines freundlichen Hausmeisters, und das Werkzeug brachte Fonny zu uns, und etwas von dem Holz liegt immer noch unter meinem Bett.

Fonny hatte etwas gefunden, was er tun konnte, was er tun wollte, und das rettete ihn vor dem Tod, der auf die Kinder in unserem Alter wartete. Denn wenn der Tod auch viele Formen annahm, wenn auch Leute auf die verschiedensten Arten jung starben, der Tod selbst eine einfache Sache, und die Ursache war ebenfalls einfach: so einfach wie die Pest. Den Jugendlichen war beigebracht worden, daß sie keinen Dreck wert waren, und alles, was sie um sich her sahen, bewies ihnen das. Sie kämpften, sie kämpften, aber sie starben wie die Fliegen, und sie versammelten sich auf den Müllhaufen ihres Lebens – wie Fliegen. Und vielleicht klammerte ich mich an Fonny, vielleicht rettete Fonny *mich*, weil er so ungefähr der einzige Junge war, den ich kannte, der nicht mit der Nadel rumspielte oder billigen Fusel trank oder Leute überfiel oder Geschäfte ausräuberte – und er glättete nie sein Haar: es blieb einfach kraus. Er nahm einen Job als Koch für Schnellgerichte in einer Grillstube an, so hatte er zu essen, und er fand einen Keller, wo er an seinem Holz arbeiten konnte, und er war damals öfter bei uns als bei sich zu Hause.

Bei ihm zu Hause gab es immer Streit. Mrs. Hunt konnte Fonny oder Fonnys Art nicht ausstehen, und die beiden Schwestern hielten zu Mrs. Hunt – vor allem weil sie jetzt in einer scheußlichen Lage waren. Sie waren immer nur zum Heiraten erzogen worden, aber es gab für sie weit und breit keinen, der ihnen gut genug war. Sie waren schließlich nichts weiter als ganz normale Harlem-Mädchen, auch wenn sie es bis zum City College geschafft hatten. Aber im City College spielte sich für sie nichts ab – absolut nichts: die Brüder, die ein Diplom hatten, wollten sie nicht; die, die schwarze Frauen heiraten wollten, wollten, daß sie schwarz waren; und die, die weiße Frauen heiraten wollten, wollten, daß sie weiß waren. Da saßen sie nun, und an allem gaben sie Fonny die Schuld. Zwischen den Gebeten der Mutter, die eher wie Flüche klangen, und den Tränen der Schwestern, die eher wie Orgasmen waren, hatte Fonny keine Chance. Auch war Fonny diesen drei Furien nicht gewachsen. Er wurde einfach wütend, und du kannst dir denken, was für ein Geschrei es in diesem Haus gab. Und Frank hatte zu trinken angefangen. Ich konnte es ihm nicht verdenken. Und manchmal kam er auch zu uns und tat so, als würde er Fonny suchen. Für ihn war das alles viel schlimmer, als es für Fonny war. Obendrein hatte er seinen Schneiderladen verloren und arbeitete jetzt im Bekleidungs-Zentrum. Er war jetzt auf Fonny angewiesen, so wie Fonny einst auf ihn angewiesen gewesen war. Und sowieso hatte keiner von ihnen, wie man sich ja denken kann, ein anderes Heim, wohin er hätte gehen können. Frank ging in Bars, aber Fonny mochte Bars nicht.

Dieselbe Leidenschaft, die Fonny rettete, brachte ihn in Schwierigkeiten, brachte ihn ins Gefängnis. Denn, verstehst du, er hatte seinen Mittelpunkt, seinen eigenen Mittelpunkt in sich gefunden: und das merkte man ihm an. Er war niemandes Nigger. Und das ist ein Verbrechen in diesem scheiß-freien Land. Du mußt jemandes Nigger sein, das erwartet man von dir. Und wenn du niemandes Nigger bist, dann bist du ein schlechter Nigger: und das war's, was die Polypen befanden, als Fonny in die Innenstadt zog.

Ernestine ist gekommen, knochendürr, wie sie ist. Ich höre, wie sie Daddy aufzieht.

Sie arbeitet mit Kindern in einem Fürsorgeheim unten in der Stadt – Kindern bis zu vierzehn Jahren oder so, alle Hautfarben, Jungen und Mädchen. Die Arbeit ist sehr schwer, aber sie hängt daran – wenn sie nicht daran hinge, würde sie's, glaube ich, nicht schaffen. Es ist komisch mit den Menschen. Als Ernestine klein war, da war sie so eitel, wie man nur eitel sein kann. Sie drehte sich immer die Haare ein, und ihre Kleider waren immer sauber, und dauernd stand sie vor dem verflixten Spiegel, als könnte sie's kaum glauben, wie schön sie sei. Ich haßte sie. Da sie knapp vier Jahre älter war als ich, hielt sie's für unter ihrer Würde, mich zu beachten. Wir stritten uns wie Katz und Hund, oder vielleicht eher wie zwei eifersüchtige Zicken.

Mama gab sich Mühe, sich nicht weiter darum zu kümmern. Sie stellte sich vor, daß Sis – *ich* nannte sie Sis, weil ich sie anders als mit ihrem Namen anreden wollte, aber vielleicht auch, weil ich sie irgendwie für mich beanspruchen wollte – wahrscheinlich fürs Schaugeschäft geboren sei und eines Tages auf der Bühne landen werde. Der Gedanke daran erfüllte ihr Herz nicht gerade mit Jubel: aber sie, Sharon, meine Mutter, durfte nicht vergessen, daß sie einst Sängerin hatte werden wollen.

Ganz plötzlich, beinahe von einem Tag auf den andern, änderte sich das alles. Zum einen schoß Sis in die Höhe, sie wurde groß und schmal. Sie gewöhnte sich an, Hosen zu tragen und ihr Haar aufzubinden, und sie fing an, Bücher zu lesen, als würden Bücher aus der Mode kommen. Immer wenn ich von der Schule heimkam, und sie war zu Hause, hockte sie irgendwo zusammengerollt oder lag auf dem Boden und las. Sie hörte auf, Zeitungen zu lesen. Sie hörte auf, ins Kino zu gehen. «Ich brauche die schmutzigen Lügen der Weißen nicht mehr», sagte sie. «Die haben mir schon genug Mist ins Hirn gestopft.» Dabei wurde sie aber weder starr noch unfreundlich, und lange Zeit sprach sie sowieso nie über das, was sie las. Sie war jetzt viel netter zu mir. Und ihr Gesicht begann sich zu verändern. Es wurde knochiger und persönlicher, viel schöner. Ihre länglichen, schmalen Augen wurden durch das, was immer sie nun sahen, noch dunkler.

Sie verzichtete auf ihren Plan, aufs College zu gehen, und arbeitete einige Zeit in einem Krankenhaus. In diesem Krankenhaus lernte sie ein kleines Mädchen kennen, das Mädchen lag im Sterben, und es war schon – mit zwölf Jahren – ein Drogenwrack. Und es war nicht ein schwarzes Mädchen. Es war eine Puertorikanerin. Und da fing Ernestine an, mit Kindern zu arbeiten.

«Wo ist Jezebel?»

Sis nannte mich Jezebel, nachdem ich meinen Job in der Kosmetikabteilung im Warenhaus bekommen hatte, wo ich noch immer arbeite. Die Geschäftsleitung fand, es sei sehr mutig, sehr progressiv, diesen Job einem farbigen Mädchen zu geben. Ich stehe den ganzen Tag hinter dem verdammten Ladentisch, lächle, bis mir die Backenzähne weh tun, lasse müde und alte Damen an meinem Handrücken schnuppern. Sis behauptete, wenn ich heimkäme, duftete ich immer wie eine Nutte in Louisiana.

«Sie ist zu Hause. Sie hat sich hingelegt.»

«Ihr fehlt doch nichts?»

«Sie ist müde. Sie war bei Fonny.»

«Und wie schafft's Fonny?»

«Er schafft's irgendwie.»

«O Gott. Ich brauch jetzt einen Drink. Soll ich kochen?»

«Nein. Ich stell mich gleich an den Herd.»

«War sie bei Mr. Hayward?»

Arnold Hayward ist der Rechtsanwalt. Sis hat ihn mir über das Fürsorgeheim besorgt, das notgedrungen, wie die Dinge nun mal sind, immer irgendwas mit Anwälten zu tun hat.

«Nein. Sie geht am Montag nach der Arbeit hin.»

«Gehst du mit ihr?»

«Ich glaube, es ist besser.»

«Ja. Das finde ich auch – Daddy, hör mal lieber auf, dieses Bier in dich reinzuschütten, du wirst noch dick wie ein Faß. – Und ich ruf ihn dann von der Arbeit aus an, ehe ihr hingeht. – Möchtest du einen Schuß Gin ins Bier, mein Alter?»

«Tu das Zeug weg, Tochterherz, bevor ich aufstehe.»

«Steh doch auf! – Na los!»

«Nimm dich nur in acht. Du solltest dir lieber mal Arethas Lied *Respect* anhören! – Übrigens, Tish sagt, sie glaubt, der Anwalt will mehr Geld haben.»

«Daddy, wir haben ihm seinen Honorarvorschuß gezahlt – darum haben wir ja alle nichts anzuziehen. Und ich weiß, wir müssen ihm seine Spesen bezahlen. Aber *mehr* Geld kriegt er nicht, bis er erreicht hat, daß Fonnys Verhandlung stattfindet.»

«Er sagt, es ist ein schwerer Fall.»

«Scheiße. Wozu ist ein Anwalt da?»

«Um Geld zu machen», sagte Mama.

«Na schön. Hat irgendwer letzthin mit den Hunts gesprochen?»

«Die wollen nichts davon hören, das weißt du doch. Für Mrs. Hunt und ihre zwei Kameliendamen ist die ganze Sache nur eine Schande. Und der arme Frank hat kein Geld.»

«Na gut. Wir wollen in Gegenwart von Tish nicht zuviel davon reden. Wir werden's schon irgendwie schaffen.»

«Scheiße. Wir müssen es schaffen. Fonny ist doch beinahe einer von uns.»

«Er *ist* einer von uns», sagte Mama.

Ich knipste in Mamas Schlafzimmer das Licht an, damit sie wußten, daß ich wach war, und betrachtete mich im Spiegel. Ich strich mir etwas die Haare zurecht und ging in die Küche.

«Oho!» sagte Sis. «Wenn ich auch nicht behaupten kann, daß dein bißchen Schönheit dir viel genützt hat, bewundere ich doch, wie du dich hältst.»

Mama sagte, wenn wir etwas zu essen kriegen wollten, dann sollten wir gefälligst unsere Hintern aus der Küche bewegen, und so gingen wir ins Wohnzimmer.

Ich saß, an Daddys Knie gelehnt, auf dem Fußschemel. Es war inzwischen sieben Uhr, und die Straßen waren voller Lärm. Nach meinem langen Tag war ich nun ganz ruhig, und mein Baby begann Wirklichkeit für mich zu werden. Ich will damit nicht sagen, daß es nicht auch schon vorher Wirklichkeit für mich gewesen wäre; doch jetzt war ich in gewisser Weise mit ihm allein. Sis hatte nur wenig Licht gemacht. Sie legte eine Platte von Ray Charles auf und setzte sich aufs Sofa.

Ich hörte die Musik und die Geräusche von der Straße, und Daddys Hand lag leicht auf meinem Haar. Und alles war irgendwie miteinander verbunden – die Straßengeräusche und Rays Stimme und sein Klavier und Daddys Hand und die Silhouette meiner Schwester und die Geräusche und das Licht aus der Küche. Es war so, als wären wir ein Bild, als stünde für uns die Zeit still: dies geschah seit Jahrhunderten – Menschen, die in einem Zimmer sitzen, auf das Essen warten und dem Blues lauschen. Und es war, als würden alle diese Elemente, diese Stille, Daddys Berührung, die Geräusche, die meine Mutter in der Küche machte, die Art, wie das Licht fiel, die Art, wie die Musik alles untermalte, die Bewegung von Ernestines Kopf, als sie sich eine Zigarette anzündete, die Handbewegung, mit der sie das Streichholz in den Aschenbecher warf, die gedämpften menschlichen Stimmen, die von der Straße heraufklangen – als würden dieser Taumel und der anhaltende, irgendwie frohlockende Schmerz langsam mein Kind formen. Ich überlegte, ob es wohl Fonnys Augen haben würde. Wie jemand – und das war schließlich noch gar nicht so lange her – an die Augen von Joseph, meinem Vater, gedacht hatte, dessen Hand auf meinem

Kopf ruhte. Was mir nun plötzlich aufging, mir klarer wurde als irgend etwas anderes, war etwas, das ich wohl wußte, aber nicht näher bedacht hatte: dies war Fonnys und mein Kind, wir hatten es beide zusammen gemacht, es war – wir beide. Ich kannte uns beide nicht sehr gut. Wie waren wir beide wirklich? Aber irgendwie brachte mich das dazu, an Fonny zu denken und zu lächeln. Mein Vater strich mir mit der Hand über die Stirn. Ich dachte an Fonnys Streicheln, an Fonny in meinen Armen, an seinen Atem, seine Berührung, seinen Geruch, sein Gewicht, an diese schreckliche, herrliche Gegenwart, die in mich eindrang, und an seinen Atem, der wie von einem goldenen Faden tiefer und tiefer in seiner Kehle zusammengepreßt wurde, während er eindrang – während er tiefer und tiefer eindrang, nicht so sehr in mich, als vielmehr in ein Königreich, das hinter seinen Augen lag. So arbeitete er am Holz. So arbeitete er am Stein. Hätte ich ihn nie arbeiten sehen, dann hätte ich vielleicht nie gewußt, daß er mich liebte.

Das ist ein Wunder – zu erkennen, daß jemand dich liebt.

«Tish?»

Ernestine gestikulierte mit ihrer Zigarette.

«Ja?»

«Um wieviel Uhr gehst du Montag zum Anwalt?»

«Nach der Sechs-Uhr-Besuchszeit. Ich werde gegen sieben bei ihm sein. Er sagt, daß er sowieso abends länger zu tun hat.»

«Wenn er davon spricht, daß er mehr Geld will, dann sagst du ihm, er soll mich anrufen, hörst du?»

«Ich weiß nicht, wozu das gut sein soll. Wenn er mehr Geld will, dann will er eben mehr Geld.»

«Du tust, was deine Schwester dir sagt», sagte Daddy.

«Mit dir wird er nicht so sprechen», sagte Ernestine, «wie er mit mir sprechen würde, kapierst du?»

«Ja», sagte ich schließlich, «das kapier ich.» Aber irgend etwas in ihrer Stimme, ich kann das nicht näher erklären, erschreckte mich zu Tode. Ich fühlte mich, wie schon den ganzen Tag, allein mit meinen Sorgen. Keiner konnte mir helfen, nicht einmal Sis. Bestimmt, sie war entschlossen, mir zu helfen, das wußte ich. Aber vielleicht erkannte ich, daß auch sie Angst hatte, so sehr sie sich bemühte, ruhig und fest zu sprechen. Mir wurde klar, daß sie durch ihre Arbeit bei den Kindern in der Stadt eine ganze Menge darüber wußte. Ich hätte sie gern gefragt, wie es funktionierte. Ich hätte sie gern gefragt, *ob* es funktionierte.

Wenn außer uns niemand sonst da ist, essen wir in der Küche – sie ist vielleicht der wichtigste Raum in unserer Wohnung, der Raum, wo sich alles abspielt, wo die Dinge anfangen und Form annehmen und enden. Jetzt, nach dem Essen an diesem Abend, ging Mama an den Schrank und kam mit einer alten Flasche zurück, einer Flasche, die sie lange Jahre aufbewahrt hatte, mit sehr altem französischem Cognac. Er stammte noch aus der Zeit, als sie Sängerin gewesen war, aus ihrer Zeit mit dem Schlagzeuger. Dies war die letzte Flasche, sie war noch nicht angebrochen. Sie stellte die Flasche vor Joseph auf den Tisch und sagte: «Mach sie auf.» Sie holte vier Gläser und blieb stehen, während er die Flasche öffnete. Man sah Ernestine und Joseph an, daß sie überlegten, was denn nun in Mama gefahren sei. Aber ich wußte, was sie tat, und mein Herz machte einen Sprung.

Daddy kriegte die Flasche auf.

Mama sagte: «Du bist der Herr im Haus, Joe. Gieß ein.»

Es ist komisch mit den Menschen. Kurz bevor etwas passiert, weißt du beinahe, was es ist. Ich glaube sogar, du weißt tatsächlich, was es ist. Du hattest nur nicht die Zeit – und jetzt hast du keine Zeit mehr –, es dir selbst zu sagen. Daddys Gesicht veränderte sich – ich kann nicht beschreiben wie. Sein Gesicht wurde hart wie Stein, alle Linien und Kanten waren auf einmal wie gemeißelt, und seine Augen waren von noch schwärzerem Schwarz. Er wartete darauf – plötzlich, hilflos –, daß das, was wir schon wußten, übersetzt wurde, Wirklichkeit wurde, geboren wurde.

Sis beobachtete Mama mit einem sehr ruhigen Blick aus ihren länglichen, schmalen, ein wenig lächelnden Augen.

Mich sah keiner an. Ich war also auf eine Weise für sie da, die nichts mit mir zu tun hatte. Ich war also für sie da, wie Fonny gegenwärtig war, wie mein Kind, das jetzt eben, irgendwo unter meinem Herzen aus einem langen, langen Schlaf erwachte, sich regte, horchte.

Daddy goß ein, und Mama gab jedem ein Glas. Sie sah Joseph an, dann Ernestine, dann mich – und lächelte mir zu.

«Dies ist ein feierlicher Augenblick», sagte sie, «und, nein, nein, ich bin nicht übergeschnappt. Wir trinken auf ein neues Leben. Tish erwartet Fonnys Kind.» Sie stieß Joseph an. «Trink», sagte sie.

Daddy befeuchtete sich die Lippen und starrte mich an. Es war, als könnte niemand sprechen, bevor er gesprochen hatte. Ich starrte ihn an. Ich wußte nicht, was er sagen wollte. Joseph setzte sein Glas ab. Dann nahm er es wieder in die Hand. Er versuchte zu sprechen; er wollte gern sprechen, aber er konnte es nicht. Und er blickte mich an, als suchte er etwas herauszufinden, etwas, das mein Gesicht ihm sagen würde. Ein seltsames Lächeln flackerte um sein Gesicht, noch nicht *in* seinem Gesicht, und es schien, daß er im gleichen Augenblick rückwärts und vorwärts durch die Zeit reiste. Er sagte: «Das ist eine gewaltige Nachricht.» Dann trank er noch einen Schluck Cognac und sagte: «Willst du nicht auf das Kleine trinken, Tish?» Ich nahm einen kleinen Schluck, und ich mußte husten, und Ernestine klopfte mir auf den Rücken. Dann nahm sie mich in ihre Arme. In ihrem Gesicht standen Tränen. Sie lächelte zu mir herab – aber sie sagte nichts.

«Wie lange schon?» fragte Daddy.

«Etwa drei Monate», sagte Mama.

«Ja, dachte ich's mir doch», sagte Ernestine zu meiner Überraschung.

«Drei Monate!» sagte Daddy, so als hätten fünf Monate oder zwei Monate irgendeinen Unterschied bedeutet und die Sache verständlicher gemacht.

«Seit März», sagte ich. Fonny war im März verhaftet worden.

«Während ihr beide rumgelaufen seid und nach einer Wohnung gesucht habt, damit ihr heiraten könnt», sagte Daddy. Sein Gesicht war voller Fragen, und einem Sohn hätte er diese Fragen zu stellen vermocht – oder jedenfalls glaube ich, daß ein schwarzer Vater das kann –, aber an seine Tochter konnte er diese Fragen nicht richten.

Einen Augenblick war ich fast wütend; dann war ich es nicht mehr. Väter und Söhne, das ist eine andere Sache als Väter und Töchter.

Es ist nicht gut, zu tief in dieses Geheimnis einzudringen, das gleich weit davon entfernt ist, einfach oder ungefährlich zu sein. Wir wissen nicht genug über uns selbst. Ich glaube, es ist besser, wenn du weißt, daß du nicht weißt. So kannst du mit dem Geheimnis wachsen, wenn das Geheimnis in dir wächst. Aber heutzutage wollen immer alle alles wissen, und darum sind so viele Menschen so verloren.

Doch ich überlegte, wie Frank wohl auf die Nachricht reagieren würde, daß Fonny, sein Sohn, Vater wurde. Und da ging mir auf, daß jeder als erstes dachte: *Aber Fonny ist doch im Gefängnis!* Frank würde das denken: es würde sein erster Gedanke sein. Wenn etwas passiert, würde Frank denken, dann wird mein Junge nie sein Kind sehen. Und Joseph dachte: Wenn etwas passiert, dann wird das Kind meiner Kleinen keinen Vater haben. Ja. Das war der unausgesprochene Gedanke, der in unserer Küche schwer in der Luft hing. Und ich spürte, daß ich etwas sagen mußte. Aber ich war zu erschöpft. Ich lehnte mich an Ernestines Schulter. Ich hatte nichts zu sagen.

«Bist du sicher, daß du dieses Kind willst, Tish?» fragte mich mein Vater.

«O ja», sagte ich, «und Fonny will es auch! Es ist *unser Kind*», sagte ich. «Verstehst du nicht? Und es ist nicht Fonnys Schuld, daß er im Gefängnis ist, es ist nicht so, als ob er davongelaufen wäre oder so. Und –» dies war die einzige Möglichkeit, wie ich die Fragen beantworten konnte, die er nicht ausgesprochen hatte – «wir sind immer die besten Freunde gewesen, schon immer, seit wir klein waren, das weißt du doch. Und wir wären jetzt verheiratet, wenn – wenn –!»

«Das weiß dein Vater», sagte Mama. «Er macht sich nur Sorgen um dich.»

«Du wirst doch nicht denken, daß ich denke, du wärst ein schlechtes Mädchen, oder irgend solchen Blödsinn», sagte Daddy. «Ich fragte dich nur, weil du noch so jung bist, das ist alles, und –»

«Es ist schwer, aber wir werden's schaffen», sagte Ernestine.

Sie kennt Daddy besser als ich. Ich glaube, das kommt daher, weil sie, seit wir Kinder waren, das Gefühl hatte, daß unser Daddy mich vielleicht mehr liebte, als er sie liebt. Das stimmt nicht, und heute weiß sie es – die Menschen lieben verschiedene Menschen auf verschiedene Art –, aber als wir klein waren, muß es ihr so vorgekommen sein. Ich sehe so aus, als käme ich nicht zurecht, und sie sieht so aus, als könnte nichts sie bremsen. Wenn du hilflos aussiehst, reagieren die Menschen auf dich anders, als wenn du stark aussiehst oder auch nur stark tust, und da du nicht siehst, was die Leute sehen, kann das sehr schmerzhaft sein. Das ist, denke ich, vielleicht der Grund, warum Sis immer vor dem verflixten Spiegel stand, als wir noch Kinder waren. Sie sagte sich wohl: *Mir macht's nichts aus. Ich hab ja mich.* Natürlich führte das nur dazu, daß sie noch stärker wirkte, und das war das letzte, was sie wollte. Aber so sind wir nun mal, und darum sind wir manchmal so mies dran. Wie auch immer, sie ist darüber hinaus. Sie weiß, wer sie ist, oder zumindest weiß sie, wer, verdammt noch mal, sie nicht ist; und da sie sich nicht mehr fürchtet vor dem Aufruhr der Kräfte, mit denen sie leben muß, sondern gelernt hat, sie zu nutzen und zu bändigen, kann sie auf alles geradeaus zugehen. Und so kann sie auch Daddy ins Wort fallen – was ich nicht kann. Sie rückte etwas von mir weg und gab mir mein Glas in die Hand. «Kopf hoch, Schwester», sagte sie und hob ihr Glas und stieß mit mir an. «Die Kinder sollen gerettet sein», sagte sie ganz ruhig und leerte ihr Glas.

«Auf das neue Leben», sagte Mama, und Daddy sagte: «Hoffentlich ist es ein Junge. Ich wette, der alte Frank wäre ganz aus dem Häuschen.» Dann sah er mich an. «Hast du was dagegen», fragte er, «wenn ich's bin, der's ihm sagt, Tish?»

«Nein», sagte ich. «Ich hab gar nichts dagegen.»

«Also dann!» sagte er lachend. «Vielleicht sollte ich gleich mal rübergehen.»

«Vielleicht rufst du besser vorher an», sagte Mama. «Du weißt ja, er ist nicht oft zu Hause.»

«Was gäb ich darum, es den Schwestern beizubringen!» sagte

Ernestine.

Mama lachte und sagte: «Joe, warum rufst du nicht einfach an und sagst ihnen, sie sollen alle rüberkommen. Mann, es ist Samstagabend, und es ist noch nicht spät, und wir haben noch eine Menge Cognac in der Flasche. Und wenn ich's mir recht überlege, wäre das der beste Weg.»

«Bist du damit einverstanden, Tish?» fragte mich Daddy.

«So wollen wir's machen», sagte ich.

Daddy stand also auf, nachdem er mich einen Augenblick angesehen hatte, und ging ins Wohnzimmer, ans Telefon. Er hätte auch den Wandapparat in der Küche benutzen können, aber er trug dieses grinsende Lächeln zur Schau, das er immer aufsetzt, wenn er weiß, daß er sich um eine Angelegenheit kümmern muß, und wenn er sichergehen will, daß du auch kapierst, daß du dich da raushalten mußt.

Wir hörten, wie er die Nummer wählte. Es war das einzige Geräusch in unserer Wohnung. Dann hörten wir das Klingelzeichen in der Leitung. Daddy räusperte sich. Wir hörten ihn sprechen:

«Mrs. Hunt –? Oh, guten Abend, Mrs. Hunt. Hier spricht Joe Rivers. Ich wollte fragen, ob ich wohl bitte mal mit Frank sprechen kann, falls er zu Hause ist. – Vielen Dank Mrs. Hunt.»

Mama brummte vor sich hin und zwinkerte Sis zu.

«Heh! – Na, wie geht's? Ja, hier ist Joe. Gut geht's, Mann, hänge so rum, du weißt ja – sag mal, hör doch mal – oh, ja, Tish war heut nachmittag bei ihm, Mann, es geht ihm gut. – Ja. – Was ich sagen wollte, du, wir haben 'ne *Menge* zu besprechen, darum ruf ich dich an. – Ich kann das nicht alles am Telefon erzählen, Mann. Hör doch mal. Es geht uns alle an. – Ja. – Hör zu. Komm mir nicht mit so was. Ihr springt jetzt alle ins Auto und kommt hierher. Ja, jetzt. Richtig. *Jetzt gleich.* – Was? – Hör mal, Mann, ich sagte, es geht uns *alle* an. – Hier hat sich auch keiner fein gemacht, von mir aus kann sie in ihrem verdammten Bademantel kommen. – Halt den Mund, alte Memme. Ich versuche ja, nett zu sein. Unsinn. Sei nicht sauer – schmeiß sie einfach hinten ins *Auto* und fahr *los*, jetzt *gleich*, komm schon, Mann. Ich meine es *ernst.* – Heh, und bring 'n Sechser-Kasten Bier mit, ich geb dir das Geld, wenn ihr hier seid. – Ja. – Hör mal. Du legst jetzt den Hörer auf und bewegst deinen müden Hintern oder vielmehr euren kollektiven Hintern hierher, verstanden? – Bis gleich. *Bye.*»

Er kam lachend in die Küche zurück.

«Mrs. Hunt macht große Toilette», sagte er und setzte sich. Dann sah er zu mir herüber. Er lächelte – ein wunderbares Lächeln. «Komm her zu mir, Tish», sagte er, «und setz dich bei deinem Daddy auf den Schoß.»

Ich fühlte mich wie eine Prinzessin. Er umarmte mich, nahm mich auf den Schoß und fuhr mir mit der Hand zuerst rauh und dann ganz sanft durchs Haar. «Du bist ein gutes Mädchen, Clementine», sagte er. «Ich bin stolz auf dich. Vergiß das nicht.»

«Das vergißt sie bestimmt nicht», sagte Ernestine. «Ich werde ihr den Arsch versohlen.»

«Aber sie ist *schwanger*!» rief Mama und nippte an ihrem Cognac, und dann platzten wir alle los. Vaters Brustkorb hüpfte vor Lachen: ich fühlte zwischen meinen Schulterblättern, wie seine Rippen sich hoben und senkten. Und in diesem Lachen schwang eine wilde Freude, eine unsägliche Erleichterung mit: trotz allem, was drohend über uns hing. Ich war seine Tochter, gut; und ich hatte jemanden gefunden, den ich liebte, und ich wurde geliebt, und er fühlte sich erleichtert und bestätigt. Das Kind in meinem Bauch war schließlich auch *sein* Kind, denn es hätte keine Tish gegeben, wenn es keinen Joseph gegeben hätte. Unser Lachen hier in der Küche war also unsere hilflose Antwort auf ein Wunder. Das Kind war unser Kind, es war unterwegs, und die große Hand meines Vaters auf meinem Bauch hielt es und wärmte es: trotz allem, was drohend über uns hing, würde dieses Kind immer in sicherer Geborgenheit sein. Liebe hatte es gesandt, hatte es aus uns für uns erschaffen. Wohin dies uns führen würde, keiner wußte es: aber jetzt war Joe, mein Vater, bereit. Auf eine entscheidendere und tiefere Art als seine Töchter war dieses Kind der Same seiner Lenden. Und kein Messer konnte ihn vom Leben abtrennen, bis dieses

Kind geboren war. Und fast spürte ich, daß das Kind dies spürte, dieses Kind, das sich noch nicht rühren konnte – fast spürte ich, wie es der Hand meines Vaters entgegendrängte und mit den Füßen gegen meine Rippen stieß. In mir sang und summte es, und dann überkam mich die tödliche Morgenübelkeit, und ich legte den Kopf an meines Vaters Schulter. Er hielt mich fest. Es war ganz still. Die Übelkeit ging vorüber.

Sharon beobachtete alles, sie lächelte, wippte mit dem Fuß, dachte schon weiter. Wieder zwinkerte sie Ernestine zu.

«Sollen wir uns», fragte Ernestine, «für Mrs. Hunt schick machen?» – und wieder platzten wir alle los.

«Denkt daran, wir müssen freundlich sein», sagte Joseph.

«Wir *werden* freundlich sein», sagte Ernestine. «Weiß Gott, wir werden freundlich sein. Du hast uns gut *erzogen.* Nur hast du uns nie was zum *Anziehen* gekauft.» Sie wandte sich Mama zu: «Aber Mrs. Hunt und diese Schwestern, die haben *Garderobe*! Es wäre sinnlos, wenn wir mit ihnen konkurrieren wollten», sagte sie verzweifelt und setzte sich.

«Ich hatte keinen Schneiderladen», sagte Joseph, und er sah mir in die Augen und lächelte.

Das allererste Mal, als Fonny und ich uns liebten, war seltsam. Es war seltsam, weil wir beide es hatten kommen sehen. Aber das ist nicht ganz richtig gesagt. Wir hatten es *nicht* kommen sehen. Plötzlich war es da: und dann wußten wir, daß es immer da gewesen war, auf uns gewartet hatte. Wir hatten den Augenblick nicht gesehen. Aber der Augenblick hatte uns gesehen, schon von weit her. Er saß da und wartete auf uns, völlig frei, der Augenblick – Karten spielend, Blitze schleudernd, Knochen brechend, wartete er in seiner Ungeheuerlichkeit auf uns, während wir von der Schule heimtrödelten, daß wir unsere Verabredung einhielten.

Sieh mal. Ich habe Fonny in der Badewanne Wasser über den Kopf gegossen und ihm den Rücken geschrubbt – zu einer Zeit, die jetzt lange zurückzuliegen scheint. Aber ich schwöre, ich erinnere mich nicht, je sein Geschlecht gesehen zu haben, obwohl ich es natürlich gesehen haben muß. Wir spielten nie Doktor – und doch hatte ich dieses furchtbar aufregende Spiel mit anderen Jungens gespielt, und Fonny hatte es sicher mit anderen Mädchen und mit Jungens gespielt. Ich erinnere mich nicht, daß wir je auf den Körper des anderen neugierig gewesen wären – dank der List jenes wachsamen Augenblicks, der wußte, daß wir uns auf ihn zubewegten. Fonny liebte mich zu sehr, wir brauchten einander zu sehr. Wir waren jeder ein Teil des anderen, Fleisch vom Fleisch des anderen – und das bedeutete, daß wir einander so sicher waren, daß wir nie an das Fleisch dachten. Er hatte Beine, und ich hatte Beine – das war nicht alles, was wir wußten, aber das war alles, was wir benutzten. Sie brachten uns treppauf und treppab und, immer, zueinander.

Doch das hieß, daß wir nie Gelegenheit gehabt hatten, uns voreinander zu schämen. Ich war sehr lange flachbrüstig gewesen. Und erst jetzt bekomme ich einen richtigen Busen, wegen dem Kind, tatsächlich, und ich habe noch immer keine Hüften. Fonny hatte mich zu gern, als daß es ihm eingefallen wäre, daß er mich liebte. Ich hatte ihn so gern, daß kein anderer Junge für mich wirklich existierte. Ich sah die anderen einfach nicht. Ich wußte nicht, was dies bedeutete. Aber der wartende Augenblick, der uns auf der Straße erspäht hatte, der auf uns wartete, wußte es.

Eines Abends – er war damals einundzwanzig und ich achtzehn – gab Fonny mir einen Gutenachtkuß, und ich fühlte, wie sein Geschlecht gegen mich drängte, und er wandte sich ab. Ich sagte gute Nacht und rannte die Treppe hinauf, und er rannte die Treppe hinunter. An diesem Abend konnte ich nicht einschlafen: es war etwas geschehen. Und zwei oder drei Wochen lang kam er nicht vorbei, sah ich ihn nicht. Das war damals, als er die Holzfigur schnitzte, die er Mama geschenkt hat.

Der Tag, an dem er sie ihr schenkte, war ein Samstag. Nachdem er Mama die Figur gegeben hatte, gingen wir aus dem Haus und liefen durch die Gegend. Ich war so froh, ihn wiederzusehen nach so langer Zeit, daß ich hätte weinen können. Und alles war anders. Ich lief durch Straßen, die ich nie zuvor gesehen hatte. Die Gesichter rings um mich her – ich hatte sie nie gesehen. Wir bewegten uns in einem Schweigen, das wie Musik von überall her war. Zum erstenmal vielleicht in meinem Leben war ich glücklich und wußte, daß ich glücklich war, und Fonny hielt mich bei der Hand. Es war wie an dem Sonntagmorgen damals, als seine Mutter uns zur Kirche mitgenommen hatte.

Jetzt war Fonnys Haar nicht gescheitelt – es stand ihm überall dicht auf dem Kopf. Er hatte keinen blauen Anzug an, er hatte überhaupt keinen Anzug an. Er trug eine alte, schwarz-rot karierte Holzfällerjacke und eine alte graue Kordhose. Seine schweren Schuhe waren ausgetreten; und er roch nach Anstrengung.

Er war der schönste Mensch, den ich je im Leben gesehen hatte.

Sein Gang war langsam, langbeinig, o-beinig. Wir gingen die Treppe zur Subway hinunter, und er hielt mich bei der Hand. Der Zug, als er kam, war überfüllt, und Fonny legte beschützend den Arm um mich. Plötzlich blickte ich auf in sein Gesicht. Niemand kann das beschreiben, und ich sollte es eigentlich nicht versuchen. Sein Gesicht war größer als die Welt, seine Augen tiefer als die Sonne, weiter als die Wüste – alles, was je geschehen war, seit Anbeginn der Zeit, war in seinem Gesicht. Er lächelte: ein leises Lächeln. Ich sah seine Zähne: ich sah genau die Stelle, wo damals, als er mir in den Mund spuckte, der Zahn gefehlt hatte. Der Zug schaukelte, er hielt mich fester, und ein Seufzer, wie ich ihn noch nie gehört hatte, erstickte in ihm.

Es ist erstaunlich, wenn du zum erstenmal erkennst, daß ein Fremder einen Körper hat – die Erkenntnis, daß er einen Körper hat, macht ihn zum Fremden. Sie sagt dir, daß auch du einen Körper hast. Mit ihm wirst du immer leben, und er wird die Sprache deines Lebens buchstabieren.

Und ich war völlig verblüfft, als mir bewußt wurde, daß ich Jungfrau war. Ich war es wirklich. Auf einmal fragte ich mich, wieso. Ich fragte mich, warum. Aber es kam daher, weil ich immer, ohne je darüber nachzudenken, gewußt hatte, daß ich mein Leben mit Fonny verbringen würde. Es war mir einfach nicht in den Sinn gekommen, daß mein Leben anders verlaufen könnte. Das bedeutete, daß ich nicht nur Jungfrau war – ich war noch ein Kind.

Am Sheridan Square, im Village, stiegen wir aus. Wir gingen die

West Fourth Street nach Osten. Da es ein Samstag war, waren die Straßen überfüllt, sie bogen sich unter der Last der Leute. Die meisten waren jung, mußten jung sein, das sah man, aber mir erschienen sie nicht jung. Sie erschreckten mich – ich hätte damals nicht sagen können, warum. Ich glaubte, es sei deshalb, weil sie so viel mehr wußten als ich. Und das taten sie. Aber in einer anderen Beziehung, die ich erst jetzt allmählich verstehe, auch wieder nicht. Sie hatten alles gemeinsam: den Gang, die Geräusche, das Gelächter, die schlampige Kleidung – eine Kleidung, die eine Armut kopierte, die für sie so unvorstellbar war, wie die ihre mir unsagbar fern war. Da waren viele Schwarze und Weiße beisammen: es war schwer zu sagen, wer wen imitierte. Sie waren so frei, daß sie an nichts glaubten, und sie erkannten nicht, daß diese Illusion ihre einzige Wahrheit war und daß sie genau das taten, was ihnen gesagt worden war.

Fonny sah mich von der Seite her an. Es war jetzt ungefähr zwischen sechs und sieben.

«Na, zufrieden?»

«Sicher. Und du?»

«Willst du hier unten was essen, oder willst du warten, bis wir wieder zurück sind, oder willst du ins Kino gehen, oder möchtest du einen Schluck Wein oder ein bißchen Hasch oder ein Bier oder eine Tasse Kaffee? Oder möchtest du lieber noch ein bißchen rumlaufen, ehe du dich entschließt?» Er lächelte warm und herzlich und zog ein wenig an meiner Hand und schwang sie hin und her.

Ich war sehr glücklich, aber irgendwie war ich auch befangen. Ich hatte mich nie zuvor bei ihm befangen gefühlt.

«Laß uns zuerst in den Park gehen.» Ich wollte noch eine Weile draußen bleiben.

«Okay.» Er hatte immer noch dieses lustige Lächeln im Gesicht, als wäre ihm gerade etwas Wunderbares widerfahren, und als wüßte es noch niemand auf der Welt außer ihm. Aber er würde es bald jemandem verraten, und das würde ich sein.

Wir überquerten die überfüllte Sixth Avenue; alle Arten von Menschen waren auf der Jagd in den Samstagabend. Aber niemand sah uns an, weil wir beisammen waren und weil wir beide schwarz waren. Später, als ich allein durch diese Straßen gehen mußte, war es anders, die Menschen waren anders, und ich war nun gewiß kein Kind mehr.

«Laß uns hier gehen», sagte Fonny, und wir gingen die Sixth Avenue in Richtung Bleecker Street hinunter. Wir gingen durch die Bleecker Street, und Fonny starrte einen Augenblick durch das große Fenster des *San Remo.* Es war niemand drinnen, den er kannte, und alle sahen müde und mutlos aus, als seien sie es leid, sich für einen entsetzlichen Abend zu rasieren und umzuziehen. Die Menschen in dem trüben Licht waren Veteranen unvorstellbarer Kriege. Wir gingen weiter. Die Straßen waren jetzt dicht bevölkert, schwarze und weiße Jugendliche, und Polypen. Fonny trug den Kopf etwas höher, und sein Griff um meine Hand wurde fester. Scharen junger Leute standen vor dem überfüllten Café auf dem Bürgersteig herum. Die Musicbox spielte Arethas *That's Life.* Es war seltsam. Alle waren auf den Straßen und bewegten sich und redeten, wie die Leute es überall tun, und doch schien keiner freundlich zu sein. Das Ganze hatte etwas Beklemmendes und Beängstigendes: so wie etwas, das real wirkt und es doch nicht ist, dich dahin bringen kann, daß du in heller Panik schreist. In einer Weise war es genau wie Szenen bei uns in der Gegend: ältere Männer und Frauen, die auf den Stufen vor den Häusern saßen, kleine Kinder, die den Häuserblock auf und ab liefen, Autos, die sich langsam einen Weg durch diesen Strudel bahnten, der Polizeiwagen, der an der Ecke parkte, mit zwei Polypen darin, und andere Polypen, die den Bürgersteig entlangstolzierten. In einer Weise war es wie Szenen bei uns in der Gegend, aber irgend etwas fehlte, oder irgend etwas kam hier hinzu – ich konnte es nicht sagen. Jedenfalls war es eine Szene, die mich erschreckte. Man mußte hier vorsichtig seinen Weg suchen, denn alle diese Menschen waren blind. Wir wurden angerempelt, und Fonny legte seinen Arm um meine Schulter. Wir kamen an der *Minetta Tavern* vorbei, überquerten den Minetta Lane, gingen an dem Zeitungskiosk an der nächsten Ecke vorbei und schräg hinüber in den Park, der sich im Schatten der massigen neuen Gebäude der New York University und der hohen neuen Apartmenthäuser im Osten und Norden zu ducken schien. Wir gingen an den Männern vorbei, die dort seit Generationen im Lampenlicht Schach spielen, an Leuten, die ihre Hunde spazierenführten und an jungen Männern mit hellem Haar und sehr engen Hosen, die einen schnellen Blick auf Fonny und einen resignierten auf mich warfen. Wir setzten uns auf den steinernen Rand des trockenen Brunnens und blickten zu Boden. Rings um uns her waren unendlich viele Menschen, aber ich spürte noch immer diesen schrecklichen Mangel an Freundlichkeit.

«Ich habe manchmal hier im Park geschlafen», sagte Fonny. «Das ist kein Vergnügen.» Er zündete sich eine Zigarette an. «Willst du eine Zigarette?»

«Nicht jetzt.» Ich hatte noch eine Weile draußen bleiben wollen, aber nun wollte ich irgendwohin, fort von diesen Menschen, raus aus dem Park. «Warum hast du im Park geschlafen?»

«Es war spät. Ich wollte meine Leute nicht wecken. Und ich hatte kein Geld.»

«Du hättest zu *uns* kommen können.»

«Ja, aber ich wollte auch bei *euch* niemanden wecken.» Er steckte seine Zigaretten wieder in die Tasche. «Jetzt hab ich hier unten eine Bude. Ich zeige sie dir nachher, wenn du sie sehen willst.» Er sah mich an. «Du frierst und bist müde, ich besorg dir was zu essen, okay?»

«Okay. Hast du Geld?»

«Ja, Baby, ich hab mir ein bißchen Kleingeld zusammenverdient. Komm.»

Wir gingen eine Menge zu Fuß an diesem Abend, denn nun führte Fonny mich Richtung Westen, am Rand von Greenwich entlang und am Frauengefängnis vorbei, zu dem kleinen spanischen Restaurant, wo Fonny alle Kellner kannte und sie alle ihn kannten. Und diese Leute waren ganz anders als die Leute in den Straßen, ihr Lächeln war anders, und ich fühlte mich zu Hause. Es war Samstag, aber es war noch früh am Abend, und sie schoben uns zu einem kleinen Tisch im Hintergrund – nicht als ob sie nicht wollten, daß die Leute uns sähen, sondern als freuten sie sich, daß wir gekommen waren, und wollten, daß wir möglichst lange blieben.

Ich hatte nicht viel Erfahrung mit Restaurants, aber Fonny kannte sich aus; er sprach auch etwas Spanisch, und ich merkte, daß die Kellner ihn wegen mir aufzogen. Und dann, als ich mit unserem Kellner, Pedrocito – der Kosename deutete an, daß er der jüngste war – bekannt gemacht wurde, erinnerte ich mich, daß wir in unserem Block immer Romeo und Julia genannt worden waren. Die Leute hatten uns immer geneckt. Aber hier war es etwas anderes.

An manchen Tagen, Tagen, an denen ich mir frei nahm, wenn ich ihn mittags und dann wieder abends um sechs besuchen konnte, ging ich von der Centre Street nach Greenwich und setzte mich hier in den Hintergrund, und sie gaben mir zu essen, wobei sie leise und behutsam dafür sorgten, daß ich etwas zu mir nahm – irgend etwas; mehr als einmal nahm Luisito, der gerade aus Spanien angekommen war und kaum Englisch sprach, das kalt gewordene Omelette wieder mit, das er mir gemacht und das ich nicht angerührt hatte, und brachte mir ein neues, heißes und sagte: «Señorita –? *Por favor.* Er und der *muchacho* brauchen Ihre Kraft. Er wird uns nie verzeihen, wenn wir Sie verhungern lassen. Wir sind seine Freunde. Er vertraut uns. Auch Sie müssen uns vertrauen.» Und er goß mir etwas Rotwein ein. «Wein ist gut. *Lang*-sam.» Ich nippte daran. Dann lächelte er, ging aber nicht fort, bis ich zu essen anfing. «Es wird ein Junge werden», sagte er dann, grinste und ging fort. Sie halfen mir über viele, viele furchtbare Tage hinweg. Sie waren die freundlichsten Menschen, denen ich in ganz New York begegnet war; sie nahmen Anteil. Als das Gehen mir schwerfiel, als ich dick wurde, und Joseph und Frank und Sharon bei der Arbeit waren und Ernestine im Kampf, da richteten sie es so ein, daß sie Besorgungen in der Nähe der Tombs zu erledigen hatten, und fuhren mich, als wäre es das Natürlichste von der Welt – und für sie war es das –, zu ihrem Restaurant, und dann brachten sie mich zur Sechs-Uhr-Besuchszeit wieder zurück. Ich werde sie nie vergessen, niemals: sie wußten.

Aber an jenem Samstagabend wußten wir nicht; Fonny wußte es

nicht, und wir waren glücklich, wir alle. Ich trank eine Margherita, obwohl wir alle wußten, daß dies gegen das gottverdammte, lächerliche Scheiß-Gaststättengesetz verstieß, und Fonny trank einen Whiskey, denn mit einundzwanzig ist man gesetzlich berechtigt zu trinken. Seine Hände sind groß. Er nahm meine Hände und legte seine Hände in meine. «Ich möchte dir später etwas zeigen», sagte er. Ich hätte nicht sagen können, wessen Hände zitterten, wer wessen Hände festhielt. «Okay», sagte ich. Er hatte eine Paella bestellt, und als sie kam, lösten wir unsere Hände, und Fonny servierte mir kunstfertig. «Das nächste Mal bist du dran», sagte er, und wir lachten und fingen an zu essen. Und wir tranken Wein. Und Kerzen brannten. Und andere Menschen kamen herein und sahen uns seltsam an, aber Fonny sagte: «Wir kennen die Leute, denen die Kneipe gehört», und wir lachten, und wir waren in Sicherheit.

Ich hatte Fonny nie außerhalb der Welt erlebt, in der ich mich bewegte. Ich hatte ihn mit seinem Vater und seiner Mutter und seinen Schwestern erlebt, und ich hatte ihn bei uns erlebt. Aber wenn ich jetzt zurückdenke, bin ich mir nicht sicher, ob ich ihn eigentlich je mit *mir* erlebt hatte: nicht bis zu dem Augenblick, als wir das Restaurant verließen und alle Kellner mit ihm lachten und mit ihm sprachen, auf englisch und auf spanisch, und Fonnys Gesicht sich öffnete und so offen war, wie ich es nie gesehen hatte, und jenes Lachen kam dröhnend aus seinem Bauch herauf, aus *ihren* Bäuchen – ich hatte ihn jedenfalls bestimmt noch nie in der Welt gesehen, in der *er* sich bewegte. Vielleicht geschah es erst jetzt, daß ich ihn mit mir erlebte, denn er stand von mir abgewandt und lachte, hielt aber meine Hand fest. Er war für mich ein Fremder, aber mit mir verbunden. Ich hatte ihn nie mit anderen Männern zusammen erlebt. Ich hatte nie die Liebe und Achtung gesehen, die Männer füreinander haben können.

Ich habe seither Zeit gehabt, darüber nachzudenken. Ich glaube, wenn eine Frau dies zum erstenmal sieht – auch wenn ich noch keine Frau war –, dann sieht sie es zuerst nur, weil sie den Mann liebt: sonst könnte sie es unmöglich sehen. Es kann eine sehr große Offenbarung sein. Aber in diesen miesen Zeiten und in dieser miesen Welt spüren viele Frauen, vielleicht die meisten, in dieser Wärme und Energie eine Bedrohung. Sie meinen, sie fühlen sich ausgeschlossen. Die Wahrheit ist, daß sie sich sozusagen in Gegenwart einer Sprache erleben, die sie nicht entschlüsseln und daher nicht manipulieren können, und obwohl sie, weit davon entfernt, ausgeschlossen zu sein, so viel Wesens darum machen, erschrecken sie bei der Ahnung, daß sie in Wirklichkeit für immer eingeschlossen sind. Nur ein Mann erkennt im Gesicht einer Frau das Mädchen, das sie einmal war. Es ist ein Geheimnis, das sich nur *einem* Mann offenbaren kann, und auch nur, wenn er beharrlich ist. Aber Männer haben keine Geheimnisse, außer vor den Frauen, und sie werden nie in der Weise erwachsen, wie Frauen es werden. Für einen Mann ist es viel schwerer und dauert es viel länger, erwachsen zu werden, und ohne Frauen würde er es überhaupt nie schaffen. Das ist ein Geheimnis, das eine Frau erschrecken und lähmen kann, und es ist immer der Schlüssel zu ihrem tiefsten Kummer. Sie muß beobachten und lenken, aber er muß führen, und es wird immer so aussehen, als schenkte er seinen Freunden viel mehr wirkliche Aufmerksamkeit als ihr. Aber diese laute, äußerliche Offenheit der Männer untereinander erlaubt es ihnen, still und verschwiegen wie Frauen zu handeln, mit der Stille und Verschwiegenheit, die eines Mannes Wahrheit birgt und sie befreit. Ich glaube, daß die Ursache des Grolls – eines Grolls, hinter dem sich bodenloses Entsetzen verbirgt – etwas damit zu tun hat, daß eine Frau auf ungeheuerliche Weise beherrscht wird durch das, was die Phantasie des Mannes aus ihr macht – buchstäblich, Stunde um Stunde, Tag um Tag; so wird sie eine Frau. Aber der Mann lebt in seiner eigenen Vorstellungswelt und kann darum nie der Phantasie einer Frau ausgeliefert sein. – Wie auch immer, in diesen miesen Zeiten und in dieser miesen Welt wird das alles lächerlich, wenn du erkennst, daß Frauen für phantasievoller gehalten werden als Männer. Das ist eine von Männern erträumte Idee, und sie beweist genau das Gegenteil. Die Wahrheit ist, daß die Auseinandersetzung mit der Realität der Männer einer Frau sehr wenig Zeit läßt oder Verlangen einflößt, Phantasie zu entwickeln. Und du kannst hier ganz schön kaputtgehen, wenn du die Vorstellung ernst nimmst, daß ein Mann, der keine Angst hat, seiner Phantasie zu vertrauen (die das einzige ist, worauf die Männer je vertraut haben), feminin sei. Sie sagt eine Menge über dieses Land aus, denn natürlich, wenn du nichts anderes willst als Geld verdienen, dann ist Phantasie das allerletzte, was du brauchst. Oder eine Frau, was das betrifft, oder einen Mann.

«Einen sehr schönen Abend noch, Señorita!» rief der Patriarch des Hauses, und dann waren Fonny und ich wieder auf der Straße und gingen weiter.

«Komm, sieh dir meine Bude an», sagte Fonny. «Es ist nicht weit.»

Es war jetzt ungefähr zwischen zehn und elf.

«Okay», sagte ich.

Damals kannte ich das Village noch nicht – heute kenne ich es; damals war alles überraschend. Wo wir gingen, war es viel dunkler und stiller als auf der Sixth Avenue. Wir waren in der Nähe des Flusses, und wir waren die einzigen Menschen auf der Straße. Ich hätte Angst gehabt, allein durch diese Straße zu gehen.

Ich hatte das Gefühl, ich sollte vielleicht zu Hause anrufen, und ich setzte an, es Fonny zu sagen, tat es dann aber doch nicht.

Seine Bude befand sich in einem Kellergeschoß in der Bank Street. Wir blieben neben einem niedrigen schwarzen, mit Spitzen versehenen Eisengeländer stehen. Fonny öffnete ganz ruhig eine Pforte. Wir gingen vier Stufen hinab, wandten uns nach links und standen vor einer Tür. Rechts von uns waren zwei Fenster. Fonny steckte den Schlüssel ins Schloß, und die Tür schwang nach innen. Über uns brannte ein trübes gelbes Licht. Fonny schob mich vor sich hinein und schloß die Tür hinter uns, dann führte er mich ein paar Schritte durch einen dunklen, engen Flur. Er öffnete eine andere Tür und schaltete das Licht an.

Es war ein kleiner, niedriger Raum, und hier waren die Fenster, die auf die Pforte hinausgingen. Es gab einen Ofen. Gleich neben dem Zimmer waren eine kleine Kochnische und ein Bad. Dort war eine Dusche; eine Badewanne gab es nicht. In dem Zimmer standen ein hölzerner Stuhl, ein paar Schemel, ein großer Holztisch und ein kleinerer. Auf dem kleinen Tisch standen ein paar leere Bierdosen, und auf dem großen Tisch lagen Werkzeuge. Das ganze Zimmer roch nach Holz, und überall lag unbearbeitetes Holz herum. In der hinteren Ecke lag eine Matratze auf dem Boden, sie war mit einem mexikanischen Tuch bedeckt. An der Wand hingen Fonnys Bleistiftskizzen und eine Fotografie von Frank.

In diesem Zimmer sollten wir eine lange Zeit verbringen: unser Leben.

Als es klingelte, ging Ernestine an die Wohnungstür, und herein trat als erste Mrs. Hunt. Sie trug ein Kleid, das, solange du nicht genau hinsahst, sehr elegant wirkte. Es war braun, es glänzte, und es ließ einen an Satin denken; und es war irgendwie mit weißer Spitze gesäumt, an den Knien, glaube ich, und den Ellbogen, und ich glaube auch an der Taille; und sie trug so etwas wie einen Kastenhut, einen umgestülpten Kohlenkasten, der ihre harte Stirn noch härter erscheinen ließ.

Sie trug Stöckelschuhe, und sie hatte zugenommen. Sie kämpfte dagegen an, aber ohne Erfolg. Sie hatte Angst: trotz der Macht des Heiligen Geistes. Sie kam lächelnd herein, ohne recht zu wissen, wem ihr Lächeln galt, da sie sozusagen hin und her gerissen wurde zwischen dem forschenden Blick des Heiligen Geistes und der unsteten Erinnerung an ihr Spiegelbild. Und irgend etwas an der Art, wie sie eintrat und die Hand ausstreckte, irgend etwas an ihrem Lächeln, das um Mitleid flehte und gleichzeitig selbst kein Mitleid aufbringen konnte, verlieh ihr in meinen Augen etwas ganz Erstaunliches. Sie war eine Frau, die ich noch nie gesehen hatte. Fonny war in ihrem Leib gewesen. Sie hatte ihn getragen.

Hinter ihr traten die Schwestern ein – wieder ein ganz anderer Fall. Ernestine, sehr herzlich und aufgekratzt an der Tür («Euch kriegt man auch nur zu Gesicht, wenn man ein dringendes Gipfeltreffen einberuft! Nein, wirklich, das ist nicht recht, findet ihr nicht? Nur herein ins Haus!»), hatte Mrs. Hunt in Sharons Bereich befördert, und Sharon, voller Anmut, reichte sie, wenn auch nicht ganz, an Joseph weiter, der seinen Arm um mich gelegt hatte. Etwas an der Art, wie mein Vater mich festhielt, oder etwas an seinem Lächeln machte Mrs. Hunt Angst. Aber ich merkte jetzt, daß sie immer Angst gehabt hatte.

Obwohl die Schwestern Fonnys Schwestern waren, hatte ich sie nie als seine Schwestern gesehen. Aber nein. Das ist nicht wahr. Wären sie nicht Fonnys Schwestern gewesen, dann hätte ich sie nie auch nur bemerkt. Da sie seine Schwestern waren, und da ich wußte, daß sie Fonny eigentlich nicht mochten, haßte ich sie. *Sie* haßten mich nicht. Sie haßten niemanden, und das war's, was bei ihnen nicht stimmte. Als sie in unser Wohnzimmer traten, lächelten sie einem unsichtbaren Schwarm von Bewunderern zu, und Adrienne, die ältere, sie war siebenundzwanzig, und Sheila, die vierundzwanzig war, strengten sich furchtbar an, lieb und nett zu mir, dem armen Schmuddelkind, zu sein, so wie die Missionare es ihnen beigebracht hatten. In Wirklichkeit sahen sie nichts anderes als die große schwarze Hand meines Vaters, die sie um die Taille faßte – natürlich hielt mein Daddy *mich* um die Taille, aber irgendwie war es so, als hielte er sie. Sie wußten nicht, ob sie die Farbe, die Lage oder die Form dieser Hand mißbilligen sollten. Aber bestimmt mißbilligten sie die Kraft ihrer Berührung. Adrienne war zu alt für das, was sie anhatte, und Sheila für das, was sie trug, zu jung. Nach ihnen kam nun Frank herein, und mein Vater lockerte ein wenig den Griff, mit dem er mich hielt. Schnatternd und plappernd gingen wir ins Wohnzimmer.

Mr. Hunt sah sehr müde aus, aber er hatte immer noch dieses Lächeln. Er setzte sich aufs Sofa, neben Adrienne, und sagte: «So, du hast also heute meinen Jungen, das Großmaul, gesehen?»

«Ja. Es geht ihm gut. Er läßt grüßen.»

«Die setzen ihm doch nicht zu arg zu? – Ich frage nur, denn, weißt du, vielleicht sagt er dir Dinge, die er mir nicht sagen würde.»

«Liebesgeheimnisse», sagte Adrienne, schlug die Beine übereinander und lächelte.

Ich sah keinen Grund, warum ich mich mit Adrienne anlegen sollte, wenigstens jetzt noch nicht, und auch Mr. Hunt ging nicht auf sie ein – er sah mich immer noch an.

Ich sagte: «Nun ja. Er haßt es, das sieht man. Und er hat recht. Aber er ist sehr stark. Und er liest und studiert eine Menge.» Ich sah Adrienne an. «Er wird's schon durchstehen. Aber wir müssen ihn da rausholen.»

Frank wollte gerade etwas sagen, als Sheila in scharfem Ton sagte: «Hätte er gelesen und studiert, als er es sollte, dann säße er jetzt nicht da *drin.*»

Ich setzte zu einer Antwort an, aber Joseph sagte schnell: «Hast du den Sechser-Kasten Bier mitgebracht, Mann? Sonst hab ich etwas Gin, und wir haben Whiskey, und wir haben noch etwas Cognac.» Er grinste. «Wenn ich auch kein Thunderbird habe.» Er wandte sich an Mrs. Hunt: «Die Damen haben doch sicher nichts dagegen –?»

«Mrs. Hunt», sagte Sharon, «was darf ich Ihnen geben, meine Liebe? Ich kann Ihnen Tee oder Kaffee anbieten – und wir haben Eiskrem – und Coca-Cola.»

«– und Seven-Up», sagte Ernestine. «Ich kann Ihnen ein Eiskrem-Soda machen. Komm, Sheila, willst du mir helfen? Setz dich doch, Mama. Wir machen das schon.»

Sie zog Sheila mit in die Küche.

Mama setzte sich neben Mrs. Hunt. «Mein Gott», sagte sie, «wie die Zeit verfliegt! Wir haben uns kaum mehr gesehen, seit diese dumme Geschichte anfing.»

«Sagen Sie kein Wort. Ich hab mir selbst die Füße *wund* gelaufen, immer die Bronx auf und ab, um den besten Rechtsberater zu kriegen, den ich finden kann – über ein paar von den Leuten, wissen Sie, für die ich früher gearbeitet hab. Einer von ihnen ist Stadtrat, und er kennt einfach *jeden*, und er hat einige Fäden in der Hand – die Leute *müssen* einfach auf ihn hören, verstehen Sie? Aber was *das* mich Zeit gekostet hat! Und der Doktor sagt, ich *muß* vorsichtig sein, er sagt, daß ich mein Herz einer furchtbaren Belastung aussetze. Mrs. Hunt, sagt er, Sie müssen daran denken, einerlei, wie sehr der Junge sich nach seiner Freiheit sehnt, er sehnt sich auch nach seiner Mutter. Aber, sehen Sie, es macht mir nichts aus. Um *mich* mach ich mir keine Sorgen. Der *Herr* hilft mir weiter. Ich bete und bete und bete, daß der Herr meinen Jungen zum Licht führen möge. Das ist alles, worum ich flehe, jeden Tag und jede Nacht. Und dann denke ich manchmal, daß vielleicht dies des Herrn Weg ist, meinen Jungen dahin zu bringen, daß er seine Sünden bedenkt und seine Seele Jesus überantwortet –»

«Da könnten Sie recht haben», sagte Sharon. «Gottes Wege sind unerforschlich.»

«Oh, *ja!*» sagte Mrs. Hunt. «Wohl erlegt er uns Prüfungen auf. Aber er hat noch nie eines seiner Kinder allein gelassen.»

«Was halten Sie», fragte Sharon, «von Mr. Hayward, dem Rechtsanwalt, den Ernestine gefunden hat?»

«Ich war noch nicht bei ihm. Ich hatte einfach keine Zeit, in die Stadt zu fahren. Aber ich weiß, Frank war bei ihm –»

«Was halten Sie von ihm, Frank?» fragte Sharon.

Frank hob die Schultern. «Eben ein weißer Kerl, der Jura studiert und sein Examen gemacht hat. Na, Sie wissen schon. Ich brauch Ihnen nicht zu sagen, was das bedeutet: einen Scheißdreck.»

«Frank, du sprichst mit einer Dame!» sagte Mrs. Hunt.

«Das merk ich auch, und es ist 'ne verdammt willkommene Abwechslung! Was ich sagen wollte, das bedeutet einen Scheißdreck, und ich weiß nicht, ob wir ihn behalten sollen. Andererseits, so wie die Weißen nun mal sind, ist er gar nicht so übel. Er ist, weil er hungrig ist, noch nicht so scheißgleichgültig, wie er's später vielleicht sein wird, wenn er satt ist. – Mann», sagte er zu Joseph, «du weißt, ich seh nicht gern das Leben meines Jungen in den Händen dieser weißen Schlappschwänze. Ich schwör's bei Gott, lieber laß ich mich bei lebendigem Leibe rösten. Er ist mein einziger Sohn, Mann, *mein einziger Sohn.* Aber wir sind alle in den Händen der Weißen, und ich kenne da ein paar aufgeblasene schwarze Burschen, denen ich auch nicht trauen würde.»

«Aber ich sage dir doch immer, ich *sage* dir doch immer», kreischte Mrs. Hunt, «daß das eine negative Einstellung ist, und die ist so gefährlich! Du bist so voller *Haß*! Wenn du die Menschen haßt, dann werden sie dich wieder hassen! Wenn ich dich so sprechen höre, bricht es mir immer das Herz, und ich zittere um meinen

Sohn, der in einem Kerker sitzt, aus dem ihn nur die Liebe Gottes befreien kann ... Frank, wenn du deinen Sohn liebst, dann gib diesen Haß auf, gib ihn auf. Er wird auf das Haupt deines Sohnes fallen, er wird ihn töten.»

«Frank redet nicht im Haß, Mrs. Hunt», sagte Sharon. «Er sagt nur die Wahrheit über das Leben in diesem Land, und es ist ganz natürlich, daß er verzweifelt ist.»

«Ich vertraue auf Gott», sagte Mrs. Hunt. «Ich weiß, er sorgt für mich.»

«Ich weiß nicht», sagte Frank, «was Gott von einem Mann erwartet, wie er handeln soll, wenn sein Sohn in Schwierigkeiten steckt. *Dein* Gott hat *seinen* Sohn gekreuzigt, und wahrscheinlich war er froh, daß er ihn los war, aber ich bin nicht wie er. Ich werde nicht auf die Straße rennen und dem ersten Polypen, den ich sehe, die Füße küssen. Aber ich werde voller Liebe sein an dem Tag, wo mein Sohn aus diesem Höllenloch rauskommt – frei. Ich werde voller Liebe sein, wenn ich wieder den Kopf meines Sohnes zwischen den Händen halten und ihm in die Augen sehen kann. Oh, ich werde *voller Liebe* sein an diesem Tag!» Er stand vom Sofa auf und ging zu seiner Frau hinüber. «Und wenn es anders kommt, verlaß dich drauf, dann lege ich ein paar Leute um. Und wenn du zu mir noch ein Wort über diesen Jesus sagst, mit dem du es all die Jahre getrieben hast, dann bist du die erste, die ich umlege. Du hast es mit diesem weißen Judenbankert getrieben, als du bei deinem Sohn hättest sein sollen.»

Mrs. Hunt verbarg ihr Gesicht in den Händen, und Frank ging langsam durchs Zimmer und setzte sich wieder.

Adrienne sah ihn an und wollte etwas sagen, aber sie tat es nicht. Ich saß auf dem Schemel neben meinem Vater. Adrienne sagte: «Mr. Rivers, was ist denn nun der Zweck dieses Treffens? Sie haben uns doch sicher nicht hierher gerufen, nur um sich anzusehen, wie mein Vater meine Mutter beleidigt?»

«Warum nicht?» sagte ich. «Es ist Samstagabend. Es gibt nichts, was die Leute nicht tun würden, wenn sie sich genug langweilen. Vielleicht haben wir euch nur eingeladen, damit ihr Leben in die

Bude bringt.»

«Ich glaube gern», sagte sie, «daß du so boshaft bist. Aber ich kann nicht glauben, daß du so blöde bist.»

«Ich hab dich keine zwei Mal gesehen, seit dein Bruder im Gefängnis ist», sagte ich, «und ich hab dich *nie* unten in den Tombs gesehen. Fonny hat mir erzählt, daß er dich einmal gesehen hat, und da warst du in Eile. Und ich wette, in deinem Job hast du kein Wort darüber verloren – stimmt's? Und bestimmt hast du auch kein Wort darüber zu diesen emsigen, Aktentaschen tragenden Zuhältern und Schwulen von der ehemaligen Kampagne gegen die Armut gesagt, mit denen du dich rumtreibst, stimmt's? Und jetzt sitzt du da auf dem Sofa, hältst dich für schöner als Elizabeth Taylor und bist sauer, weil irgendwo ein halbseidener Holzkopf auf dich wartet und du dir die Zeit nehmen mußt, dir irgendwas über deinen Bruder anzuhören.» Mrs. Hunt starrte mich mit schrecklichen Augen an. Ein kaltes, bitteres Lächeln spielte um Franks Lippen: er blickte zu Boden. Adrienne sah mich wie aus weiter Ferne an. Wahrscheinlich machte sie in Gedanken ein weiteres riesiges schwarzes Zeichen hinter den Namen ihres Bruders. Schließlich zündete sie sich eine Zigarette an, worauf sie, wie ich gemerkt hatte, schon die ganze Zeitlang scharf gewesen war. Bedächtig und vornehm blies sie den Rauch in die Luft und beschloß anscheinend im stillen, daß sie sich *nie* wieder aus irgendeinem Grund mit Menschen einlassen würde, die so unbeschreiblich tief unter ihr standen.

Sheila und Ernestine kamen wieder herein. Sheila sah ziemlich verstört aus, und Ernestine lächelte grimmig. Sie servierte Mrs. Hunt ihre Eiskrem, stellte Adrienne eine Coke hin, gab Joseph ein Bier, gab Frank ein Seven-Up mit Gin, gab Sheila eine Coke, gab Sharon ein Seven-Up mit Gin, gab mir einen Cognac und nahm sich selbst einen Highball. «Auf gutes Gelingen», sagte sie fröhlich, und sie setzte sich, und die anderen setzten sich auch.

Und dann herrschte dieses komische Schweigen: alles starrte mich an. Ich spürte Mrs. Hunts Blick, der noch boshafter war als sonst. Sie beugte sich vor und umklammerte mit der einen Hand den in der Eiskrem steckenden Löffel. Sheila blickte erschrocken drein.

Adriennes Lippen verzogen sich zu einem verächtlichen Lächeln, und sie beugte sich vor, um etwas zu sagen, aber ihr Vater hob feindselig, drohend die Hand und bremste sie. Sie lehnte sich zurück. Frank beugte sich vor.

Was ich zu sagen hatte, war vor allem für ihn bestimmt. Darum sah ich ihn an und sagte: «Ich habe dieses Gipfeltreffen einberufen. Ich habe Daddy euch bitten lassen rüberzukommen, weil ich euch sagen wollte, was ich heute nachmittag Fonny sagen mußte. Fonny wird Vater. Wir bekommen ein Kind.»

Franks Augen ließen mich los, um die Augen meines Vaters zu suchen. Die beiden Männer entfernten sich von uns, obwohl sie ganz ruhig sitzen blieben auf dem Stuhl, auf dem Sofa: sie gingen miteinander fort auf eine seltsame Reise. Franks Gesicht war auf dieser Reise ehrfürchtig, im biblischen Sinn. Er hob Steine auf und legte sie nieder, und sein Blick dehnte sich wie unter einem Zwang über Horizonte hinaus, von denen er sich nie hatte träumen lassen. Als er, immer noch in Begleitung meines Vaters, zurückkehrte, war sein Gesicht voller Frieden. «Du und ich, wir gehen jetzt aus und betrinken uns», sagte er zu Joseph. Dann grinste er, wobei er fast wie Fonny aussah, und sagte: «Ich freue mich, Tish, ich freue mich sehr.»

«Und wer», fragte Mrs. Hunt, «wird die Verantwortung für dieses Kind übernehmen?»

«Der Vater und die Mutter», sagte ich.

Mrs. Hunt sah mich unverwandt an.

«Bestimmt nicht der Heilige Geist», sagte Frank. «Darauf kannst du dich verlassen.»

Mrs. Hunt warf Frank einen Blick zu, dann erhob sie sich und schritt auf mich zu. Sie ging sehr langsam und, wie es schien, mit angehaltenem Atem. Ich stand auf und ging in die Mitte des Zimmers, und auch ich hielt den Atem an.

«Vermutlich nennst du dein wollüstiges Treiben Liebe», sagte sie. «Ich nenne es anders. Ich habe immer gewußt, daß du das Verhängnis meines Sohnes bist. Du hast einen Dämon in dir – ich habe es immer gewußt. Mein Gott hat es mir schon vor Jahren kundgetan.

Der Heilige Geist wird dieses Kind in deinem Schoß verdorren lassen. Aber meinem Sohn wird vergeben werden. *Meine* Gebete werden ihn retten.»

Sie war lächerlich und majestätisch – sie legte Zeugnis ab. Frank aber lachte und trat auf sie zu, und mit dem Handrücken schlug er sie nieder. Ja. Sie lag auf dem Boden, der Hut saß ihr schief auf dem Hinterkopf, ihr Kleid war weit über die Knie gerutscht, und Frank stand drohend vor ihr. Sie gab keinen Laut von sich, und er auch nicht.

«Ihr *Herz*!» sagte Sharon leise, und wieder lachte Frank.

«Ich nehme an, ihr werdet erleben, daß es noch pumpt», sagte er. «Aber ich würde es nicht ein Herz nennen.» Er wandte sich meinem Vater zu. «Joe, laß die Frauen für sie sorgen, und komm mit mir.» Und als mein Vater zögerte, sagte er: «Bitte. Bitte, Joe, komm mit.»

«Geh mit ihm», sagte Sharon. «Geh.»

Sheila kniete sich neben ihrer Mutter hin. Adrienne drückte ihre Zigarette im Aschenbecher aus und stand auf. Ernestine kam mit Franzbranntwein aus dem Badezimmer und kniete sich neben Sheila hin. Sie goß etwas vom Alkohol auf einen Wattebausch und rieb Mrs. Hunt die Schläfen und die Stirn ein, nachdem sie ihr vorsichtig den Hut ganz abgenommen und ihn Sheila gegeben hatte.

«Geh doch, Joe», sagte Sharon. «Wir brauchen euch hier nicht.»

Die beiden Männer gingen hinaus, die Tür fiel hinter ihnen zu, und da waren wir nun – sechs Frauen, die sich miteinander abgeben mußten, wenn auch nur kurze Zeit. Mrs. Hunt stand langsam auf, ging zu ihrem Stuhl und setzte sich. Und ehe sie etwas sagen konnte, sagte ich: «Das war etwas Furchtbares, was Sie mir da gesagt haben. Es war das Furchtbarste, was ich je im Leben gehört habe.»

«Mein Vater durfte sie nicht schlagen», sagte Adrienne. «Sie hat *wirklich* ein schwaches Herz.»

«Sie ist schwach im Kopf», sagte Sharon. Und zu Mrs. Hunt sagte sie: «Der Heilige Geist hat Ihr Hirn aufgeweicht, meine Liebe. Haben Sie nicht bedacht, daß es Franks Enkelkind war, das Sie verfluchten? Und natürlich ist es auch *mein* Enkelkind. Ich kenne da ein paar Männer und Frauen, die Ihnen ihr schwaches Herz aus dem Leib geschnitten hätten und glücklich zur Hölle gefahren wären, um dafür zu büßen. Möchten Sie Tee, oder etwas anderes? Eigentlich sollten Sie einen Schluck Cognac trinken, aber dafür sind Sie wohl zu heilig, vermute ich.»

«Ich glaube, Sie haben kein Recht, über den Glauben meiner Mutter zu spotten», sagte Sheila.

«Oh, komm mir nicht mit diesem Quatsch», sagte Ernestine. «Du schämst dich doch so sehr, daß du eine religiöse Irre zur Mutter hast, daß du nicht weißt, wohin. *Du* spottest nicht. Nein, du sagst einfach, es zeige, daß sie ‹Seele› hat, damit die anderen nicht glauben, daß es Boshaftigkeit ist – und damit sie auch sehen, was für ein kluges, kluges Kind *du* bist. Du kotzt mich an.»

«*Du* kotzt *mich* an», sagte Adrienne. «Vielleicht hat meine Mutter es nicht ganz so gesagt, wie sie es hätte sagen *sollen* – schließlich ist sie sehr erregt! Und sie *hat* Seele! Und was, glaubt ihr stinkenden Nigger, *habt ihr*? Sie hat doch nur eine Frage gestellt, *wirklich* –» Sie hob die Hand, um Ernestine daran zu hindern, sie zu unterbrechen. «Sie hat gesagt: Wer wird für dieses Kind sorgen? Und wer *wird* es tun? Tish hat keine Ausbildung, und auch sonst hat sie weiß Gott nichts zu bieten, und Fonny ist *nie* einen Dreck wert gewesen. Das weißt du selbst. Na also. Wer *wird* denn nun für das Kind sorgen?»

«*Ich* werde es tun», sagte ich, «und wenn du noch einmal den Mund aufmachst, du vertrocknete gelbe Votze, dann werde ich auch *dich* versorgen.»

Sie stemmte die Hände in die Hüften, die Idiotin, aber Ernestine trat zwischen uns und sagte mit süßer Stimme: «Adrienne, Baby, soll ich dir mal was sagen, ja, Herzchen? Na, Herzchen?» Sie legte ganz sanft ihre eine Hand auf Adriennes Wange. Adrienne bebte, aber sie rührte sich nicht. Ernestine ließ ihre Hand einen Augenblick an der Stelle, wo sie lag, spielen. «Oh, meine Süße. Vom allerersten Tag, als meine Augen deine Schönheit erblickten, war ich scharf auf deinen Adamsapfel. Ich hab davon geträumt. Verstehst du, was ich meine –? Wenn du scharf auf etwas bist? Du bist sicher noch nie auf irgendwas oder irgendwen scharf gewesen – oder? Und du hast sicher noch nie beobachtet, wie dein Adamsapfel sich bewegt, nicht wahr? Aber *ich.* Jetzt, in diesem Moment, beobachte ich ihn. Oh, er ist köstlich. Ich kann's gar nicht sagen, Süße, wie gern ich ihn mit den Fingern oder mit den Zähnen rausreißen möchte – aah! –, oder ihn rausschneiden, so wie man den Kern aus einem Pfirsich schält. Wie *schön* das ist! Verstehst du wohl, was ich meine, Süße? – Aber wenn du meine Schwester anrührst, muß ich mich ganz schnell entschließen. Also –» sie trat von Adrienne zurück – «rühr sie an. Los, mach schon, bitte. Nimm diese Fesseln von meinem Herzen und gib mir freie Hand.»

«Ich wußte es ja, wir hätten nicht kommen sollen», sagte Sheila. «Ich wußte es ja.»

Ernestine starrte sie an, bis Sheila die Augen heben mußte. Dann lachte Ernestine und sagte: «Oh, was muß ich für eine schmutzige Gesinnung haben, Sheila. Ich hätte nicht gedacht, daß du diesen Satz rausbringen könntest.»

Jetzt war die Luft stickig vor wirklichem Haß. Irgend etwas Abgrundtiefes geschah, etwas, das nichts mit dem zu tun hatte, was hier im Zimmer vor sich zu gehen schien. Plötzlich taten *mir* die Schwestern leid – nicht aber Ernestine. Sie blieb stehen, wo sie stand, die eine Hand auf der Hüfte, die andere hing herab, und sie bewegte nur die Augen. Sie hatte eine graue Hose und eine alte Bluse an, ihr Haar hing ihr unordentlich um den Kopf, und sie hatte kein Make-up aufgelegt. Sie lächelte. Sheila sah aus, als könnte sie kaum noch atmen oder stehen, als wollte sie sich zu ihrer Mutter flüchten, die sich nicht von ihrem Stuhl gerührt hatte. Adrienne, die mit ihren breiten Hüften dastand, trug eine weiße Bluse und einen schwarzen, ausgestellten Faltenrock, ein kurzes, knappes schwarzes Jäckchen und Schuhe mit flachen Absätzen. Sie hatte ihr Haar in der Mitte gescheitelt und es am Nacken mit einem weißen Band zusammengebunden. Ihre Hände lagen nicht mehr auf ihren Hüften. Ihre Haut – nur einen Schatten zu dunkel, um hellgelb zu sein – war dunkel und fleckig geworden. Ihre Stirn glänzte ölig. Ihre Augen waren mit ihrer Haut dunkler geworden, und ihr Teint stieß das Make-up ab, da er ihm alle Feuchtigkeit entzog. Man sah, daß sie wirklich nicht besonders hübsch war und daß ihr Gesicht und ihr

Körper mit der Zeit grob und dick werden würden.

«Komm», sagte sie zu Sheila, «fort von diesem schmutzigen Pack!» Und das sagte sie mit einer gewissen Würde.

Die beiden traten auf ihre Mutter zu, die, wie mir plötzlich klar wurde, Zeugin und Wächterin ihrer Keuschheit war.

Mrs. Hunt erhob sich seltsam friedfertig.

«Ich hoffe nur», sagte sie. «daß Sie stolz darauf sind, wie Sie Ihre Töchter erzogen haben, Mrs. Rivers.»

Auch Sharon wirkte friedfertig, aber in ihrer Friedfertigkeit lag so etwas wie ein verblüfftes Staunen: sie sah Mrs. Hunt an und sagte nichts. Und Mrs. Hunt setzte hinzu: «Diese Mädchen hier werden mir keine hungrigen Bastarde ins Haus bringen, das versichere ich Ihnen.»

«Aber das Kind, das unterwegs ist», sagte Sharon nach einer kurzen Pause, «ist Ihr Enkelkind. Ich verstehe Sie nicht. Es ist Ihr *Enkelkind.* Was macht es denn aus, wie es zur Welt kommt? Das Kind hat damit nichts zu schaffen – niemand von uns hat *damit* etwas zu tun!»

«Dieses Kind», sagte Mrs. Hunt, und sie sah mich kurz an und wandte sich dann zur Tür, während Sharon sie die ganze Zeit beobachtete, «dieses Kind –»

Ich ließ sie bis zur Tür gehen. Meine Mutter machte Anstalten, aber wie im Traum, die Tür zu öffnen. Doch ich war vor ihr da. Ich lehnte mich mit dem Rücken an die Tür. Adrienne und Sheila standen hinter ihrer Mutter.

Sharon und Ernestine rührten sich nicht.

«Dieses Kind», sagte ich, «ist in meinem Bauch. Los, heben Sie Ihr Knie, und treten Sie es kaputt – oder mit Ihren Stöckelschuhen! Sie wollen dieses Kind nicht? Los, kommen Sie schon, bringen Sie's um. Sie trauen sich ja nicht.» Ich sah ihr in die Augen. «Es ist bestimmt nicht das erste Kind, das Sie umzubringen versucht haben.» Ich tippte gegen ihren Hut, den umgestülpten Kohlenkasten. Ich sah Adrienne und Sheila an. «Bei den ersten beiden ist's Ihnen ganz gut gelungen –» Und nun öffnete ich die Tür, trat aber nicht zur Seite. «Okay, versuchen Sie's noch mal, mit Fonnys Kind. Sie trauen sich ja nicht.»

«Dürfen wir», fragte Adrienne mit – wie sie hoffte – eisiger Stimme, «jetzt vielleicht gehen?»

«Tish», sagte Sharon. Aber sie rührte sich nicht von der Stelle.

Ernestine drängte sich an mir vorbei, schob mich von der Tür weg und übergab mich Sharon. «Meine Damen», sagte sie dann und ging zum Lift und drückte auf den Knopf. Sie war inzwischen über eine gewisse Wut hinaus. Als der Lift hielt und die Tür aufging, sagte sie lediglich, während sie die drei hineingeleitete, aber die Tür mit der einen Schulter offenhielt: «Macht euch keine Sorgen. Wir werden dem Kind nie von euch erzählen. Es ist unmöglich, einem Kind klarzumachen, wie unanständig Menschen sein können!» Und in einem anderen Ton, einem Ton, in dem ich sie noch nie hatte reden hören, sagte sie zu Mrs. Hunt: «Gesegnet sei die nächste Frucht Ihres Leibes: Ich hoffe, es wird Gebärmutterkrebs sein. Und das meine ich ernst.» Und zu den Schwestern: «Wenn ihr euch noch einmal im Leben hier in der Nähe blicken laßt, *werde ich euch umbringen.* Dies Kind ist nicht euer Kind – das habt ihr eben selbst gesagt. Wenn ich erfahre, daß ihr auch nur etwa einen Spielplatz betreten und das Kind gesehen habt, dann werdet ihr nicht mal mehr lange genug leben, um irgendeinen Krebs zu kriegen. So. Ich bin nicht meine Schwester. Vergeßt das nicht. Meine Schwester ist anständig. Ich bin es nicht. Mein Vater und meine Mutter sind anständig. Ich bin's nicht. Ich kann euch erzählen, warum Adrienne von keinem gevögelt wird – wollt ihr's hören? Auch über Sheila könnte ich euch was erzählen, und über all diese Burschen, die sie im Auto und im Kino ins Taschentuch wichst – na, wollt ihr *das* hören?» Sheila fing an zu weinen, und Mrs. Hunt machte einen Versuch, die Lifttür zu schließen. Ernestine lachte. Sie hielt mit der Schulter die Tür offen, und ihre Stimme veränderte sich abermals. «Sie haben eben das Kind im Schoß meiner Schwester verflucht. Kommen Sie mir *nie* wieder unter die Augen, Sie runtergekommene halb-weiße Braut Christi!» Und sie spuckte Mrs. Hunt ins Gesicht, und dann ließ sie die Lifttür zugehen. Und sie brüllte in den Schacht hinunter: «Das ist dein Fleisch und Blut, das du verflucht hast, du ekelhafte, dreckige, vertrocknete Votze! Und diese Botschaft kannst du dem Heiligen Geist verkünden, und wenn's ihm nicht gefällt, dann sag ihm, ich hätte gesagt, er ist 'ne schwule Tunte, und er soll mir lieber nicht zu nahe kommen!»

Und dann kam sie in die Wohnung zurück, und Tränen strömten ihr über das Gesicht, und sie ging zum Tisch hin und goß sich etwas zu trinken ein. Sie zündete sich eine Zigarette an. Sie zitterte.

Sharon hatte die ganze Zeit nichts gesagt. Ernestine hatte mich ihr übergeben, aber sie hatte mich nicht berührt. Sie hatte etwas viel Großartigeres getan: sie hatte mich machtvoll aufrecht gehalten und beruhigt, ohne mich zu berühren.

«So», sagte sie, «die Männer werden eine Zeitlang ausbleiben. Und Tish braucht ihre Ruhe. Gehen wir also schlafen.»

Aber ich wußte, daß sie mich ins Bett schickten, damit sie noch eine Weile beisammensitzen konnten – ohne mich, ohne die Männer, ohne irgend jemand sonst –, um klar der Tatsache ins Gesicht zu sehen, daß Fonnys Familie sich einen Dreck um ihn kümmerte und nichts tun würde, um ihm zu helfen. *Wir* waren jetzt seine Familie, die einzige Familie, die er hatte: und nun lag alles bei uns.

Ich ging ganz langsam in mein Zimmer und setzte mich einen Augenblick aufs Bett. Ich war zu müde zum Weinen. Ich war zu müde, um etwas zu fühlen. Irgendwie hatte Sis Ernestine alles auf sich genommen, alles, weil sie wollte, daß das Kind seine Reise in Sicherheit machte und heil zur Welt kam, und das bedeutete, daß ich jetzt schlafen mußte.

So zog ich mich aus und rollte mich im Bett zusammen. Ich drehte mich so, wie ich mich immer zu Fonny gedreht hatte, wenn wir zusammen im Bett waren. Ich kroch in seine Arme, und er hielt mich fest. Und er war so wirklich da für mich, daß ich wieder nicht weinen konnte. Meine Tränen hätten ihm zu sehr weh getan. So hielt er mich fest, und ich flüsterte seinen Namen, während ich beobachtete, wie die Lichter von der Straße an der Decke spielten. Undeutlich hörte ich Mama und Sis in der Küche, die so taten, als spielten sie Rommé.

In jener Nacht, in dem Zimmer an der Bank Street, nahm Fonny das mexikanische Tuch von der Matratze auf dem Boden und legte es mir um Kopf und Schultern. Er lachte und trat einen Schritt zurück. «Verflucht will ich sein», sagte er, «es *gibt* eine Rose in Spanisch-Harlem.» Wieder lachte er. «Nächste Woche hol ich dir eine Rose und steck sie dir ins Haar.» Dann hörte er auf zu lachen, und eine irgendwie schmerzende Stille erfüllte das Zimmer und erfüllte meine Ohren. Es war, als gäbe es nichts auf der Welt außer uns. Ich hatte keine Angst. Es war etwas Tieferes als Angst. Ich konnte meine Augen nicht von seinen Augen abwenden. Ich konnte mich nicht bewegen. Wenn es auch tiefer war als Angst, so war es noch nicht Freude. Es war Erstaunen.

Er sagte, ohne sich zu rühren: «Wir sind jetzt erwachsen, weißt du?»

Ich nickte.

Er sagte: «Und du warst immer – *mein.* Nicht?»

Wieder nickte ich.

«Und du weißt», sagte er, indem er mich noch immer, ohne sich zu rühren, mit den Augen festhielt, «daß ich immer dein war, ja?»

Ich sagte: «So habe ich nie darüber nachgedacht.»

Er sagte: «Denk jetzt darüber nach, Tish.»

«Ich weiß nur, daß ich dich liebe», sagte ich und fing an zu weinen. Das Tuch war mir zu schwer und zu warm, und ich wollte es abnehmen, konnte es aber nicht.

Jetzt bewegte er sich, seine Züge veränderten sich, und er kam zu mir und nahm mir das Tuch ab und warf es in die Ecke. Er nahm mich in die Arme und küßte meine Tränen fort, und dann küßte er mich, und dann wußten wir beide etwas, das wir zuvor nicht gewußt hatten.

«Ich liebe dich auch», sagte er, «aber *ich* versuche, nicht darüber zu weinen.» Er lachte, und er brachte mich zum Lachen, und dann küßte er mich wieder, fester, und er hörte auf zu lachen. «Ich möchte, daß du mich heiratest», sagte er. Ich muß wohl überrascht dreingeblickt haben, denn er sagte: «Das ist wahr. Ich bin dein, und du bist mein, und das ist alles, Baby. Aber ich will versuchen, dir etwas zu erklären.»

Er nahm mich bei der Hand und führte mich zu seinem Arbeitstisch.

«Das hier ist mein Leben», sagte er, «mein wirkliches Leben.» Er nahm ein kleines Stück Holz in die Hand, ungefähr so groß wie zwei Fäuste. Da war die Ahnung eines hineingeschnitzten Auges, die Andeutung einer Nase – der Rest war einfach ein Stück Holz, das irgendwie atmete. «Das könnte eines Tages etwas werden», sagte er und legte es behutsam hin. «Aber ich denke, ich hab's vielleicht schon ruiniert.» Er nahm ein anderes Stück, etwa so groß wie der Oberschenkel eines Mannes. Der Torso einer Frau war darin eingefangen. «Ich weiß noch nichts von ihr», sagte er und legte das Stück, wieder sehr behutsam, zurück. Obwohl er meine Schulter umfaßte und ganz nahe bei mir stand, war er doch sehr weit fort. Er sah mich an, mit seinem leisen Lächeln. «Jetzt hör zu», sagte er. «Ich bin nicht irgend so ein lustiger Bursche, der dich quält und anderen Frauen nachläuft und dergleichen. Ich rauche ein bißchen Hasch, aber ich hab nie die Nadel gedrückt, und ich bin eigentlich ganz ausgeglichen. Aber –» Er hielt inne und sah mich an, sehr ruhig, sehr fest: da war eine Festigkeit in ihm, die ich bisher kaum gespürt hatte. Aber hinter dieser Festigkeit lebte seine Liebe, lebendig wie ein Sturm oder wie ein Feuer, unbeirrbar, unerschütterlich, durch nichts, was das Leben ihm antun mochte, im geringsten zu verändern. Ich gehörte ihm, und er gehörte mir – plötzlich erkannte ich, daß ich sehr unglücklich sein und vielleicht sterben würde, falls ich je versuchte, mich gegen diese Bestimmung aufzulehnen.

«Aber», fuhr er fort, und er trat einen Schritt zurück, und seine schweren Hände versuchten, die Luft zu formen, «ich lebe mit Holz und Stein. Ich habe Steine im Keller, und ich arbeite die ganze Zeit hier oben, und ich suche einen Speicher, wo ich wirklich arbeiten kann. Also, ich will dir damit nur erklären, Tish, ich kann dir nicht viel bieten. Ich hab kein Geld, und ich mache Gelegenheitsjobs – nur fürs Geld, denn ich hab keine Lust, einer von ihren schwanzwedelnden Jasagern zu werden – und das bedeutet, daß du auch arbeiten gehen mußt, und wenn du dann heimkommst, werde ich wahrscheinlich nur brummen und mit meinen Meißeln und all dem Kram weitermachen, und manchmal wirst du vielleicht denken, ich merke gar nicht, daß du da bist. Aber das darfst du nicht denken, niemals. Du bist immer bei mir, immer, ohne dich wüßte ich nicht, ob ich es überhaupt schaffen könnte, Baby, und wenn ich den Meißel aus der Hand lege, dann werde ich immer zu dir kommen. Ich werde immer zu dir kommen. Ich brauche dich. Ich liebe dich.» Er lächelte. «Ist das in Ordnung, Tish?»

«Natürlich, für mich ist es in Ordnung», sagte ich. Ich hatte noch mehr zu sagen, aber meine Kehle war wie zugeschnürt.

Da nahm er mich bei der Hand und führte mich zu der Matratze auf dem Boden. Er setzte sich neben mich und zog mich zu sich hinab, so daß mein Gesicht genau unter seinem war und mein Kopf in seinem Schoß lag. Ich merkte ihm an, daß er irgendwie erschrak. Er wußte, daß ich fühlte, wie sein Geschlecht hart wurde und gegen den Stoff seiner Hose und gegen meine Wange drängte; er wollte, daß ich es fühlte, und trotzdem hatte er Angst. Er bedeckte mein Gesicht mit Küssen, und meinen Hals, und er entblößte meine Brüste und preßte seine Zähne und seine Zunge darauf, und seine Hände glitten über meinen ganzen Körper. Ich wußte, was er tat, und ich wußte es doch nicht. Ich war in seinen Händen, er rief mich durch das Donnern in meinem Ohr. Ich war in seinen Händen: ich wurde verändert, und ich konnte mich nur an ihn klammern. Ich merkte nicht, bis es mir bewußt wurde, daß auch ich ihn küßte, daß alles in mir zerbrach, sich veränderte und verwandelte und ihm entgegendrängte. Hätten seine Arme mich nicht gehalten, dann wäre ich rückwärts in die Tiefe gestürzt, in meinen Tod. Mein Leben hielt mich. Mein Leben forderte mich. Ich hörte, ich fühlte Fonnys Atem, als wäre es das erste Mal. Aber es war, als käme sein Atem aus mir. Er öffnete meine Beine, oder ich öffnete sie, und er küßte das Innere meiner Schenkel. Er zog mich ganz aus, er bedeckte meinen ganzen Körper mit Küssen, und dann deckte er mich mit dem Tuch zu, und dann ging er fort.

Das Tuch kratzte. Mir war kalt und heiß. Ich hörte ihn im Bad. Ich hörte, wie er die Kette zog. Als er wiederkam, war er nackt. Er kroch zu mir unter das Tuch und streckte seinen langen Körper auf meinem aus, und ich fühlte sein langes schwarzes schweres Geschlecht an meinem Nabel pochen.

Er nahm mein Gesicht zwischen seine Hände und hielt es, und er küßte mich.

«Hab jetzt keine Angst», flüsterte er. «Hab keine Angst. Denk nur daran, daß ich dir gehöre. Denk nur daran, daß ich dir um nichts in der Welt weh tun würde. Du mußt dich nur an mich gewöhnen. Und wir haben unendlich viel Zeit.»

Es war zwischen zwei und drei: er las meine Gedanken. «Deine Mama und dein Daddy wissen, daß du bei mir bist», sagte er, «und sie wissen, daß ich aufpasse, daß dir nichts geschieht.» Dann glitt er hinab, und sein Geschlecht drängte gegen meine Öffnung. «Hab keine Angst», sagte er wieder. «Halt dich an mir fest.»

Ich hielt mich an ihm fest, wie im Todeskampf – es gab nichts anderes auf der Welt, woran ich mich festhalten konnte. Ich hielt ihn an seinem krausen Haar. Ich wußte nicht, ob er stöhnte oder ob ich stöhnte. Es tat weh, es tat weh, es tat nicht weh. Es war eine eigenartige Schwere, eine Gegenwart, die in mich eindrang – in ein Ich, von dem ich nicht gewußt hatte, daß es da war. Fast schrie ich, und ich fing an zu weinen: es tat weh. Es tat nicht weh. Etwas begann, etwas Unbekanntes. Seine Zunge, seine Zähne auf meiner Brust taten weh. Ich wollte ihn abwerfen, ich hielt ihn fester, und noch immer bewegte und bewegte und bewegte er sich. Ich hatte nicht gewußt, daß da so viel von ihm war. Ich schrie und weinte an seiner Schulter. Er hielt inne. Er legte beide Hände unter meine Hüften. Er glitt zurück, aber nicht ganz hinaus, einen Augenblick hing ich nirgendwo, dann zog er mich zu sich und stieß zu mit all seiner Kraft, und irgend etwas zerbrach in mir. Irgend etwas brach, und ein Schrei stieg in mir auf, aber er bedeckte meine Lippen mit seinen Lippen, er erstickte meinen Schrei mit seiner Zunge. Sein Atem war in meiner Nase, ich atmete mit seinem Atem und bewegte mich mit seinem Körper. Und jetzt war ich offen und hilflos, und ich fühlte ihn überall. Und ein Singen hob in mir an, und sein Körper wurde heilig – seine Hinterbacken, die bebten und aufstiegen und fielen, und seine Schenkel zwischen meinen Schenkeln und das Gewicht seiner Brust auf meinen Brüsten, und diese Steife von ihm, die noch steifer wurde und wuchs und stieß und mich in ein anderes Land trug. Ich wollte lachen und weinen. Und dann begann etwas vollkommen Neues, ich lachte, und ich weinte, und ich rief seinen Namen. Ich hielt ihn enger an mich und fester, und ich wollte alles aufnehmen, alles, alles von ihm. Er hielt inne, und er küßte mich und küßte mich. Sein Kopf war überall an meinem Hals und meinen Brüsten. Wir konnten kaum atmen: wenn wir nicht bald wieder Atem holten, würden wir, das wußte ich, sterben. Dann bewegte sich Fonny wieder, zuerst sehr langsam, und dann schneller und schneller. Ich fühlte es kommen, fühlte, wie ich selbst kam, wie ich über die Schwelle glitt, wie alles in mir zu ihm hinabströmte, und ich rief seinen Namen, immer wieder, und er brummte tief in der Kehle meinen Namen und stieß jetzt unbarmherzig – holte heftig Atem, ließ ihn jäh und mit einem Schluchzen ausströhmen, und dann zog er sich aus mir zurück, hielt mich fest umklammert, und eine kochende Flüssigkeit schoß über meinen Bauch, meine Brust und mein Kinn.

Dann lagen wir, miteinander verschmolzen, lange Zeit still da.

«Tut mir leid», sagte er schließlich scheu in das lange Schweigen hinein, «daß ich so eine Schweinerei gemacht habe. Aber ich nehme an, du willst nicht gleich ein Baby haben, und ich hatte keinen Schutz bei mir.»

«Ich glaube, ich hab auch eine Schweinerei gemacht», sagte ich. «Es war das erste Mal. Muß es da nicht bluten?»

Wir flüsterten. Er lachte leise. «Ich hab eine Blutung gehabt. Sollen wir nachsehen?»

«Ich möchte gern so liegen bleiben, mit dir.»

«Ich auch.» Dann: «Magst du mich, Tish?» Es klang, als redete ein kleiner Junge. «Ich meine – wenn ich dich so liebe. Magst du es?»

Ich sagte: «Oh, komm. Du willst ja nur hören, daß ich es sage.»

«Das stimmt. Also –?»

«Also was?»

«Also los, warum sagst du es nicht?» Und er küßte mich.

Ich sagte: «Es war ein bißchen, wie wenn man von einem Lastwagen überfahren wird –» er lachte wieder – «aber es war das Schönste, was ich je erlebt hab.»

«Für mich auch», sagte er. Er sagte es ganz verwundert, so als spräche er von einer anderen Person. «So hat mich noch nie jemand geliebt.»

«Hast du schon eine Menge Mädchen gehabt?»

«Nicht sehr viele. Und keine, wegen der du dir Sorgen machen mußt.»

«Kenne ich eine von ihnen?»

Er lachte. «Soll ich mit dir auf die Straße gehen und sie dir zeigen? Na, weißt du, das wäre nicht sehr nett. Und jetzt, wo ich dich ein bißchen besser kenne, glaube ich, es wäre nicht ganz ungefährlich.» Er schmiegte sich an mich und legte seine eine Hand auf meine Brust. «In dir steckt eine Wildkatze, Mädchen. Selbst wenn ich die Zeit hätte, hinter anderen Raubtieren herzulaufen, hätte ich bestimmt nicht die Kraft dazu. Ich werde wohl anfangen müssen, meine Vitaminpillen zu schlucken.»

«Oh, hör auf. Du bist widerlich.»

«Wieso bin ich widerlich? Ich rede nur von meiner *Gesundheit*. Meine *Gesundheit* ist dir wohl egal? Und sie sind mit *Schokolade überzogen* – die Vitaminpillen, meine ich.»

«Du bist verrückt.»

«Na schön», gab er fröhlich zu, «ich bin verrückt nach dir. Wollen wir uns den Schaden ansehen, bevor das Zeug hart wie Zement wird?»

Er machte das Licht an, und wir blickten an uns und auf unser Bett hinunter.

Oh, und einen Anblick boten wir! Da war Blut, eine ganze Menge – jedenfalls kam es mir sehr viel vor, aber es erschreckte mich überhaupt nicht, ich war stolz und glücklich –, Blut an ihm und auf dem Bett und an mir. Sein Sperma und mein Blut flossen langsam an meinem Körper hinab, und sein Sperma war an ihm und an mir, und in dem schwachen Licht und auf der dunklen Haut unserer Körper wirkte es wie eine seltsame Salbung. Oder es war, als hätten wir gerade ein Stammesritual vollführt. Und Fonnys Körper war ein einziges Geheimnis für mich – das ist der Körper des Geliebten immer, ganz gleich, wie gut man ihn kennenlernt: er ist die sich verändernde Hülle, die das tiefste Geheimnis deines Lebens umschließt. Ich starrte auf seinen breiten Brustkorb, seinen flachen Bauch, den Nabelknopf, das sich kräuselnde schwarze Haar, das schwere schlaffe Geschlecht: er war nicht beschnitten. Ich berührte seinen schmalen Körper, und ich küßte ihn auf die Brust. Sie schmeckte salzig und nach einem scharfen, unbekannten, bitteren Aroma – sicher, wie andere vielleicht sagen würden, es sollte ein vertrauter Geschmack werden. Die eine Hand auf meiner Hand, die andere auf meiner Schulter, hielt er mich dicht an sich. Dann sagte er: «Wir müssen gehen. Besser, ich bring dich nach Hause, ehe es Tag wird.»

Es war halb fünf.

«Ja, wahrscheinlich», sagte ich, und wir standen auf und gingen unter die Dusche. Ich wusch seinen Körper, und er wusch meinen Körper, und wir lachten eine Menge, wie Kinder, und er warnte mich: wenn ich nicht die Hände von ihm ließe, würden wir nie nach Hause kommen, und dann wäre mein Daddy vielleicht sauer, und er habe schließlich, sagte Fonny, eine Menge mit meinem Daddy zu bereden, und er müsse auf der Stelle mit ihm sprechen.

Um sieben brachte Fonny mich nach Hause. Den ganzen Weg zu uns hinaus hielt er mich in der fast leeren Subway in den Armen. Es war Sonntagmorgen. Wir gingen zusammen durch unsere Straßen, Hand in Hand. Selbst die Kirchgänger waren noch nicht auf den Beinen, und die Leute, die wenigen, die immer noch auf waren, hatten keine Augen für uns, hatten für nichts und niemanden Augen.

Wir kamen zu den Stufen vor unserem Haus, und ich wandte mich um und wollte Fonny einen Abschiedskuß geben, weil ich dachte, er würde mich hier verlassen, aber er nahm mich bei der Hand und sagte: «Komm», und wir gingen die Treppen hinauf. Fonny klopfte an die Tür.

Sis öffnete. Ihr Haar war aufgesteckt, und sie hatte einen alten grünen Bademantel an. Sie sah böse aus, so böse, wie sie nur sein konnte. Sie starrte mich an und starrte Fonny an und dann wieder mich. Und obwohl sie es eigentlich nicht wollte, mußte sie lächeln.

«Ihr kommt gerade rechtzeitig zum Kaffee», sagte sie und trat von der Tür zurück, um uns einzulassen.

«Wir –» fing ich an. Aber Fonny sagte: «Guten Morgen, Miss Rivers.» Und irgend etwas in seiner Stimme bewirkte, daß Sis ihn aufmerksam ansah und hellwach wurde. «Es tut mir leid», sagte er, «daß wir so spät kommen. Kann ich bitte Mr. Rivers sprechen? Es ist wichtig.»

Er hielt mich noch immer an der Hand.

«Es dürfte leichter sein, ihn zu sehen», sagte Sis, «wenn ihr aus dem Flur hereinkommt.»

«Wir –» fing ich wieder an und wollte Gott weiß was für Entschuldigung vorbringen.

«– wollen heiraten», sagte Fonny.

«Dann braucht ihr wirklich einen Kaffee», sagte Sis und schloß hinter uns die Tür.

Nun kam Sharon in die Küche, und sie war etwas besser zurechtgemacht als Sis – das heißt, sie trug eine Hose und einen Pullover, und sie hatte ihr Haar zu einem Zopf geflochten und ihn oben auf dem Kopf festgesteckt.

«Ja, wo habt ihr zwei denn bloß gesteckt?» fing sie an. «Bis in den Morgen hinein! Fällt euch nichts Besseres ein, als euch so zu benehmen? Ich muß schon sagen! Wir wollten gerade bei der Polizei anrufen.»

Aber ich merkte auch, wie erleichtert sie war, daß Fonny in der Küche neben mir saß. Das hatte etwas sehr Wichtiges zu bedeuten, und sie wußte es. Es wäre etwas ganz anderes gewesen, und sie hätte sich ganz andere Sorgen gemacht, wäre ich allein die Treppe heraufgekommen.

«Es tut mir leid, Mrs. Rivers», sagte Fonny. «Es ist allein meine Schuld. Ich hatte Tish ein paar Wochen lang nicht gesehen, und wir hatten eine Menge zu besprechen ... *ich* hatte eine Menge zu besprechen, und –» er hob die Hände – «ich hab sie aufgehalten.»

«Mit Gesprächen?» fragte Sharon.

Er wich nicht aus, er schlug nicht die Augen nieder. «Wir wollen heiraten», sagte er. «So kam es, daß ich sie so lange aufgehalten hab.» Sie sahen einander an. «Ich liebe Tish», sagte er. «Das ist der Grund, warum ich so lange fortgeblieben bin. Ich habe mich sogar –» er warf mir einen kurzen Blick zu – «mit anderen Mädchen getroffen . . . und ich hab alles mögliche getan, um es mir aus dem Kopf zu schlagen.» Wieder sah er mich an. Dann blickte er zu Boden. «Aber ich merkte, daß ich mir etwas vormachte. Ich liebte nur sie. Und dann kriegte ich's mit der Angst, daß sie mich vielleicht verlassen würde oder daß ein anderer daherkommen und sie mir wegnehmen könnte, und so bin ich zurückgekommen.» Er versuchte zu grinsen. «Ich bin im Laufschritt zurückgekommen. Und ich möchte nicht wieder fortgehen müssen.» Dann: «Sie ist immer meine Freundin gewesen, das wissen Sie. Und – ich bin kein schlechter Kerl. Das wissen Sie. Und – Ihre Familie ist die einzige, die ich je gehabt habe.»

«Darum», brummte Sharon, «begreife ich ja nicht, warum du mich auf einmal Mrs. Rivers nennst.» Sie sah mich an. «Tja. Ich hoffe, dir ist klar, mein Fräulein, daß du erst achtzehn bist.»

«Mit *diesem* Argument», sagte Sis, «und einer Subway-Marke kommst du gerade von hier bis zur Kirche. Wenn überhaupt so weit!» Sie schenkte Kaffee ein. «Eigentlich erwartet man ja von der älteren Schwester, daß sie zuerst heiratet. Aber in *diesem* Haus haben wir's ja mit den Bräuchen nie so genaugenommen.»

«Was hältst *du* von alldem?» fragte Sharon sie.

«Ich? Ich bin entzückt, das kleine Biest loszuwerden. Ich konnte sie noch *nie* ausstehen. Ich hab *nie* begriffen, was ihr andern alle an ihr gefunden habt, ich schwör's.» Sie setzte sich an den Tisch und grinste. «Nimm Zucker, Fonny. Du wirst's nötig haben, glaub mir, wenn du vorhast, dir mein süßes, *süßes* Schwesterlein aufzuhalsen.»

Sharon ging zur Küchentür und rief: «Joe! Komm mal her! Der Blitz hat in des armen Mannes Haus eingeschlagen! Komm her, schnell, im Ernst.»

Fonny nahm meine Hand.

Joseph kam in die Küche, in Hausschuhen, einer alten Kordhose und einem T-Shirt. Langsam wurde mir klar, daß keiner von der Familie richtig zu Bett gegangen war. Josephs Blick fiel zuerst auf mich. Er schien wirklich niemanden sonst zu sehen. Und da er nicht nur wütend, sondern auch erleichtert war, sprach er in sehr gemäßigtem Ton. «Ich möchte gern, daß du mir einmal genau sagst, junge Dame, was du dir vorstellst, um diese Morgenstunde hier hereinspaziert zu kommen. Wenn du von zu Hause fort willst, dann geh nur fort, hast du verstanden? Aber solange du in *meinem* Haus lebst, hast du es zu respektieren. Hast du mich verstanden?»

Dann erblickte er Fonny, und Fonny ließ meine Hand los und stand auf.

Er sagte: «Mr. Rivers, bitte schelten Sie nicht mit Tish. Es ist allein meine Schuld, Sir. Ich ließ sie nicht gehen. Ich mußte mit ihr sprechen. Bitte, Mr. Rivers. Bitte. Ich habe sie gefragt, ob sie mich heiraten will. Darum sind wir so lange fort gewesen. Wir wollen heiraten. Darum bin ich hier. Sie sind ihr Vater. Sie lieben sie. Und so weiß ich, daß Sie wissen – Sie *müssen* es wissen –, daß *ich* sie liebe. Ich habe sie geliebt, so lange ich lebe. Das wissen Sie. Und wenn ich sie nicht liebte, würde ich jetzt nicht hier vor Ihnen stehen – nicht wahr? Ich hätte sie unten vorm Haus stehenlassen und schnell wieder abhauen können. Ich weiß, Sie würden mich jetzt vielleicht gern zusammenschlagen. Aber ich liebe Tish. Das ist alles, was ich Ihnen sagen kann.»

Joseph sah ihn an.

«Wie alt bist du?»

«Ich bin einundzwanzig, Sir.»

«Und du meinst, das ist alt genug, um zu heiraten?»

«Ich weiß nicht, Sir. Aber das ist alt genug, um zu wissen, wen man liebt.»

«Meinst du?»

Fonny straffte sich. «Das weiß ich.»

«Und wie willst du sie ernähren?»

«Wie haben Sie's gemacht?»

Wir, die Frauen, waren jetzt ausgeschlossen, und das wußten wir. Ernestine goß Joseph eine Tasse Kaffee ein und schob sie ihm hin.

«Hast du einen Job?»

«Ich belade tagsüber Möbelwagen und abends bildhauere ich. Ich bin Bildhauer. Wir wissen, es wird nicht leicht sein. Aber ich bin wirklich Künstler. Und ich werde ein sehr guter Künstler werden – vielleicht sogar ein großer.» Wieder sahen sie einander lange an.

Joseph nahm, ohne hinzusehen, seinen Kaffee und schlürfte ihn, ohne daß er ihn schmeckte.

«Also, damit ich dich recht verstehe. Du hast meine Kleine gefragt, ob sie dich heiraten will, und sie sagte –»

«Ja», sagte Fonny.

«Und jetzt kommst du her, um mir dies mitzuteilen oder um mich um meine Erlaubnis zu bitten?»

«Beides, Sir», sagte Fonny.

«Und du hast keinerlei –»

«Zukunft», sagte Fonny.

Wieder maßen die beiden Männer einander mit ihren Blicken. Joseph stellte seine Kaffeetasse auf den Tisch. Fonny hatte seine nicht angerührt.

«Und was würdest du an meiner Stelle tun?» fragte Joseph.

Ich spürte, wie Fonny zitterte. Er konnte nicht anders – seine Hand berührte leicht meine Schulter, und dann nahm er sie wieder fort. «Ich würde meine Tochter fragen. Wenn sie Ihnen sagt, sie liebt mich nicht, gehe ich weg und belästige Sie nie wieder.»

Joseph blickte Fonny fest an – es war ein langer Blick, und man sah, wie der Zweifel einer etwas resignierten Güte wich, einer Art Selbsterkenntnis. Er machte ein Gesicht, als wollte er Fonny niederschlagen; er machte ein Gesicht, als wollte er ihn in die Arme schließen.

Dann sah Joseph mich an.

«Liebst du ihn? Willst du ihn heiraten?»

«Ja.» Ich hatte nicht gewußt, daß meine Stimme so fremd klingen konnte. «Ja. Ja.» Dann sagte ich: «Ich bin ganz deine Tochter, das weißt du, und ganz meiner Mutter Tochter. Also solltest du wissen, daß ich nein meine, wenn ich nein sage, und ja meine, wenn ich ja sage. Und Fonny ist gekommen, um dich um deine Erlaubnis zu bitten, und dafür liebe ich ihn. *Mir* liegt sehr viel an deiner Erlaubnis, denn ich hab dich lieb. Aber ich werde nicht *dich* heiraten. Ich werde Fonny heiraten.»

Joseph setzte sich.

«Wann?»

«Sobald wir das Geld beisammen haben», sagte Fonny.

Joseph sagte: «Du und ich, mein Sohn, wir gehen jetzt besser nach nebenan.»

Und so gingen sie hinaus. Wir sagten nichts. Für uns gab es nichts zu sagen. Nur Mama sagte nach einer Weile: «Bist du sicher, daß du ihn liebst, Tish?»

«Mama», sagte ich, «warum fragst du mich das?»

«Weil sie insgeheim gehofft hat, daß du Gouverneur Rockefeller heiraten würdest», sagte Ernestine.

Einen Moment lang sah Mama sie streng an. Dann lachte sie. Ernestine war, ohne daß sie es gewußt oder beabsichtigt hatte, der Wahrheit sehr nahe gekommen – nicht der buchstäblichen Wahrheit, aber der Wahrheit: der Traum von Sicherheit ist ein zählebiger Traum. Ich sagte: «Na, hör mal, dieser vertrocknete Knallarsch ist doch viel zu alt für mich!»

Sharon lachte. «Er *selbst* wird sich wohl kaum so sehen», sagte Sharon. «Aber ich nehme an, ich wäre auch nicht damit einverstanden, wie er *dich* sehen würde. Also, lassen wir das Thema. Du wirst Fonny heiraten. Gut. Wenn ich's mir recht überlege –» und nun zögerte sie, und irgendwie war sie jetzt nicht mehr Sharon, meine Mutter, sondern jemand anders, aber diese andere war wiederum ganz und gar meine Mutter Sharon – «dann bin ich, glaube ich, wirklich froh.» Sie lehnte sich zurück, verschränkte die Arme, blickte fort und dachte schon wieder weiter. «Ja. Er ist aufrichtig. Er ist ein Mann.»

«Er ist noch kein Mann», sagte Ernestine, «aber er wird einer werden – das ist's, warum du da sitzt und mit den Tränen kämpfst. Denn das bedeutet, daß deine jüngste Tochter bald Frau sein wird.»

«Ach, sei still», sagte Sharon. «Wollte Gott, du würdest irgend jemanden heiraten, dann könnte ich *dich* mit klugen Reden pesten, statt umgekehrt.»

«Du würdest mich aber auch vermissen», sagte Ernestine ganz ruhig. «Trotzdem, ich glaube nicht, daß ich je heiraten werde. Manche Leute tun's, verstehst du, Mama?, und manche nicht.» Sie stand auf, ging im Kreis herum und setzte sich wieder. Wir hörten Fonnys Stimme und Josephs Stimme im Wohnzimmer, aber wir konnten nicht verstehen, was sie sagten – außerdem bemühten wir uns sehr, *nichts* zu verstehen. Männer sind Männer, und manchmal mußt du sie allein lassen. Besonders wenn du vernünftig genug bist, zu begreifen, daß sie, wenn sie sich zusammen in einem Zimmer einschließen, wo sie vielleicht gar nicht so gern sein mögen, sich einschließen wegen ihrer Verantwortung für die Frauen draußen.

«Ja, ich kann das verstehen», sagte Sharon – sehr ruhig und ohne sich zu bewegen.

«Die einzige Schwierigkeit», sagte Ernestine, «ist, daß du manchmal gern jemandem gehören würdest.»

«Aber», sagte ich – ich hatte selbst nicht gewußt, daß ich dies sagen würde –, «es ist ziemlich erschreckend, jemandem zu gehören.»

Und vielleicht bis zu dem Augenblick, als ich mich dies sagen hörte, hatte ich nicht erkannt, daß es wirklich so ist.

«Letzten Endes», sagte Ernestine und lächelte, «ist es gehupft wie gesprungen.»

Joseph und Fonny kamen aus dem Wohnzimmer zurück.

«Ihr seid beide verrückt», sagte Joseph, «aber *daran* kann ich nichts ändern.» Er sah Fonny an. Er lächelte – ein herzliches, zögerndes Lächeln. Dann sah er mich an. «Aber – Fonny hat recht – irgendwer mußte ja eines Tages daherkommen und dich fortholen. Ich hatte nur nicht gedacht, daß es so bald sein würde. Aber – wie Fonny sagt, und es ist wahr – ihr seid immer zusammen gewesen, von Kindheit auf. Und ihr seid keine Kinder mehr.» Er nahm Fonny bei der Hand und führte ihn zu mir, und er nahm mich bei der Hand, und er zog mich vom Stuhl hoch. Er legte meine Hand in

Fonnys Hand. «Gebt auf einander acht», sagte er. «Ihr werdet sehen, daß das mehr als eine Redensart ist.»

Fonny standen Tränen in den Augen. Er küßte meinen Vater. Er ließ meine Hand los. Er ging auf die Tür zu. «Ich muß nach Hause», sagte er, «und es meinem Daddy sagen.» Sein Gesicht veränderte sich, er sah mich an, er küßte mich über den Raum hinweg, der uns trennte. «Er wird mächtig glücklich sein», sagte er. Er öffnete die Tür und sagte zu Joseph: «Wir kommen heute abend gegen sechs wieder, okay?»

«Okay», sagte Joseph, und nun lächelte er übers ganze Gesicht.

Fonny ging zur Tür hinaus. Zwei oder drei Tage später, am Dienstag oder Mittwoch, gingen wir wieder zusammen in die Stadt und fingen ernsthaft an, uns nach unserem Speicher umzusehen.

Und *das* sollte sich als ein böser Fehler erweisen.

Am Montagabend war Mr. Hayward in seinem Büro, genau wie er gesagt hatte. Ich kam gegen 7 Uhr 15 dort an, und Mama begleitete mich.

Mr. Hayward ist ungefähr siebenunddreißig, würde ich sagen, ein Mann mit freundlichen braunen Augen und braunem Haar, das schon dünn wird. Er ist sehr, sehr groß, und er ist dick; und er ist ziemlich nett, oder wenigstens wirkt er ziemlich nett, aber ich bin bei ihm einfach nicht unbefangen. Ich weiß nicht, vielleicht ist es nicht fair, ihm die Schuld dafür zu geben. In der letzten Zeit bin ich eigentlich bei niemandem richtig unbefangen, und bei einem Rechtsanwalt, nehme ich an, könnte ich sowieso nicht unbefangen sein.

Er stand auf, als wir hereinkamen, und bot Mama den großen Sessel an und mir den kleineren und setzte sich dann wieder hinter seinen Schreibtisch.

«Wie geht's heute, meine Damen? Mrs. Rivers? Und wie geht's Ihnen, Tish? Waren Sie bei Fonny?»

«Ja. Um sechs Uhr.»

«Und wie geht's ihm?»

Ich fand das immer eine törichte Frage. Wie *geht es* schon einem

Mann, wenn er darum kämpft, aus dem Gefängnis zu kommen? Aber dann mußte ich doch einsehen, daß es – von einem anderen Standpunkt aus betrachtet – eine wichtige Frage war. Einerseits war es die Frage, mit der ich lebte, und zum andern war es vielleicht für Mr. Hayward sehr wichtig, zu wissen, ‹wie› es Fonny ging – vielleicht half es ihm bei seinem Fall. Aber trotzdem ärgerte es mich, Mr. Hayward überhaupt etwas von Fonny erzählen zu müssen. Es gab so vieles, was er, wie ich fand, längst hätte wissen müssen. Aber vielleicht bin ich auch darin nicht fair.

«Na, sagen wir es so, Mr. Hayward. Er haßt es, da eingesperrt zu sein, aber er gibt sich Mühe, sich nicht unterkriegen zu lassen.»

«Wann kriegen wir ihn heraus?» fragte Mama.

Mr. Haywards Blick wanderte von Mama zu mir, und er lächelte – ein gequältes Lächeln, als hätte ihm gerade jemand gegen die Hoden getreten. Er sagte: «Nun, Sie wissen ja, meine Damen, dies ist ein sehr schwieriger Fall.»

«Das ist der Grund, warum meine Schwester *Sie* damit beauftragt hat», sagte ich.

«Und jetzt haben Sie den Eindruck, daß Ihr Vertrauen unangebracht war?» Er lächelte immer noch. Er zündete sich eine Zigarre an.

«Nein», sagte ich, «das möchte ich nicht sagen.»

Ich hätte nie gewagt, so etwas zu sagen – jedenfalls noch nicht –, denn ich hatte Angst, einen anderen Anwalt suchen zu müssen, der leicht noch schlimmer sein konnte.

«Wir hatten Fonny gern um uns», sagte Mama, «und jetzt fehlt er uns einfach.»

«Sicher, das verstehe ich», sagte er, «und ich tu mein Bestes, um ihn, so schnell ich kann, zu Ihnen zurückzubringen. Aber wie Sie wissen, meine Damen, sind die allergrößten Schwierigkeiten dadurch entstanden, daß Mrs. Rogers sich weigerte, ihre Aussage nochmals zu überprüfen. Und jetzt ist sie verschwunden.»

«Verschwunden?» rief ich. «Wie kann sie einfach verschwinden?»

«Tish», sagte er, «dies ist eine sehr große Stadt, ein sehr großes

Land – ja, was das betrifft, eine sehr große Welt. Da kommt es vor, daß Leute verschwinden. Ich kann mir nicht denken, daß *sie* sehr weit weg ist – sie haben sicher nicht die Mittel für eine weite Reise. Aber vielleicht hat ihre Familie sie nach Puerto Rico zurückgeholt. Jedenfalls brauche ich, um sie zu finden, Spezialdetektive, und –»

«Das heißt Geld», sagte Mama.

«Leider», sagte Mr. Hayward. Er sah mich hinter seiner Zigarre hervor an – mit einem seltsamen abwartenden, überraschend sorgenvollen Blick.

Ich war aufgestanden; nun setzte ich mich wieder. «Dieses dreckige Weibsstück», sagte ich, «dieses dreckige Weibsstück.»

«Wie*viel*?» fragte Mama.

«Ich versuche, die Summe so niedrig wie möglich zu halten», sagte Mr. Hayward, «aber Spezialdetektive sind – nun, etwas *Spezielles*, und ich fürchte, sie wissen das. Wenn wir Glück haben, werden wir Mrs. Rogers in ein paar Tagen ausfindig gemacht haben. Oder in ein paar Wochen. Wenn nicht –» er hob die Schultern – «nun, fürs erste wollen wir einmal annehmen, daß wir Glück haben.» Und er lächelte wieder.

«Puerto Rico», sagte Mama stöhnend.

«Wir *wissen* nicht, daß sie dorthin zurückgekehrt ist», sagte Mr. Hayward, «aber es ist eine sehr plausible Möglichkeit. Auf jeden Fall sind sie und ihr Mann vor ein paar Tagen aus dem Apartment in der Orchard Street verschwunden und haben keine Adresse hinterlassen. Wir waren nicht in der Lage, uns mit den anderen Verwandten in Verbindung zu setzen – mit den Tanten und Onkeln, die ja, wie Sie wissen, ohnehin nie sehr hilfsbereit gewesen sind.»

«Aber macht das Mrs. Rogers Geschichte nicht unglaubwürdig», fragte ich, «wenn sie einfach so verschwindet? Sie ist der Hauptzeuge in der Sache.»

«Doch. Aber sie ist eine verstörte, unwissende puertorikanische Frau, die an den Nachwirkungen einer Vergewaltigung leidet – also ist ihr Verhalten nicht unbegreiflich. Verstehen Sie, was ich meine?» Er sah mich fest an, und seine Stimme veränderte sich. «Und sie ist nur *einer* der Hauptzeugen in dieser Sache. Sie vergessen die Aussage des Polizisten Bell – von *ihm* stammt die wirklich entscheidende Aussage über die Identität des Täters. Es ist *Bell*, der schwört, daß er Fonny vom Tatort weglaufen *sah*. Und ich bin immer der Meinung gewesen – Sie erinnern sich, wir sprachen darüber –, daß es *seine* Aussage ist, die Mrs. Rogers ständig wiederholt.»

«Wenn er Fonny am Tatort sah, warum mußte er dann warten und hinterher ankommen und ihn in seiner *Wohnung* verhaften?»

«Tish», sagte Mama. «Tish.» Und dann: «Sie meinen – nur damit ich Sie da richtig verstehe –, daß dieser Polizist Bell ihr sagt, was sie sagen soll? Ist es *das*, was Sie meinen?»

«Ja», sagte Mr. Hayward.

Ich sah Mr. Hayward an. Ich blickte im Zimmer umher. Wir waren unten in der Stadt, nahe am Broadway, nicht weit von der Trinity Church. Das Büro war in dunklem Holz gehalten, sehr glatt und poliert. Ein breiter Schreibtisch, zwei Telefone darauf, ein Knöpfchen, das dauernd aufleuchtete. Mr. Hayward beachtete es nicht, er sah mich aufmerksam an. An den Wänden hingen Trophäen und Urkunden, und eine große Fotografie von Mr. Hayward senior. Auf dem Schreibtisch standen zwei gerahmte Fotos, eines von seiner Frau, lächelnd, und eines von seinen zwei kleinen Jungen. Da war keine Verbindung zwischen diesem Zimmer und mir.

Doch – hier war ich nun mal.

«Sie meinen also», sagte ich, «daß es in diesem Fall keinen Weg gibt, zur Wahrheit vorzudringen?»

«Nein. Das meine ich nicht.» Er zündete seine Zigarre wieder an. «Auf die Wahrheit kommt es bei einem Verfahren nicht an. Worauf es ankommt, ist – wer gewinnt.»

Zigarrenrauch erfüllte den Raum. «Ich will damit nicht sagen», sagte er sorgsam bedacht, «daß *ich* an der Wahrheit zweifle. Wenn ich nicht an Fonnys Unschuld glaubte, hätte ich den Fall nie übernommen. Ich weiß etwas über den Polizisten Bell, der ein Rassist und ein Lügner ist – ich habe es ihm ins Gesicht gesagt, und Sie können mich ungeniert zitieren, bei wem und wann immer Sie wollen –, und ich weiß etwas über den für diesen Fall zuständigen Bezirksstaatsanwalt, der noch schlimmer ist. Nun ja. Sie und Fonny beharren darauf, daß Sie beide, in dem Zimmer in der Bank Street, mit einem alten Freund, Daniel Carty, zusammen waren. Ihre Aussage, das können Sie sich ja vorstellen, zählt nicht, und Daniel Carty ist von der Bezirksstaatsanwaltschaft verhaftet worden und wird in Einzelhaft gehalten. Ich habe keine Erlaubnis bekommen, ihn zu besuchen.» Jetzt stand er auf und trat ans Fenster. «Was diese Leute tun, ist tatsächlich gegen das Gesetz, aber – Daniel hat ein Vorstrafenregister, wie Sie wissen. Offenkundig haben sie vor, ihn so dahin zu bringen, daß er seine Aussage ändert. Und – dies *weiß* ich zwar nicht, aber ich bin bereit zu wetten – das ist die Erklärung, wie und warum Mrs. Rogers verschwunden ist.» Er ging zu seinem Schreibtisch zurück und setzte sich wieder. «Also. Sie verstehen.» Er blickte zu mir auf. «Ich will es so schonend machen, wie ich ich kann. Aber es wird trotzdem sehr hart werden.»

«Wie bald brauchen Sie das Geld?» fragte Mama.

«Ich habe», sagte er, «die Ermittlung des Aufenthalts der Frau bereits eingeleitet. Ich brauche das Geld, so schnell Sie es beschaffen können. Ich werde außerdem die Bezirksstaatsanwaltschaft zwingen, mir zu gestatten, daß ich Daniel Carty besuche, aber man wird mir jedes erdenkliche Hindernis in den Weg legen –»

«Wir versuchen also», sagte Mama, «Zeit zu erkaufen.»

«Ja», sagte er.

Zeit: das Wort dröhnte wie Kirchenglocken. Fonny saß *Zeit* ab. Noch sechs Monate *Zeit*, und unser Kind würde da sein. Irgendwo im Laufe der Zeit waren Fonny und ich uns begegnet: irgendwo im Laufe der Zeit hatten wir uns geliebt; irgendwo, nicht mehr im Laufe der Zeit, sondern nunmehr gänzlich der Zeit ausgeliefert, liebten wir uns. Irgendwo im Laufe der Zeit ging Fonny in einer Gefängniszelle auf und ab, sein Haar wuchs – krauser und krauser. Irgendwo im Laufe der Zeit strich er sich über das Kinn, das juckte und nach einer Rasur verlangte, irgendwo im Laufe der Zeit kratzte er sich an den Achselhöhlen, die schmerzten und ein Bad verlangten. Irgendwo im Laufe der Zeit sah Fonny sich um, erkannte, daß er belogen wurde im Laufe der Zeit, mit der stillschweigenden Duldung der Zeit. In einer anderen Zeit hatte er das Leben gefürchtet: jetzt fürchtete er den Tod – irgendwo im Laufe der Zeit. Er erwachte jeden Morgen mit Tish auf seinen Augenlidern, und jeden Abend schlief er ein mit einer Tish, die seinen Nabel peinigte. Er lebte, jetzt, im Laufe der Zeit, mit dem Gebrüll und dem Gestank und der Schönheit und dem Schrecken zahlloser Männer, und nur die Dauer eines Augenzwinkerns hatte es gebraucht, ihn in dieses Inferno zu stürzen.

Zeit konnte nicht gekauft werden. Die einzige Münze, die die Zeit akzeptierte, war das Leben. Und während ich hier auf der ledernen Armlehne von Mr. Haywards Sessel saß, blickte ich durch das breite Fenster hinaus, zum Broadway hinunter, und ich fing an zu weinen.

«Tish», sagte Hayward hilflos.

Mama kam und nahm mich in die Arme.

«Tu uns das nicht an», sagte sie. «Tu uns das nicht an.»

Aber ich konnte nicht aufhören. Es schien so klar, daß wir Mrs. Rogers nie finden würden; daß Bell nie seine Aussage ändern würde; daß Daniel geschlagen würde, bis er die seine änderte. Und Fonny würde im Gefängnis verfaulen, Fonny würde dort sterben – und ich, ich konnte ohne Fonny nicht leben.

«Tish», sagte Mama, «du bist jetzt eine Frau. Du *mußt* jetzt eine Frau sein. Wir sind in einer bösen Lage, aber es ist doch, wenn du es nur recht bedenkst, nichts Neues für uns. Genau so ist es doch, Tochter, wenn *du nicht aufgibst.* Du *darfst* nicht aufgeben. Wir müssen Fonny da rausholen. *Mir ist egal, was wir tun müssen, um das zu tun* – verstehst du mich, Tochter? Diese Schweinerei hat lange genug gedauert. Wenn du anfängst, es irgendwie anders zu betrachten, dann machst du dich nur krank. *Du* darfst jetzt nicht krank werden – das weißt du –, lieber soll der Staat ihn umbringen, als daß *du* ihn umbringst. Also komm, sei ganz ruhig – wir holen ihn *raus.*»

Sie ließ mich los. Ich trocknete mir die Augen. Sie wandte sich wieder Hayward zu.

«Sie haben keine Adresse von dem Kind dort in Puerto Rico, oder?»

«Doch.» Er schrieb sie auf einen Zettel und gab ihn ihr. «Wir schicken diese Woche jemanden hin.»

«Wie bald, glauben Sie, werden Sie Daniel besuchen können?»

«Ich habe vor», sagte er, «ihn morgen zu besuchen, aber ich werde Himmel und Hölle in Bewegung setzen müssen.»

«Gut», sagte Mama, «solange Sie es nur tun.»

Sie kam wieder zu mir.

«Wir werden daheim die Köpfe zusammenstecken, Mr. Hayward, und uns irgendwas einfallen lassen, und ich sorge dafür, daß Ernestine Sie morgen früh anruft. In Ordnung?»

«Ja, gut. Bitte grüßen Sie Ernestine von mir.» Er legte seine Zigarre weg und kam und legte seine plumpe Hand auf meine Schulter. «Liebe Tish», sagte er. «Bitte, halten Sie durch. Bitte, halten Sie durch. Ich schwöre Ihnen, daß wir gewinnen werden, daß Fonny seine Freiheit haben wird. Nur, es wird nicht leicht sein. Aber die Schwierigkeiten werden auch nicht so unüberwindlich sein, wie es Ihnen heute vorkommt.»

«Sagen Sie's ihr nur!» sagte Mama.

«Also – wenn ich bei Fonny bin, gilt die erste Frage, die er stellt, immer Ihnen. Und ich sage immer: Tish? Der geht's gut. Aber er beobachtet mein Gesicht, um sicherzugehen, ob ich auch nicht lüge. Und ich bin ein sehr schlechter Lügner. Morgen gehe ich zu ihm. Was soll ich ihm dann sagen?»

«Sagen Sie ihm, es geht mir gut», sagte ich.

«Glauben Sie, Sie schaffen es, uns ein kleines Lächeln zu schenken – damit es die Nachricht begleitet? Ich könnte es mitbringen. Das würde ihm gefallen.»

Ich lächelte, und er lächelte, und etwas wirklich Menschliches geschah zwischen uns, das erste Mal. Er ließ meine Schulter los und ging zu Mama hinüber. «Könnten Sie dafür sorgen, daß Ernestine mich gegen zehn anruft, oder möglichst noch früher? Andernfalls würde sie mich wahrscheinlich nicht vor sechs erreichen.»

«Tu ich. Und vielen Dank auch, Mr. Hayward.»

«Wissen Sie was –? Den *Mister* können Sie beiseite lassen.»

«Gut – okay, Hayward. Sagen Sie Sharon zu mir.»

«Das werde ich tun. Und ich hoffe, daß wir Freunde werden, durch all dies.»

«Ich glaube bestimmt, daß wir das werden», sagte Mama. «Noch mal vielen Dank. Und nun – bye.»

«Good-bye. Und vergessen Sie nicht, was ich gesagt habe, Tish.»

«Nein, bestimmt nicht. Ich verspreche es. Sagen Sie Fonny, es geht mir gut.»

«*So* lob ich mir mein Mädchen. Oder vielmehr –» und er sah jungenhafter aus als je zuvor – «Fonnys Mädchen.» Und er lächelte. Er öffnete uns die Tür. Er sagte: «Good-bye.»

Wir sagten: «Good-bye.»

Fonny war an einem Samstagnachmittag die Seventh Avenue hinuntergeschlendert, als er zufällig Daniel wiedertraf. Sie hatten einander seit der Schulzeit nicht mehr gesehen.

Die Zeit hatte Daniel nicht gebessert. Noch immer war er dick, schwarz und laut; mit seinen 23 Jahren – er ist etwas älter als Fonny – hatte er kaum noch vertraute Gesichter um sich. Und so packten sie einander dort auf der Avenue – nach einem Augenblick echten Schreckens und Entzückens –, lachten brüllend, klopften einander auf den Hinterkopf und die Schultern, plötzlich wieder Kinder, und setzten sich, obwohl Fonny Kneipen nicht mag, in die nächste Bar und bestellten zwei Bier.

«Nanu! Wie geht's denn?» Ich weiß nicht, wer von den beiden die Frage stellte, oder wer sie zuerst stellte, aber ich sehe ihre Gesichter vor mir.

«Was fragst du *mich*, Mann?»

«Weil du, wie der weiße Mann es vom Mount Everest sagt, *da* bist.»

«Wo?»

«Ohne Witz, Mann – was treibst du?»

«Ich bin Sklave geworden bei dem Juden im Bekleidungs-Zentrum. Da schieb ich 'n Handkarren rum, Mann, und fahr in den Fahrstühlen rauf und runter.»

«Und deine Leute?»

«Oh, mein Daddy ist tot, ja, Mann, schon 'ne ganze Zeit. Ich bin noch in der alten Wohnung, mit meiner Mama. Aber ihre Krampfadern machen ihr immer mehr zu schaffen. So ...» Und Daniel starrte in sein Bierglas.

«Was machst du gerade – ich meine, jetzt eben?»

«Du meinst, in dieser Minute?»

«Ich meine, hast du irgendwas vor, Mann, bist du im Druck, oder kannst du mit zu mir kommen und 'n bißchen bleiben? Ich meine, jetzt, gleich –?»

«Ich hab nichts weiter vor.»

Fonny trank sein Bier aus und bezahlte bei dem Mann. «Komm. Wir haben Bier in der Bude. Komm, *los.* Erinnerst du dich noch an Tish?»

«Tish –?»

«*Ja*, Tish. Die dürre kleine Tish. *Mein* Mädchen.»

«Die dürre kleine Tish?»

«*Ja.* Sie ist noch *immer* mein Mädchen. Wir wollen heiraten, Mann. Los, komm, jetzt zeig ich dir die Bude. Und Tish wird uns was zu essen machen – komm schon, ich sage dir doch, wir haben Bier im Haus.»

Und obwohl er natürlich das Geld nicht hätte ausgeben sollen, schiebt er Daniel in ein Taxi, und sie rollen los, zur Bank Street hinunter: wo ich sie nicht erwarte. Aber Fonny ist ausgelassen und fröhlich, außer sich vor Freude, und tatsächlich ist es so, daß ich Daniel am Leuchten in Fonnys Augen wiedererkenne. Denn es ist wohl weniger so, daß die Zeit ihn nicht gebessert hat: ich sehe ihm an, wie sehr er geschlagen worden ist. Und nicht, weil ich besonders scharfsichtig wäre, sondern weil ich Fonny liebe. Weder Liebe noch Entsetzen machen blind: Gleichgültigkeit macht einen blind. Und Daniel gegenüber konnte ich nicht gleichgültig sein, da ich an Fonnys Gesicht erkannte, wie herrlich es für ihn war, daß er aus den sumpfigen Wassern seiner Vergangenheit wunderbarerweise einen Freund an Land gezogen hatte.

Aber das heißt für mich, daß ich einkaufen gehen muß, und so gehe ich los und lasse die beiden allein. Wir haben einen Plattenspieler. Als ich hinausgehe, legt Fonny gerade *Compared To What* auf, und Daniel hockt auf dem Boden und trinkt Bier.

«Ihr wollt also wirklich heiraten?» fragt Daniel – teils ernst und nachdenklich, teils spöttisch.

«Nun ja, wir suchen nach einer Bleibe – wir suchen nach einem Speicher, weil so was nicht so 'ne Menge Geld kostet, weißt du, und da könnte ich dann arbeiten, ohne Tish zu pesten. Dies Zimmer ist nicht groß genug für einen, und schon gar nicht ist es groß genug für zwei, und ich hab meine ganze Arbeit hier und im Keller.» Er dreht eine Zigarette, während er das sagt, für sich und für Daniel, der ihm gegenüber hockt. «Überall an der East Side haben sie solche Speicher leerstehen, Mann, und keiner will sie mieten – höchstens Vögel wie ich. Und sie sind allesamt Feuerfallen, und in manchen gibt's nicht mal 'ne Toilette. Also sollte man meinen, es kann keine große Mühe sein, so einen Speicher zu finden.» Er zündet sich die Zigarette an, macht einen Zug und gibt sie Daniel. «Aber ich sag dir, Mann – dieses Land liebt die Nigger nicht. Die können die Nigger so wenig leiden, Mann, daß sie eher an einen Aussätzigen vermieten würden. Ich schwör's dir.» Daniel zieht an der Zigarette, gibt sie Fonny zurück – *Tired old Ladies kissing dogs!* brüllt der Plattenspieler –, und Fonny macht einen Zug, trinkt einen Schluck von seinem Bier und gibt sie wieder Daniel. «Manchmal gehen Tish und ich zusammen, manchmal geht sie allein, manchmal gehe ich allein. Aber es ist immer die gleiche Geschichte, Mann.» Er steht auf. «Und jetzt kann ich Tish nicht mehr allein gehen lassen, denn, stell dir vor, letzte Woche dachten wir, wir *hätten* unsern Speicher, der Kerl hatte ihn ihr versprochen. Aber er hatte *mich* nicht gesehen. Und er meint, ein schwarzes Mädchen, ganz allein da unten in der Stadt, auf der Suche nach einem Speicher, nun ja, er *weiß*, mit *der* wird er's treiben. *Er* denkt, sie ist scharf auf ihn – das ist es, was er in Wirklichkeit denkt. Und Tish kommt und erzählt mir und ist so stolz und glücklich –» er setzt sich wieder – «und wir gehen hin. Und als der Kerl mich sieht, sagt er, da hat es ein großes Mißverständnis gegeben, er *kann* den Speicher nicht vermieten, weil ja all diese Verwandten aus Rumänien sozusagen in einer halben Stunde ankommen und er den Speicher *ihnen* geben muß. Scheiße. Und ich *sagte* ihm, was für ein Scheißkerl er sei, und er drohte, er werde mir die Bullen auf den Arsch hetzen.» Er nimmt die Zigarette von Daniel. «Ich muß mir wirklich irgendwas ausdenken, wie ich ein bißchen Geld zusammenkriegen kann und aus diesem beschissenen Land rauskomme.»

«Wie willst du das anfangen?»

«Ich weiß noch nicht», sagt Fonny. «Tish kann nicht schwimmen.» Er gibt Daniel die Zigarette zurück, und sie brüllen und schütteln sich beide vor Lachen.

«Vielleicht könntest du ja vorausgehen», sagt Daniel, wieder ernst.

Die Zigarette und die Platte sind zu Ende.

«Nein», sagt Fonny. «Ich glaube nicht, daß ich das möchte.»

Daniel sieht ihn an.

«Ich hätte zuviel Angst.»

«Angst vor was?» fragt Daniel – obwohl er in Wirklichkeit die Antwort auf diese Frage weiß.

«Einfach Angst», sagt Fonny nach langem Schweigen.

«Angst davor, was mit Tish passieren könnte?» fragt Daniel.

Wieder langes Schweigen. Fonny starrt aus dem Fenster. Daniel starrt auf Fonnys Rücken.

«Ja», sagt Fonny schließlich. Dann: «Angst vor dem, was uns beiden passieren könnte – jedem ohne den anderen. Zum Beispiel, Tish hat überhaupt keine Ahnung, Mann – sie vertraut jedem. Sie läuft die Straße runter und wackelt mit ihrem kleinen Hintern, und dann ist sie *überrascht*, Mann, wenn irgendein mieser Kerl versucht, sich an sie ranzumachen. Sie sieht nicht, was ich sehe.» Und wieder herrscht Schweigen. Daniel beobachtet ihn, und Fonny sagt: «Ich weiß, es sieht vielleicht so aus, als wär ich ein komischer Kerl. Aber ich habe zwei Dinge in meinem Leben, Mann – ich hab mein Holz und meine Steine, und ich habe Tish. Und wenn ich die verliere, bin ich verloren. Das weiß ich. Weißt du –» und nun dreht er sich um und sieht Daniel an – «was immer in mir ist, ich hab es da nicht reingetan. Und ich kann's auch nicht rausreißen.»

Daniel rutscht ein Stück weiter, zu der Matratze, und lehnt sich an die Wand. «Ich weiß gar nicht, ob du so *komisch* bist. Ich sehe, du bist glücklich. Ich hab nichts dergleichen. Kann ich noch ein Bier haben, Mann?»

«Klar», sagt Fonny und geht, um noch zwei Dosen zu öffnen. Er gibt Daniel eine, und Daniel macht einen langen Zug, bevor er sagt: «Ich komm gerade aus dem Knast, Baby. Zwei Jahre!»

Fonny sagt nichts – er dreht sich nur um und kuckt.

Daniel sagt nichts; er trinkt einen Schluck Bier.

«Sie haben behauptet – sie behaupten *immer noch* –, ich hätte ein Auto gestohlen. Mann, ich kann doch nicht mal Auto fahren, und ich wollte erreichen, daß mein Anwalt – aber der war in Wirklichkeit der Anwalt von *denen*, verstehst du, er hat für die Stadt gearbeitet – das beweist, aber er hat es nicht getan. Und außerdem war ich in gar keinem Auto, als sie mich gegriffen haben. Aber ich hatte ein bißchen Gras dabei. Ich war bei uns vorm Haus. Und da kommen sie also an und nahmen mich mit, einfach so, verstehst du, es war gegen Mitternacht, und sie lochten mich ein, und dann, am nächsten Morgen, stellten sie mich in die Reihe, und irgendwer sagte, *ich* wär's, der den Wagen gestohlen hätte – diesen Wagen, den ich noch nicht mal gesehen habe. Und so, verstehst du, weil ich das Gras bei mir hatte, hatten sie mich sowieso, und so sagten sie, wenn ich mich schuldig bekennen würde, dann würden sie mir eine mildere Strafe geben. Wenn ich mich *nicht* schuldig bekennen würde, dann würden sie mir beides zur Last legen. Na ja –» er schlürft wieder von seinem Bier – «ich war allein, Baby, ich war niemand, und da hab ich mich auf das Schuldbekenntnis eingelassen. Zwei Jahre!» Er beugt sich vor und starrt Fonny an. «Aber andererseits klang es sehr viel besser als die Anklage wegen Marihuana.» Er lehnt sich zurück und lacht und schlürft sein Bier und blickt wieder auf zu Fonny. «War's aber nicht. Ich hab mich von denen anschmieren lassen, weil ich Angst hatte und blöd war, und jetzt tut's mir leid.» Er schweigt. Dann: «Zwei Jahre!»

«Oh, verdammt!» sagt Fonny.

«Ja», sagt Daniel – nach dem lautesten und längsten Schweigen, das sie beide je erlebt haben.

Als ich wiederkomme, sitzen sie beide da, ein bißchen *high*, und ich sage nichts, und ich bewege mich, so leise ich kann, auf dem winzigen Raum der Kochnische. Fonny kommt kurz herein und fährt mir mit der Hand den Rücken herauf und drückt mich an sich und küßt mich auf den Nacken. Dann geht er zu Daniel zurück.

«Wie lange bist du schon draußen?»

«Ungefähr drei Monate.» Er steht von der Matratze auf, geht ans Fenster. «Mann, es war schlimm. Sehr schlimm. Und auch jetzt ist es schlimm. Vielleicht würde ich anders empfinden, wenn ich wirklich was getan hätte und erwischt worden wär. Aber ich hab nichts getan. Sie haben einfach ihr Spiel mit mir getrieben, weil sie sich's leisten konnten. Und ich bin glücklich dran, daß es nur zwei Jahre waren, verstehst du? Weil die mit dir machen können, was sie wollen. *Was sie wollen.* Und Hunde sind das, Mann! Ich hab wirklich kapiert, im Knast, wovon Malcolm und diese Leute geredet haben. Der Weiße, das muß der Teufel sein. Der ist bestimmt kein Mensch. Ich hab Dinge gesehen, Baby, davon werde ich träumen bis zu dem Tag, an dem ich sterbe.»

Fonny legt seine eine Hand auf Daniels Nacken. Daniel zittert. Tränen strömen ihm über das Gesicht.

«Ich weiß», sagt Fonny sanft, «aber sieh zu, daß es dich nicht zu arg mitnimmt. Du bist jetzt draußen, es ist vorbei, du bist jung.»

«Mann, ich weiß alles, was du sagst. Und ich sehe es ein. Aber du weißt nicht – das Schlimmste, Mann, das *Schlimmste* ist, daß sie dir so elend *Angst* machen können. Angst, Mann. *Angst.*»

Fonny sagt nichts, er steht einfach da, die Hand auf Daniels Nacken.

Ich schreie aus der Küche hinüber: «Habt ihr Hunger, Leute?»

«Ja!» schreit Fonny zurück. «Wir sind am Verhungern. *Mach* schon!»

Daniel trocknet sich die Augen und kommt an die Küchentür und lächelt mir zu.

«Schön, dich zu sehen, Tish. Dicker geworden bist du auch nicht, was?»

«Sei still. Ich bin dürr, weil ich *arm* bin.»

«Also, ich weiß auch wirklich nicht, warum du dir nicht 'n reichen Mann zum Heiraten ausgesucht hast. *Jetzt* wirst du *nie* dicker werden.»

«Na schön, Daniel, aber wenn du dünn bist, kannst du schneller laufen, und wenn du mal irgendwo ins Gedränge gerätst, hast du bessere Chancen, wieder rauszukommen. Falls du verstehst, was ich meine.»

«Klingt jedenfalls so, als hättest du's begriffen. Lernst du das alles von Fonny?»

«Ich habe *einiges* von Fonny gelernt. Aber außerdem habe ich eine rasche, angeborene Intelligenz – ist dir das noch nie aufgefallen?»

«Tish, mir sind so viele Sachen aufgefallen, daß ich wirklich keine Zeit hatte, dich richtig zu würdigen.»

«Da bist du nicht der einzige. Und ich kann's dir eigentlich auch nicht verdenken. Ich bin so bemerkenswert, daß ich mich manchmal selbst kneifen muß.»

Daniel lacht. «Das würde ich gern mal sehen. Wo denn?»

«Sie ist so bemerkenswert», murmelt Fonny, «daß ich ihr manchmal den Kopf zurechtsetzen muß.»

«Er verhaut dich also auch?»

«Ah! Was kann ich tun? *Ach, mein Leben ist ein Graus, doch ich mache mir nichts draus* –»

Und plötzlich singen wir alle:

Nimmt er mich in seine Arme
Ist die Welt so schön und hell.
Was erreich ich, wenn ich sage:
«Ich verlasse dich für immer»,
Wenn ich weiß, daß eines Tages
Ich auf Knien zu ihm zurückkomm.
Denn wie schlimm der Mann auch ist
Ich bin sein
Und bleibe es!

Dann lachen wir. Daniel wird ernst, blickt nach innen und ist plötzlich sehr weit fort. «Arme Billie», sagt er, «auch *sie* haben sie krumm und lahm geschlagen.»

«Mann», sagt Fonny, «wir müssen von Tag zu Tag weitersehen. Wenn du zuviel darüber nachdenkst, dann bist du wirklich aufgeschmissen, dann kannst du dich überhaupt nicht mehr rühren.»

«Wir wollen essen», sage ich. «Kommt jetzt.»

Ich habe ein Essen zubereitet, das Fonny, wie ich weiß, gern mag: Rippchen und Maisbrot und Reis, und dazu Fleischsoße und grüne Erbsen. Fonny stellt den Plattenspieler an, ganz leise: Mervin Gayes *What's Going On.*

«Tish wird vielleicht nicht dicker werden», sagt Daniel nach einer Weile, «aber *du* bestimmt. Habt ihr was dagegen, wenn ich mich öfter mal sehen lasse – sagen wir, so um diese Zeit?»

«Tu dir keinen Zwang an», sagt Fonny fröhlich und zwinkert mir zu. «Tish sieht zwar nicht sehr gut aus, aber kochen kann sie jedenfalls.»

«Ich bin froh, zu wissen, daß ich wenigstens zu *etwas* nütze bin», sage ich zu ihm, und er zwinkert mir wieder zu und beißt von einem Rippchen ab und fängt an zu kauen.

Fonny: er kaut an dem Rippchen und sieht mich an: und ganz lautlos, ohne einen Muskel zu bewegen, lachen wir miteinander. Wir lachen aus vielen Gründen. Wir sind zusammen irgendwo, wo uns keiner erreichen, berühren kann – vereint. Wir sind auch darüber glücklich, daß wir Essen genug für Daniel haben, der friedlich kaut und nicht weiß, daß wir lachen, aber spürt, daß etwas Wunderbares uns widerfahren ist, was bedeutet, daß wunderbare Dinge passieren und daß vielleicht auch *ihm* einmal etwas Wunderbares widerfahren wird. Jedenfalls ist es wunderbar, wenn man einem Menschen helfen kann, daß er dieses Gefühl hat.

Daniel bleibt bis Mitternacht bei uns. Er fürchtet sich ein bißchen, fortzugehen, fürchtet sich, tatsächlich, durch diese Straßen zu gehen, und Fonny merkt es und begleitet ihn zur Subway. Daniel, der seine Mutter nicht verlassen kann und sich doch danach sehnt, frei zu sein und sein Leben in die Hand zu nehmen, der aber gleichzeitig Angst hat vor dem, was das Leben bringen mag, Angst vor der Freiheit hat und in einer Falle ringt. Und Fonny, der jünger ist als er, ringt jetzt darum, älter zu sein, um seinem Freund zu helfen, daß er den Weg zu seiner Erlösung findet. *Hat denn mein Gott nicht Daniel erlöset? Und warum nicht jedermann?*

Das Lied ist alt, die Frage unbeantwortet.

Auf ihrem Weg in jener Nacht und an vielen Abenden danach versuchte Daniel, Fonny etwas davon zu erzählen, was ihm im Gefängnis geschehen war. Manchmal war er bei uns, und so hörte ich es auch; manchmal waren er und Fonny allein. Manchmal, wenn Daniel sprach, weinte er – manchmal hielt Fonny ihn im Arm. Manchmal hielt ich ihn. Daniel brachte es heraus oder zwang es heraus, oder er riß es aus sich heraus, als wäre es schartiges, verbogenes, kaltes Eisen, das sein Fleisch und sein Blut mit herausriß – er riß es aus sich heraus wie ein Mensch, der geheilt werden will.

«Zuerst weißt du nicht, was dir geschieht. Kannst es gar nicht wissen. Sie kamen und holten mich weg von den Stufen vor unserm Haus, und sie durchsuchten mich. Als ich später darüber nachdachte, wurde mir klar, daß ich wirklich nicht wußte, *warum*. Ich war immer auf den Stufen vor unserm Haus, ich und die andern Typen, und sie fuhren immer vorbei, und wenn *ich* auch nie von Stoff abhängig war, wußten sie doch, daß ein paar von den andern Typen es sein mußten – du *wußtest*, daß sie's wußten. Und sie konnten ja sehen, wie die Kerle sich kratzten und mit dem Kopf wackelten. Ich glaube, sie sahen das gern. Als ich später darüber nachdachte, dachte ich bei mir, die Schweinehunde sehen es tatsächlich gern, das mit dem Stoff. Die gehen ins Präsidium und melden: Alles ruhig, Sir. Wir haben den Dealer eskortiert, während er seine Runden machte, und der Stoff ist verteilt, und die Nigger sind angemacht. Aber an diesem Abend war ich allein, und ich wollte gerade reingehen, da hielt ihr Auto, und sie schrien mich an und stießen mich in den Flur und durchsuchten mich. *Du* weißt, wie sie das machen.»

Ich weiß es *nicht.* Aber Fonny nickt, sein Gesicht ist ruhig, seine Augen sind sehr dunkel.

«Und ich hatte gerade dieses Gras aufgegabelt, es war in meiner hinteren Hosentasche. Na, und sie zogen es raus – Mann, wie die es *lieben,* dir den Arsch abzuklopfen –, und der eine reicht es dem andern weiter, und einer von ihnen legte mir Handschellen an und stieß mich ins Auto. Und ich hatte nicht geglaubt, daß es soweit kommen würde, vielleicht war ich ein bißchen *high,* vielleicht hatte ich auch einfach keine Zeit zum Nachdenken gehabt, aber, Baby, als der Mann mir die Handschellen anlegte und mich die Stufen hinunter und ins Auto stieß und als das Auto dann losfuhr, da hätte ich am liebsten nach meiner Mama geschrien. Und da kriegte ich einen Schrecken, denn allein kann sie kaum einen Handgriff tun, und sie würde sich Sorgen um mich machen, und keiner würde wissen, wo ich war! Sie brachten mich zum Revier, und sie trugen mich mit dem Vermerk Rauschgiftdelikt im Polizeiregister ein, und sie nahmen mir alles ab, was ich bei mir hatte, und ich wollte gerade fragen: Kann ich mal telefonieren?, da wurde mir bewußt, daß ich wirklich keinen Menschen hatte, den ich anrufen konnte, außer meine Mama, und wen konnte *sie* zu dieser nächtlichen Stunde anrufen? Ich hoffte nur, daß sie schlief, verstehst du, wahrscheinlich hatte sie nur gedacht, daß ich spät noch ausgegangen war, und bis sie am Morgen aufwachte und merkte, daß ich nicht da war, würde ich mir vielleicht was ausgedacht haben – irgend etwas. Sie steckten mich in so eine kleine Zelle, zu vier oder fünf andern Typen, die bloß mit dem Kopf wackelten und furzten, und da saß ich nun und versuchte, meine Gedanken zu sammeln. Denn was zum Teufel soll ich machen? Ich hab keinen Menschen, den ich anrufen kann, wirklich nicht, außer vielleicht diesem Juden, für den ich arbeite – ein ganz netter Kerl, aber, Mann, der wird nicht viel Verständnis dafür haben. Was ich mir wirklich krampfhaft überlege, ist: wie kann ich irgendwen *anders* dazu bringen, meine Mama anzurufen, jemand, der ruhig ist, jemand, der *sie* beruhigen kann, jemand, der etwas *tun* kann. Aber mir fällt niemand ein.

Dann wurde es Tag, und sie steckten uns in den Transportwagen.

Da ist dieser alte weiße Scheißer, den sie an der Bowery aufgegriffen haben, nehme ich an – er hat sich von oben bis unten vollgekotzt, und er starrt auf den Boden und singt. Singen kann er nicht, aber er stinkt wie die Pest. Und, Mann, was bin ich froh, daß ich nicht von Stoff abhängig bin, denn jetzt fängt einer von den Brüdern an zu stöhnen. Er hat die Arme um sich geschlungen und der Schweiß läuft an ihm runter wie Wasser über ein Waschbrett. Ich bin nicht viel älter als er, und klar, ich wollte, ich könnte ihm helfen, aber ich weiß, ich kann nichts tun. Und ich denke bei mir: Also, die Polypen, die ihn in diesen Wagen gesteckt haben, wissen doch, der Kerl ist *krank*. Ich *weiß*, daß sie's wissen. Er dürfte gar nicht hier drin sein – und er ist fast noch ein Kind. Aber die Scheißer, die ihn in diesen Wagen gesteckt haben, Mann, denen ist dabei glatt einer in die Hose abgegangen. Ich glaube nicht, daß es in diesem Land einen einzigen Weißen gibt, der auch nur seinen Schwanz hochkriegt, ohne daß er irgend 'n Nigger stöhnen hört.

Na, und dann kommen wir da unten an. Und mir ist immer noch keiner eingefallen, den ich anrufen kann. Ich muß scheißen, und ich möchte gern sterben, aber ich weiß, ich darf weder das eine noch das andere. Ich denke mir, die werden mich scheißen lassen, wenn sie mit mir durch sind, und bis dahin muß ich's eben zurückhalten, so gut es geht, und es ist reiner Blödsinn von mir, zu denken, ich wollte sterben, denn die können mich jederzeit, wenn sie wollen, umbringen, und vielleicht sterbe ich noch heute. Bevor ich geschissen hab. Und dann fällt mir wieder meine Mama ein. Ich *weiß*, jetzt macht sie sich Sorgen.»

Manchmal hielt Fonny ihn, manchmal hielt ich ihn. Manchmal stand er mit dem Rücken zu uns am Fenster.

«Ich kann euch wirklich nicht viel mehr davon erzählen – da gibt's 'ne ganze Menge Sachen, die ich wahrscheinlich nie irgendwem erzählen kann. Sie hatten mich wegen dem Gras, und so nagelten sie mich mich fest auf das Auto – das Auto, das ich noch nicht mal gesehen hab. Ich nehme an, die brauchten an dem Tag zufällig einen Autodieb. Ich wünschte, ich wüßte, wessen Auto das war. Ich hoffe bloß, daß es keinem schwarzen Kerl gehörte.»

Dann grinste Daniel manchmal, und manchmal trocknete er sich die Augen. Wir aßen und tranken zusammen. Daniel mühte sich redlich, über irgend etwas hinwegzukommen, irgend etwas Unsagbares: er mühte sich so sehr, wie ein Mann sich nur mühen kann. Und manchmal hielt ich ihn, und manchmal hielt Fonny ihn: wir waren das einzige, was er hatte.

An dem Dienstag nach dem Montag, an dem ich bei Hayward gewesen war, besuchte ich Fonny während der Sechs-Uhr-Besuchszeit. Ich hatte ihn noch nie so aufgeregt erlebt.

«Was zum Teufel machen wir nun mit Mrs. Rogers? Wo zum Teufel ist sie hingegangen?»

«Ich weiß nicht. Aber wir werden sie finden.»

«*Wie* wollt ihr sie finden?»

«Wir schicken Leute nach Puerto Rico. Wir glauben, daß sie dorthin gegangen ist.»

«Und angenommen, sie ist nach Argentinien gegangen? Oder nach Chile? Oder nach China?»

«Fonny. Bitte. Wie soll sie so weit fortgehen?»

«Die können ihr Geld genug geben, daß sie überallhin gehen kann.»

«Wer?»

«Die Bezirksstaatsanwaltschaft!»

«Fonny –»

«Du glaubst mir nicht? Du meinst, das können sie nicht tun?»

«Ich glaube nicht, daß sie es getan haben.»

«Wie wollt ihr das Geld auftreiben, um sie zu finden?»

«Wir alle arbeiten – jeder von uns.»

«Tja. Mein Daddy arbeitet im Bekleidungs-Zentrum. Du arbeitest im Warenhaus, dein Daddy arbeitet im Hafen –!»

«Fonny. Hör mich doch an –»

«Was soll ich mir denn anhören? Was wollen wir mit diesem Scheißanwalt machen? Er kümmert sich einen Dreck um mich, der kümmert sich um niemanden. Wollt ihr, daß ich hier verrecke? Wißt ihr denn, was hier los ist? Wißt ihr denn, was mir angetan wird, *mir, mir*, hier drinnen?»

«Fonny. Fonny. Fonny.»

«Es tut mir leid, Baby. Mit alldem meine ich ja nicht dich. Es tut mir leid. Ich liebe dich, Tish. Es tut mir leid.»

«Ich liebe dich, Fonny. Ich liebe dich.»

«Was macht das Baby?»

«Es wächst. Nächsten Monat wird man schon mehr sehen.»

Wir sahen einander an.

«Hol mich hier raus, Baby. Hol mich hier raus. Bitte.»

«Ich verspreche es. Ich verspreche es. Ich verspreche es.»

«Weine nicht. Es tut mir leid, daß ich geschrien hab. Ich habe nicht dich angeschrien, Tish.»

«Ich weiß.»

«Weine nicht. Bitte weine nicht. Es ist schlecht für das Baby.»

«Schon gut.»

«Lach doch mal, Tish.»

«Ist's gut so?»

«Du kannst es noch besser.»

«Ja. Gib mir einen Kuß.»

Ich küßte das Glas. Er küßte das Glas.

«Liebst du mich noch?»

«Ich werde dich immer lieben, Fonny.»

«Ich liebe dich. Du fehlst mir. Mir fehlt alles an dir, mir fehlt alles, was wir zusammen gehabt, alles, was wir zusammen gemacht haben, das Laufen und Reden und Lieben – o Baby, hol mich hier raus.»

«Das werd ich. Halte aus.»

«Ich versprech's dir. – Bis später.»

«Bis später.»

Er folgte dem Wärter in das unvorstellbare Inferno, und ich stand auf, mit zitternden Knien und Ellbogen, um wieder einmal die Sahara zu durchqueren.

In dieser Nacht träumte ich. Ich träumte die ganze Nacht hindurch, ich hatte furchtbare Träume. In einem dieser Träume fuhr Fonny einen Lastwagen, einen großen, dicken Lastwagen. Er fuhr sehr schnell, zu schnell den Highway entlang, und er suchte mich. Aber er sah mich nicht. Ich war hinter dem Lastwagen, ich schrie seinen Namen, aber das Brüllen des Motors übertönte meine Stimme. An diesem Highway gab es zwei Abzweigungen, und beide sahen genau gleich aus. Der Highway verlief oben auf einem Kliff, hoch über dem Meer. Eine der Abzweigungen führte zur Auffahrt unseres Hauses, die andere zum Rand des Kliffs und einer senkrecht zum Meer hin abfallenden Wand. Er fuhr zu schnell, zu schnell! Ich rief seinen Namen, so laut ich konnte, und als er mit dem Lastwagen abbog, schrie ich wieder und wachte auf.

Das Licht war an, und Sharon stand an meinem Bett. Ich kann ihr Gesicht nicht beschreiben. Sie hatte ein kühles, nasses Handtuch geholt und wischte mir damit die Stirn und den Hals. Sie beugte sich herab und küßte mich.

Dann richtete sie sich wieder auf und sah mir in die Augen.

«Ich weiß, ich kann dir im Moment nicht sehr viel helfen – Gott weiß, was alles ich darum gäbe, wenn ich's könnte. Aber ich kenne mich aus im Leiden – falls das hilft. Ich weiß, daß es irgendwann aufhört. Ich will dir keine Lügen erzählen, wie etwa, daß es immer gut ausgeht. Manchmal geht es auch schlecht aus. Du kannst so furchtbar leiden, daß du an einen Ort getrieben wirst, wo du nie wieder leiden kannst: und das ist noch schlimmer.»

Sie nahm meine beiden Hände und hielt sie fest zwischen ihren Händen. «Versuch daran zu denken. Und: die einzige Möglichkeit, daß überhaupt irgend etwas getan wird, besteht darin, daß du dich entschließt, es zu tun. Ich weiß, viele von denen, die wir liebten, viele unserer Männer sind im Gefängnis gestorben: aber nicht *alle*. Vergiß das nie. Und, Tish, du liegst in Wirklichkeit nicht allein hier im Bett. Du hast das Kind unter deinem Herzen, und wir alle zählen auf dich, Fonny zählt auf *dich*, daß du dieses Kind heil und gut zur Welt bringst. Du bist die einzige, die es tun kann. Aber du bist stark. Stütze dich auf deine Kraft.»

Ich sagte: «Ja. Ja, Mama.» Ich wußte, ich hatte keine Kraft. Aber ich würde welche finden müssen, irgendwo.

«Bist du wieder in Ordnung? Kannst du jetzt schlafen?»

«Ja.»

«Ich möchte nicht, daß es albern klingt. Aber denk daran, daß Liebe dich bis hierher gebracht hat. Wenn du bisher auf Liebe vertraut hast, dann verlier jetzt nicht den Kopf.»

Und wieder küßte sie mich, und dann machte sie das Licht aus und ging hinaus.

Ich lag da – hellwach, und voller Angst. *Hol mich hier raus.*

Ich erinnerte mich an Frauen, die ich kennengelernt, aber kaum beachtet hatte, Frauen, die mich erschreckt hatten, weil sie es verstanden, ihren Körper einzusetzen, um etwas zu kriegen, was sie haben wollten. Jetzt wurde mir langsam klar, daß mein Urteil über diese Frauen sehr wenig mit Moral zu tun hatte. (Und jetzt begann ich über die Bedeutung dieses Wortes nachzudenken.) Mein Urteil war aus dem Gefühl heraus entstanden, wie wenig sie offenbar verlangten. Ich konnte mir nicht vorstellen, daß ich mich für einen so geringen Preis verschachern würde.

Aber – für einen höheren Preis? Für Fonny?

Und ich schlief ein, schlief eine Zeitlang, und dann wachte ich auf. Noch nie in meinem Leben war ich so müde gewesen. Alles tat mir weh. Ich sah auf die Uhr und stellte fest, daß es bald Zeit war, aufzustehen und zur Arbeit zu gehen, sofern ich mich nicht krank meldete. Aber ich durfte mich nicht krank melden.

Ich zog mich an und ging hinaus in die Küche, um mit Mama Tee zu trinken. Joseph und Ernestine waren schon fort. Mama und ich schlürften unseren Tee in fast völligem Schweigen. Etwas ging mir immer und immer wieder im Kopf herum: ich konnte nicht sprechen.

Ich kam auf die Straße hinunter. Es war kurz nach acht. Ich ging durch die Morgen-Straßen – diese Straßen sind nie leer. Ich ging an dem alten, blinden Schwarzen an der Straßenecke vorbei. Möglicherweise hatte ich ihn mein Leben lang dort gesehen. Aber jetzt machte ich mir zum erstenmal Gedanken über sein Leben. Vier Halbwüchsige, lauter Schießer, standen an der Ecke und redeten.

Ein paar Frauen hasteten zur Arbeit. Ich versuchte, in ihren Gesichtern zu lesen. Ein paar andere Frauen kamen endlich heim, um ein wenig auszuruhen, und sie strebten von der Avenue fort, ihren möblierten Zimmern entgegen. In allen Seitenstraßen türmte sich der Müll, und Müll türmte sich vor jedem Haus in der Avenue. Ich dachte: Wenn ich mich schon anbiete, dann versuch ich's lieber nicht hier draußen. Es würde ebenso lange dauern wie Fußbodenscheuern und sehr viel qualvoller sein. Tatsächlich dachte ich: Ich weiß, daß ich's nicht tun kann, bevor das Baby da ist, aber wenn Fonny dann noch nicht draußen ist, muß ich's vielleicht versuchen. Vielleicht sollte ich mich ruhig darauf gefaßt machen. Aber da war noch etwas anderes, das mich auf dem Grund meiner Seele beunruhigte, etwas, das ins Auge zu fassen ich, wie ich wußte, noch nicht den Mut hatte.

Mich darauf gefaßt machen, aber wie? Ich ging die Stufen hinunter und drängte mich durch das Drehkreuz und stand auf dem Subway-Bahnsteig, mit all den anderen. Als der Zug kam, drängte ich mich hinein, mit den anderen, und ich lehnte mich an eine Stange, während der Atem und der Geruch der anderen über mir zusammenschlugen. Kalter Schweiß stand mir auf der Stirn und sickerte mir aus den Achselhöhlen und über den Rücken hinunter. Ich hatte bisher noch nicht daran gedacht, weil ich wußte, daß ich so ungefähr bis zur letzten Minute weiterarbeiten mußte, aber nun fragte ich mich langsam, wie ich denn, wenn ich jetzt immer dicker und wenn mir immer öfter schlecht wurde, zur Arbeit *hinkommen* sollte. Wenn ich je in Ohnmacht fiele, würden diese ein- und aussteigenden Leute mich und das Baby einfach tottrampeln. *Wir zählen auf dich – Fonny zählt auf dich – Fonny zählt auf dich, daß du dieses Baby heil und gut zur Welt bringst.* Ich klammerte mich noch fester an die weiße Stange. Mein eiskalter Körper zitterte.

Ich sah mich in dem Subway-Wagen um. Es war ein wenig wie die Zeichnungen von Sklavenschiffen, die ich gesehen hatte. Natürlich hatten die Leute auf den Sklavenschiffen keine Zeitungen gehabt, die brauchten sie damals noch nicht; aber was den Raum betraf (und vielleicht auch, was die Absicht betraf) war das Prinzip genau das gleiche. Ein dicker Mann, der nach scharfer Soße und nach Zahnpasta roch, atmete mir heftig ins Gesicht. Er konnte nichts dafür, daß er atmen mußte oder daß mein Gesicht gerade dort war. Außerdem preßte sein Körper sich sehr fest gegen mich, aber das hieß nicht, daß er an Vergewaltigung dachte oder überhaupt an mich dachte. Wahrscheinlich überlegte er sich nur – und auch das nur halb bewußt –, wie er noch einen Tag in seinem Job überstehen sollte. Und ganz bestimmt sah er mich gar nicht.

Und wenn so ein Subway-Wagen gerammelt voll ist – außer er ist voller Leute, die einander kennen und, sagen wir, zu einem Picknick fahren –, dann herrscht darin fast immer Schweigen. Es ist, als hielte jeder den Atem an und wartete bloß darauf, wieder rauszukommen. Jedesmal wenn der Zug in eine Station einfährt und ein paar von den Leuten dich zur Seite stoßen, um rauszukommen – so wie jetzt gerade der Mann, der nach scharfer Soße und Zahnpasta roch –, dann steigt sozusagen ein großer Seufzer auf, der sofort erstickt wird durch die einsteigenden Leute. Jetzt blies ein blondes Mädchen, das eine Hutschachtel in der Hand hielt, mir ihre Fahne ins Gesicht. Meine Station kam, und ich stieg aus, stieg die Treppe hinauf und überquerte die Straße. Ich ging durch den Personaleingang, steckte meine Karte in die Stechuhr, hängte meine Straßenkleidung weg und ging hinaus an meinen Stand. Ich war etwas zu spät in der Abteilung, aber ich hatte rechtzeitig gestochen.

Der Abteilungsleiter, ein weißer Bursche, jung, ganz nett, warf mir im Scherz einen finsteren Blick zu, als ich an meinen Platz eilte.

Es sind nicht nur alte weiße Damen, die an den Stand kommen, um an meinem Handrücken zu schnuppern. Ganz selten verirrt sich ein schwarzer Typ in die Nähe dieses Stands, und falls, oder wenn er es tut, sind seine Wünsche oft großzügiger und immer sehr viel genauer. Vielleicht ist es tatsächlich so, daß ich einen Schwarzen zu sehr an eine hilflose kleine Schwester erinnere. Er will nicht sehen, wie ich mich in eine Hure verwandle. Und vielleicht kommen manche schwarze Typen auch nur näher, um mir in die Augen zu blicken, um meine Stimme zu hören, um zu sehen, was los ist. Und sie schnuppern nie an meinem Handrücken: ein Schwarzer streckt *seine* Hand aus, und du sprühst von dem Parfum drauf, und er hebt seinen Handrücken an seine Nase. Und er gibt sich gar keine Mühe, so zu tun, als wäre er gekommen, um Parfum zu kaufen. Manchmal tut er's – manchmal kauft er Parfum; meistens tut er's nicht. Manchmal ballt sich die Hand, wenn er sie von der Nase genommen hat, heimlich zur Faust, und mit diesem Gebet, diesem Gruß geht er davon. Aber ein Weißer hebt todsicher deine Hand an seine Nase, und er hält sie todsicher dort fest. Ich beobachtete sie alle, den ganzen Tag lang, wobei irgend etwas mir wieder und immer wieder im Kopf herumging. Gegen Ende der Geschäftszeit kam Ernestine, um mich abzuholen. Sie sagte, Mrs. Rogers sei ausfindig gemacht worden – in Santurce, Puerto Rico; und einer von uns werde hinfahren müssen.

«Mit Hayward?»

«Nein. Hayward hat hier genug zu tun – mit Bell und mit der Staatsanwaltschaft. Außerdem – das mußt du doch einsehen, daß Hayward aus vielen, vielen Gründen gar nicht hinfahren *kann.* Er würde beschuldigt werden, einen Zeugen eingeschüchtert zu haben.»

«Aber das ist doch genau das, was *die* dauernd tun!»

«Tish –» wir gingen die Eighth Avenue hinauf, Richtung Columbus Circle – «um *das* zu beweisen, würden wir so lange brauchen, bis dein Baby wahlberechtigt ist.»

«Nehmen wir die Subway oder den Bus?»

«Wir setzen uns irgendwo hin, bis die *rush hour* vorbei ist. Du und ich, wir müssen sowieso noch was besprechen, ehe wir mit Mama und Daddy reden. Sie wissen es noch nicht. Ich hab noch nicht mit ihnen gesprochen.»

Und ich erkenne, wie sehr Ernestine mich liebt, während ich mich gleichzeitig daran erinnere, daß sie schließlich nur vier Jahre älter ist als ich.

Mrs. Victoria Rogers, geborene Victoria Maria San Felipe Sanchez, erklärt, daß sie am Abend des 5. März zwischen elf und zwölf Uhr im Vestibül des Hauses, in dem sie wohnt, von einem Mann, von dem sie nunmehr weiß, daß es Alonzo Hunt gewesen ist, verbrecherisch angegriffen wurde und daß sie von besagtem Hunt in höchst extremer und abscheulicher Weise sexuell mißbraucht und gezwungen wurde, die unglaublichsten sexuellen Perversionen zu erdulden.

Ich hab sie nie gesehen. Ich weiß nur, daß ein Amerikaner irischer Abstammung, Gary Rogers, ein Ingenieur, vor ungefähr sechs Jahren nach Puerto Rico ging und dort Victoria begegnete, die damals etwa achtzehn war. Er heiratete sie und nahm sie mit aufs Festland. Seine Karriere ging nicht bergauf, sondern bergab. Anscheinend hat ihn das verbittert. Jedenfalls, nachdem er drei Kinder aus ihr herausgepumpt hatte, verließ er sie. Ich weiß nichts über den Mann, mit dem sie in der Orchard Street zusammen lebte und mit dem, vermutlich, sie sich nach Puerto Rico abgesetzt hatte. Die Kinder sind wahrscheinlich irgendwo auf dem Festland bei Verwandten von ihr. Das «Haus, in dem sie wohnt», befindet sich in der Orchard Street. Sie wohnte im dritten Stock. Falls die Vergewaltigung «im Vestibül» stattfand, dann wurde sie im Erdgeschoß, unter der Treppe, vergewaltigt. Es kann sich auch im dritten Stock zugetragen haben, aber das ist wohl unwahrscheinlich. In diesem Stockwerk befinden sich vier Wohnungen. Die Orchard Street – wenn du New York etwas kennst – ist ein ziemlich weites Stück von der Bank Street entfernt. Die Orchard Street liegt verdammt nahe am East River, und die Bank Street liegt praktisch am Hudson. Es ist unmöglich, zu Fuß von der Orchard Street zur Bank Street zu laufen, besonders wenn die Polizei hinter dir her ist. Aber Bell *schwört*, daß er Fonny «vom Schauplatz des Verbrechens weglaufen» sah. Das ist nur möglich, falls Bell gerade nicht im Dienst war, denn sein Revier liegt an der West Side, nicht im Osten. Aber Bell konnte Fonny aus der Wohnung in der Bank Street heraus verhaften. Es bleibt folglich dem Beschuldigten überlassen, die Regelwidrigkeit und Unwahrscheinlichkeit dieser Folge von Ereignissen zu beweisen – und für diesen Beweis zu zahlen.

Ernestine und ich hatten uns in die hinterste Nische einer Bar in der Nähe des Columbus Circle gesetzt.

Es ist Ernestines Art mir gegenüber, und gegenüber allen ihren Kindern, einem etwas an den Kopf zu werfen und sich dann zurückzulehnen und abzuschätzen, wie man es wohl hinnimmt. Sie muß das wissen, um ihre eigene Position bestimmen zu können: das Netz muß an der richtigen Stelle ausgeworfen werden.

Vielleicht lag es daran, daß ich tagsüber und in der Nacht vorher soviel Zeit mit meinen Ängsten – und mit meinen Berechnungen über die Möglichkeit, meinen Körper zu verkaufen – zugebracht hatte, jedenfalls begriff ich jetzt allmählich, was die Vergewaltigung wirklich bedeutete.

Ich fragte: «Glaubst du, sie ist tatsächlich vergewaltigt worden?»

«Tish. Ich weiß ja nicht, was in deinem ruhelosen, nach innen gekehrten Geist vorgeht, aber diese Frage ist völlig belanglos. Soweit es unsere Lage betrifft, Baby, ist sie vergewaltigt worden. Fertig.» Sie machte eine Pause und nippte an ihrem Drink. Ihre Stimme klang sehr ruhig, aber ihr Gesicht wirkte angespannt, verständnisvoll, besorgt. «Ich glaube tatsächlich, daß sie vergewaltigt worden ist und daß sie absolut keine Ahnung hat, wer es gewesen ist – wahrscheinlich würde sie ihn nicht einmal wiedererkennen, wenn er ihr auf der Straße begegnete. Das mag vielleicht verrückt klingen, aber so funktioniert der Verstand nun mal. Sie würde ihn wiedererkennen, wenn er sie *wieder* vergewaltigen würde. Aber dann würde es keine Vergewaltigung mehr sein. Falls du verstehst, was ich meine.»

«Ich versteh, was du meinst. Aber warum beschuldigt sie Fonny?

«Weil Fonny ihr als der Täter gezeigt wurde und weil es wesentlich leichter war, ja zu sagen, als erst lange zu überlegen und die ganze verdammte Geschichte noch einmal zu durchleben. Auf diese Weise ist die Sache für sie vorbei. Abgesehen von dem Prozeß. Aber danach ist sie wirklich vorbei. Für sie.»

«Und für uns auch?»

«Nein.» Sie sah mir fest in die Augen. Es klingt vielleicht komisch, wenn ich das so sage, aber ich überraschte mich dabei, wie ich ihren Schneid bewunderte. «Für uns wird es nicht vorbei sein.» Sie sprach sehr bedächtig und sah mich dabei die ganze Zeit aufmerksam an. «In einer gewissen Beziehung wird es für uns vielleicht nie vorbei sein. Aber darüber wollen wir jetzt nicht sprechen. Hör zu. Wir müssen ganz ernsthaft darüber nachdenken, und zwar in einer anderen Beziehung. Das ist der Grund, warum ich mit dir allein einen Drink nehmen wollte, ehe wir nach Hause gehen.»

«Was willst du mir sagen?» Ich fürchtete mich plötzlich sehr.

«Hör zu. Ich glaube nicht, daß wir sie bewegen können, ihre Aussage zu ändern. Du mußt verstehen: sie lügt nicht.»

«Worauf willst du hinaus? Was zum Teufel soll das heißen, daß sie nicht lügt?»

«Hörst du mir jetzt bitte zu? Ja? Natürlich *lügt* sie. *Wir* wissen, daß sie lügt. Aber *sie* – sie *lügt* nicht. Soweit es sie betrifft, hat Fonny sie vergewaltigt, und fertig. Und jetzt hat sie nichts mehr damit zu tun. Es ist vorbei. Für sie. Wenn sie ihre Aussage ändert, wird sie verrückt. Oder sie wird ein anderer Mensch. Und du weißt, wie oft Leute verrückt werden und wie selten sie sich ändern.»

«Also – was sollen wir tun?»

«Wir müssen die Anklage der Staatsanwaltschaft widerlegen. Es ist sinnlos, wenn wir sagen, wir müssen die Staatsanwaltschaft zwingen, den Beweis zu erbringen, denn für die ist die Anklage der Beweis, und genauso werden die Schwachköpfe auf der Geschworenenbank es schlucken – sie werden schweigen zu dem, was verschwiegen wird. Auch *sie* sind Lügner – und *wir* wissen, daß sie Lügner sind. Aber *sie* wissen es nicht.»

Aus irgendeinem Grund erinnerte ich mich an etwas, das irgendwer vor langer Zeit einmal zu mir gesagt hatte – es könnte Fonny gewesen sein: *Ein Narr sagt nie, daß er ein Narr ist.*

«Wir können die Anklage nicht widerlegen. Daniel ist im Gefängnis.»

«Ja. Aber Hayward besucht ihn morgen.»

«Das hat nichts zu sagen. Daniel wird trotzdem seine Aussage ändern, darauf wette ich.»

«Vielleicht tut er das. Vielleicht auch nicht. Aber ich hab eine andere Idee.»

Da saßen wir, in dieser schmutzigen Bar: zwei Schwestern, die versuchten, vernünftig zu sein.

«Nehmen wir an, es kommt zum Schlimmsten. Mrs. Rogers wird ihre Aussage nicht ändern. Nehmen wir an, Daniel ändert die seine. Dann bleibt nur der Polizist Bell, nicht wahr?»

«Ja. Und?»

«Also – ich hab eine Akte über ihn. Eine dicke Akte. Ich kann beweisen, daß er vor zwei Jahren einen zwölfjährigen schwarzen Jungen ermordet hat, in Brooklyn. Das ist der Grund, warum er nach Manhattan versetzt wurde. Ich kenne die Mutter des ermordeten Jungen. Und ich kenne Bells Frau, die ihn verabscheut.»

«Sie kann nicht gegen ihn aussagen.»

«Sie braucht nicht gegen ihn auszusagen. Sie muß nur im Gerichtssal sitzen und ihn beobachten.»

«Ich sehe nicht ein, wie uns das auch nur im geringsten helfen soll –»

«Ich weiß, daß du's nicht einsiehst. Und vielleicht hast du recht. Aber wenn es zum Schlimmsten kommt, und es ist immer besser, man geht davon aus – daß es zum Schlimmsten kommt –, dann muß es unsere Taktik sein, die Glaubwürdigkeit des einzigen Zeugen der Anklage zu erschüttern.»

«Ernestine», sagte ich, «du träumst.»

«Das glaube ich nicht. Ich spiele ein riskantes Spiel. Wenn ich diese beiden Frauen, eine weiße und eine schwarze, dazu bringe, daß sie dort im Gerichtssaal sitzen, und wenn Hayward seine Sache gut macht, dann sollte es uns gelingen, die Anklage beim Kreuzverhör zu erschüttern. Du mußt bedenken, Tish, daß an der Anklage schließlich nicht viel dran ist. Wenn Fonny ein Weißer wäre, würde es überhaupt keine Anklage geben.»

Gut. Ich verstehe, was sie meint. Ich weiß, worauf sie hinaus will. Es ist ein Schuß ins Blaue. Aber in unserer Lage zählt schließlich nur der Schuß ins Blaue. Ein anderer bleibt uns nicht: fertig. Und mir wird auch klar, daß wir, wenn wir es für durchführbar hielten, jetzt sehr gut hier sitzen und kühl, ganz kühl über Mittel und Wege diskutieren könnten, Bell abzuknallen. Und wenn das geschehen wäre, würden wir mit den Schultern zucken und noch einen Drink nehmen: fertig. Die Leute haben keine Ahnung.

«Ja. Okay. Und was ist mit Puerto Rico?»

«Das ist einer der Gründe, warum ich mit dir sprechen wollte. Ehe wir mit Mama und Daddy reden. Sieh mal. *Du* kannst nicht fahren. Du mußt hier sein. Aus einem einzigen Grund: ohne dich gerät Fonny in Panik. Und ich sehe auch nicht, wie *ich* hinfahren könnte. Ich muß hierbleiben und Hayward Feuer unterm Hintern machen. Und daß ein Mann nicht fahren kann, ist klar. Daddy kann nicht fahren, und Frank kann, weiß Gott, auch nicht fahren. Bleibt also nur – Mama.»

«Mama –?»

«Ja.»

«Sie wird nicht nach Puerto Rico fahren wollen.»

«Stimmt. Und sie haßt Flugzeuge. Aber sie will, daß der Vater deines Kindes aus dem Gefängnis kommt. Natürlich möchte sie nicht nach Puerto Rico fahren. Aber sie *wird* fahren.»

«Und was, glaubst du, kann sie *tun*?»

«Sie kann etwas tun, was kein Spezialdetektiv kann. Sie bringt es vielleicht fertig, an Mrs. Rogers heranzukommen. Vielleicht auch nicht – aber wenn sie es schafft, haben wir einen Vorsprung. Und wenn nicht – gut, dann haben auch wir nichts verloren, und wenigstens können wir uns dann sagen, daß wir's versucht haben.»

Ich betrachte ihre Stirn. Okay.

«Und was ist mit Daniel?»

«Ich hab's dir ja gesagt. Hayward besucht ihn morgen. *Vielleicht* ist's ihm gelungen, ihn schon heute zu besuchen. Er will uns heute abend anrufen.»

Ich lehne mich zurück. «Schöne Scheiße.»

«Tja. Aber wir stecken nun mal drin.»

Dann schweigen wir. Jetzt erst merke ich, wie laut es in der Bar ist. Und ich sehe mich um. Wirklich eine schreckliche Kneipe, und mir wird klar, daß die Leute hier nur annehmen können, daß Ernestine und ich müde Huren sind oder ein lesbisches Paar, oder beides. Ja. Wir stecken nun mal drin, und es kann noch schlimmer kommen. Ja, ganz gewiß – und etwas, das fast so schwer wahrnehmbar ist wie ein Flüstern in einem überfüllten Raum, das so leicht und klar ist wie ein Spinnennetz, regt sich unter meinen Rippen, überwältigt und verwundert mein Herz –, bestimmt wird es noch schlimmer kommen. Aber dieses leichte Klopfen, dieser Stoß, dieses Signal verkündet mir, daß das, was schlimmer werden kann, auch besser werden kann. Ja. Es wird schlimmer werden. Aber das Baby, das sich zum erstenmal in seinem unvorstellbaren Wasserschleier bewegt, verkündet seine Gegenwart und fordert mich: es sagt mir, in diesem Augenblick, daß das, was schlimmer werden kann, auch besser werden kann und daß das, was besser werden kann, auch schlimmer werden kann. Inzwischen – und immerdar – kommt es ganz auf mich an. Ohne mich kann das Baby nicht zur Welt kommen. Und wenn ich dies wohl auch gewußt habe, irgendwie, seit einer kleinen Weile, weiß es jetzt auch das Baby, und es sagt mir, daß es zwar bestimmt noch schlimmer kommen wird, daß aber, sobald es das Wasser verläßt, das, was schlimmer wird, auch besser werden kann. Eine Weile noch wird es im Wasser sein: aber es bereitet sich auf eine Verwandlung vor. Und auch ich muß mich darauf vorbereiten.

Ich sagte: «Also gut. Ich hab keine Angst.»

Und Ernestine lächelte und sagte: «Dann wollen wir's mal in Angriff nehmen.»

Joseph und Frank haben, wie wir später erfahren, auch in einer Bar gesessen, und was sich zwischen ihnen ereignete, ist dies:

Joseph ist Frank gegenüber in einem gewissen Vorteil – wenn er das auch jetzt erst allmählich merkt oder vielmehr ahnt –, weil er keine Söhne hat. Er hat sich immer einen Sohn gewünscht, was Ernestine sehr viel mehr Schaden zugefügt hat als mir; denn zu der Zeit, als ich kam, hatte er sich schon damit abgefunden. Hätte er Söhne gehabt, könnte es gut sein, daß sie jetzt tot oder im Gefängnis wären. Und die beiden wissen, während sie einander in der Nische einer Bar in der Lenox Avenue gegenübersitzen, daß es ein Wunder ist, daß Josephs Töchter nicht auf den Strich gehen. Beide wissen weit mehr, als jeder von ihnen wissen möchte, und ganz sicher weit mehr, als jeder von ihnen sagen kann, von dem vielfältigen Unglück, das die Frauen in Franks Haus befallen hat.

Und Frank hat den Blick gesenkt und hält sein Glas fest mit beiden Händen umklammert: *er* hat einen Sohn. Und Joseph nippt an seinem Bier und sieht ihn an. Dieser Sohn ist jetzt auch *sein* Sohn, und das macht Frank zu seinem Bruder.

Beide sind sie erwachsene Männer – sie gehen auf die Fünfzig zu, und beide sind sie in schrecklicher Sorge.

Keinem von beiden sieht man es an. Joseph ist sehr viel dunkler als Frank, schwarze, tiefliegende, leicht zusammengekniffene Augen, ernst und ruhig, eine hohe Stirn, auf der, nach links hin, eine Ader pocht, eine Stirn, so hoch, daß sie dich an Kathedralen denken lassen kann. Seine Lippen sind immer ein wenig verzogen. Nur die, die ihn kennen – nur die, die ihn lieben –, wissen, wann diese verzogenen Lippen Lachen, Liebe oder Zorn signalisieren. Der Schlüssel ist die pulsierende Ader auf der Stirn. Die Lippen verändern sich kaum, die Augen verändern sich immerfort: und wenn Joseph glücklich ist, wenn er lacht, geschieht etwas ganz Wunderbares. Er sieht dann, ich schwör's dir – und sein Haar wird schon langsam grau –, wie ein Dreizehnjähriger aus. Einmal hab ich bei mir gedacht, ich bin nur froh, daß ich ihm nicht begegnet bin, als er ein junger Mann war! Und dann dachte ich: Aber du bist doch seine Tochter, und darauf schwieg ich wie gelähmt und dachte: Oha!

Frank hat hellere Haut und ist schmaler. Ich glaube nicht, daß man meinen Vater einen schönen Mann nennen könnte. Aber Frank kann man so bezeichnen. Ich will ihn nicht herabsetzen, wenn ich das sage, denn dieses Gesicht hat dafür bezahlt und bezahlt noch immer – einen furchtbaren Preis. Die Menschen lassen dich zahlen für die Art, wie du aussiehst, und das ist zugleich die Art, wie *du* glaubst, daß du aussiehst, und was die Zeit in ein Menschengesicht hineinschreibt, ist die Aufzeichnung dieser Zusammenstöße. Frank hat sie mit knapper Not überlebt. Seine Stirn ist gefurcht wie eine Handfläche – unlesbare Linien. Sein ergrauendes Haar ist dicht und kräuselt sich über der Stirn und den lichten Schläfen heftig nach oben. Seine Lippen sind nicht so dick wie Josephs Lippen, und sie tanzen auch nicht so, sondern sind fest zusammengepreßt, als wollte er, sie würden verschwinden. Seine Backenknochen sind stark gewölbt, und seine großen dunklen Augen stehen schräg nach oben, ganz wie Fonnys – Fonny hat die Augen seines Vaters.

Bestimmt erkennt Joseph das alles nicht so wie seine Tochter. Aber er starrt Frank schweigend an und zwingt ihn, die Augen zu heben.

«Was wollen wir tun?» fragt Frank.

«Na, das erste, was wir tun müssen», sagt Joseph entschlossen, «ist, daß wir aufhören, einander Vorwürfe zu machen, und daß wir aufhören, uns selbst Vorwürfe zu machen. Wenn wir das nicht fertigbringen, Mann, dann kriegen wir den Jungen nie da raus, weil *wir* so mies sind. Und wir dürfen jetzt nicht mies sein, Baby, und ich weiß, du verstehst, worauf ich hinaus will.»

«Aber was, Mann», fragt Frank mit seinem leisen Lächeln, «machen wir wegen dem Geld?»

«Hast du etwa je Geld gehabt?» fragt Joseph.

Frank sieht auf zu ihm und sagt nichts – fragt ihn nur mit den Augen.

Und wieder fragt Joseph: «Hast du etwa je Geld gehabt?»

Schließlich sagt Frank: «Nein.»

«Na also. Warum regst du dich dann jetzt darüber auf?»

Wieder sieht Frank auf zu ihm.

«Irgendwie hast du sie großgezogen, oder etwa nicht? Irgendwie hast du sie satt gekriegt – oder etwa nicht? Wenn wir jetzt anfangen, uns um Geld zu sorgen, Mann, dann sind wir bald am Ende und dann verlieren wir unsere Kinder. Der weiße Mann, Baby – und sein Sack soll verschrumpeln und sein Arsch verfaulen –, der *will* doch nur, daß du dir ums Geld Sorgen machst. Das ist sein ganzes Spiel. Aber wenn wir bis hierher ohne Geld gekommen sind, dann kommen wir auch noch weiter. Ich mach mir keine Sorgen um deren Geld. Sie haben sowieso kein Recht darauf, sie haben's uns gestohlen. Die sind noch nie einem begegnet, den sie nicht belogen und bestohlen haben. Na gut, ich kann auch stehlen. *Und* rauben. Wie, meinst du, hab ich meine Töchter großgezogen? Scheiße.»

Aber Frank ist nicht Joseph. Wieder senkt er den Kopf und starrt in sein Glas.

«Was, glaubst du, wird geschehen?»

«Das hängt davon ab, was wir geschehen *lassen*», sagt Joseph, noch immer voller Entschlossenheit.

«Das ist leicht gesagt», meint Frank.

«Nicht, wenn's dir ernst damit ist», sagt Joseph.

Es folgt ein langes Schweigen, das keiner der beiden Männer unterbricht. Sogar die Musicbox ist verstummt.

«Ich glaube», sagt Frank schließlich, «ich liebe Fonny mehr als irgendwen sonst in der Welt. Und das alles beschämt mich, Mann, ich schwör's, denn er war wirklich ein süßer, mannhafter kleiner Junge, er hatte vor nichts Angst – außer vielleicht vor seiner Mama. Seine Mama, die hat er nicht verstanden.» Frank hält inne. «Und ich weiß nicht, was ich hätte tun sollen. Ich bin keine Frau. Und es gibt Dinge, die nur eine Frau für ein Kind tun kann. Und ich dachte, sie liebte ihn – wie ich ja, glaub ich, auch mal gedacht hab, daß sie mich liebte.» Frank nippt an seinem Drink, und er versucht zu lächeln. «Ich weiß nicht, ob ich ihm jemals so was wie ein Vater war – so was wie ein *wirklicher* Vater –, und jetzt ist er im Gefängnis, und es ist nicht seine Schuld, und ich weiß nicht mal, wie ich ihn rausholen soll. Was bin ich für ein toller Mann!»

«Na», sagt Joseph, «*er* zumindest glaubt, daß du einer bist. Er liebt dich, und er achtet dich – komm, du mußt bedenken, daß *ich* das vielleicht sehr viel besser weiß als du. Ich will dir noch was sagen. Dein kleiner Junge ist der Vater von dem Kind meiner kleinen Tochter. Also, willst du hier rumsitzen und den Kopf hängen lassen, als könnte man nichts tun? Bedenke, ein Kind ist unterwegs, Mann. Soll ich dir den Scheiß aus dem Kopf prügeln?» Er sagt das voller Grimm, aber einen Moment später lächelt er. «Ich weiß», sagt er behutsam, «ich weiß. Aber ich kenne ein paar Schliche, und du kennst ein paar Schliche, und die beiden sind unsere Kinder, und wir müssen sie befreien.» Joseph trinkt sein Bier aus. «Komm, trinken wir aus, Mann, und dann fangen wir an. Wir müssen mit einem Haufen Scheiße fertig werden, und zwar schnell.»

Frank trinkt aus und strafft die Schultern. «Du hast recht, alter Knabe. Komm, wir werden's schon schaffen.»

Der Termin für Fonnys Prozeß wird immer wieder verschoben. Und so widersinnig es klingt, dieser Umstand bringt mich dazu, einzusehen, daß Haywards Anteilnahme echt ist. Ich glaube nicht, daß er am Anfang sehr interessiert war. Er hatte noch nie einen Fall wie den von Fonny übernommen, und es war Ernestine, die ihn, teils mit Hilfe ihrer Erfahrung, hauptsächlich aber mit ihrem Instinkt, da hineingezogen hatte. Und kaum steckte er drin, war die Scheiße auch schon am Dampfen, und es blieb ihm gar nichts anderes übrig, als weiter drin rumzurühren. Zum Beispiel wurde sofort klar, daß das Maß seiner Anteilnahme für seinen Mandanten – oder die Tatsache, daß er überhaupt echte Anteilnahme für seinen Mandanten zeigte – dazu führen mußte, daß er mit den Schlüssel- und Siegelbewahrern aneinandergeriet und Schwierigkeiten kriegte. Er hatte das nicht erwartet, und zuerst wunderte es ihn, dann erschreckte es ihn, und schließlich ärgerte es ihn. Er begriff sehr schnell, daß er zwischen Zuckerbrot und Peitsche wählen sollte. Der Peitsche konnte er sich nicht entziehen, aber er mußte ein für allemal klarmachen, daß er verdammt sein wollte, wenn er je nach dem Zuckerbrot schielte. Das hatte zur Folge, daß er isoliert, ja sogar gebrandmarkt wurde, und in dem Maße, in dem dies die Gefahr für Fonny erhöhte, erhöhte es auch Haywards Verantwortung. Es änderte nichts daran, daß ich ihm mißtraute, daß Ernestine ihn mit flammenden Reden anstachelte, daß Mama sich reserviert verhielt und daß er für Joseph nichts weiter war als ein Weißer mit einem College-Diplom – einer von vielen.

Obwohl ich ihm anfangs natürlich mißtraute, bin ich nicht eigentlich das, was man einen mißtrauischen Menschen nennt, und wie dem auch sei, im Laufe der Zeit, während jeder von uns seine Angst vor dem andern zu verbergen versuchte, faßten wir mehr und mehr Vertrauen zueinander – wir hatten keine andere Wahl. Und ich erkannte im Laufe der Zeit, daß der Kampf für Hayward zunehmend eine persönliche Sache wurde, bei der es ihm weder um Dank noch um öffentliche Ehren ging. Es war ein schmutziger, ein banaler Fall, diese Vergewaltigung einer unwissenden puertorikanischen Frau durch einen schwarzen Jungen – worüber regte er sich so auf? Und so verachteten ihn seine Kollegen und mieden ihn. Dieser Umstand beschwor noch weitere Gefahren herauf, nicht zuletzt die, daß er sich in Mitleid mit sich selbst oder in eine Donquichotterie flüchtete. Doch dafür war Fonny zu leibhaft gegenwärtig, und Hayward war dazu zu stolz.

Aber die Gerichtskalender waren voll – es würde ungefähr tausend Jahre dauern, all die Menschen, die in amerikanischen Gefängnissen sitzen, vor Gericht zu stellen, doch die Amerikaner sind optimistisch und hoffen immer noch auf die Zukunft –, und verständnisvolle oder auch nur intelligente Richter sind so selten wie Schneestürme in den Tropen. Und dann war da die schmutzige Macht und die grausame Feindseligkeit der Staatsanwaltschaft. So mußte Hayward auf einem Kreidestrich balancieren und hart manövrieren, um Fonny vor einen Richter zu bringen, der sich den Fall wirklich anhören würde. Und dafür brauchte Hayward Charme, Geduld, Geld und ein Rückgrat aus gehärtetem Stahl.

Es gelang ihm, Daniel zu besuchen, der geschlagen worden ist. Hayward kann nichts für seine Entlassung tun, denn Daniel ist ein Rauschgiftverfahren angehängt worden. Ohne daß er Daniels Anwalt wird, kann er ihn nicht besuchen. Er schlägt Daniel dies vor, aber Daniel reagiert ausweichend und ängstlich. Hayward hat den Verdacht, daß Daniel auch unter Drogen gesetzt wird, und er weiß nicht, ob er es wagen soll, Daniel in den Zeugenstand zu rufen, oder nicht.

Ja. Hier stehen wir also. Mama muß schon meine Sachen auslassen, und ich gehe in Jacketts und Hosen zur Arbeit. Aber es ist klar, daß ich wohl nicht mehr sehr lange weiterarbeiten kann: ich muß in der Lage sein, Fonny jeden Augenblick, wenn ich kann, zu besuchen. Joseph macht Überstunden, bei doppeltem Lohn, und Frank ebenso. Ernestine hat weniger Zeit für ihre Kinder, weil sie einen Job als Teilzeit-Privatsekretärin bei einer sehr reichen und exzentrischen jungen Schauspielerin angenommen hat, deren Bekanntenkreis sie zu mobilisieren und zu nutzen beabsichtigt. Joseph stiehlt kaltblütig und systematisch im Hafen, und Frank stiehlt im Bekleidungs-Zentrum, und sie verkaufen die heiße Ware in Harlem oder in Brooklyn. Das erzählen sie uns nicht, aber wir wissen es. Sie erzählen es uns nicht, damit man uns, wenn etwas schiefgeht, nicht wegen Mitwisserschaft anklagen kann. Wir können ihr Schweigen nicht durchdringen, wir dürfen es nicht versuchen. Diese Männer würden beide mit Freuden ins Gefängnis gehen, einen Bullen über den Haufen schießen oder eine Stadt in die Luft jagen, um ihre Kinder aus den Klauen dieser demokratischen Hölle zu retten.

Sharon muß jetzt mit den Vorbereitungen für ihre Reise nach Puerto Rico beginnen, und Hayward gibt ihr die nötigen Instruktionen:

«Sie lebt nicht direkt in Santurce, sondern ein wenig außerhalb, in einer Gegend, die man früher vielleicht eine Vorstadt hätte nennen können, die aber heute weit schlimmer ist als das, was wir als Slum bezeichnen. In Puerto Rico heißt so etwas, glaube ich, *favella.* Ich war einmal in Puerto Rico, und so will ich gar nicht erst versuchen, eine *favella* zu beschreiben. Und ich bin überzeugt, wenn Sie zurück sind, werden auch Sie nicht versuchen wollen, so etwas zu beschreiben.»

Hayward sieht sie distanziert und zugleich eindringlich an und gibt ihr ein mit Maschine beschriebenes Blatt Papier.

«Das ist die Adresse. Aber ich glaube, sobald Sie dort ankommen, wohin Sie fahren, werden Sie begreifen, daß das Wort ‹Adresse› so gut wie nichts bedeutet – es wäre ehrlicher zu sagen: das ist die Gegend, in der sie wohnt.»

Sharon, die ihr weiches beigefarbenes Barett aufhat, sieht sich den Zettel an.

«Ein Telefon gibt es nicht», sagt Hayward, «und ohnehin ist ein Telefon das allerletzte, was Sie brauchen werden. Sie könnten ebensogut Feuersignale geben. Aber es ist nicht schwer zu finden. Folgen Sie einfach Ihrer Nase.»

Sie sehen einander an.

«Und jetzt», sagt Hayward mit seinem wirklich gequälten Lächeln, «nur um die Dinge noch einfacher für Sie zu machen, muß ich Ihnen sagen, daß wir nicht genau wissen, unter welchem Namen sie dort lebt. Ihr Mädchenname ist Sanchez – aber das ist etwa so, als würden Sie hier nach einer Mrs. Jones oder einer Mrs. Smith suchen. Der Familienname ihres Ehemanns ist Rogers, aber ich bin überzeugt, daß der nur in ihrem Paß erscheint. Der Name des Mannes, mit dem sie zusammen lebt –» er macht eine Pause, blickt hinunter auf ein anderes Blatt Papier und sieht dann Sharon und dann mich an – «lautet Pietro Tomasino Alvarez.»

Er gibt Sharon den Zettel, den Sharon auch wieder aufmerksam betrachtet.

«Und», sagt Hayward, «nehmen Sie das hier mit. Ich hoffe, es hilft Ihnen weiter. Sie sieht immer noch so aus. Es wurde letzte Woche aufgenommen.»

Und er gibt Sharon ein Foto, etwas größer als ein Paßbild.

Ich habe sie nie gesehen. Ich stehe auf, um über Sharons Schulter zu spähen. Sie ist blond – aber sind Puertorikaner blond? Sie lächelt in die Kamera, ein verstopftes Lächeln, und doch, in den Augen ist Leben. Die Augen und die Brauen sind dunkel, und die dunklen Schultern sind nackt.

«Ist das in einem Nachtclub aufgenommen?» fragt Sharon, und Hayward antwortet: «Ja», während sie ihn beobachtet und er sie beobachtet. Und: «Arbeitet sie dort?» fragt Sharon.

«Nein, sie nicht», sagt Hayward. «Aber Pietro.»

Noch immer betrachte ich, über die Schulter meiner Mutter hinweg, das Gesicht meiner Todfeindin.

Mama dreht das Foto um und legt die Hand, mit der sie es hält, in den Schoß.

«Und wie alt ist dieser Pietro?»

«Ungefähr – zweiundzwanzig», sagt Hayward.

Und genau wie's in dem Lied heißt: *Gott erschien! In einem*

Sturm! Und er beunruhigte jedermanns Geist! senkte sich Schweigen über das Büro. Mama beugt sich vor, sie denkt weiter.

«Zweiundzwanzig», sagt sie langsam.

«Ja», sagt Hayward. «Ich fürchte, dieses Detail könnte uns mit einem völlig neuen Ballspiel konfrontieren.»

«Was soll ich nun eigentlich tun?» fragt Sharon.

«Helfen Sie mir», sagt Hayward.

«Schön», sagt Sharon nach einer kurzen Pause, öffnet ihre Handtasche, öffnet sodann ihre Brieftasche, legt die Zettel sorgfältig in die Brieftasche, schließt die Brieftasche, begräbt die Brieftasche in den Tiefen ihrer Handtasche und läßt die Handtasche zuschnappen, «dann werde ich irgendwann morgen fahren. Ich rufe an oder lasse jemanden anrufen, ehe ich abreise. Nur damit Sie Bescheid wissen – wo ich bin.»

Und sie erhebt sich, und Hayward erhebt sich, und wir gehen zur Tür.

«Haben Sie eine Fotografie von Fonny bei sich?» fragt Hayward.

«*Ich* hab eine», sage ich.

Und ich öffne meinen Beutel und suche meine Brieftasche. Ich habe sogar zwei Fotos, eines von Fonny und mir, wie wir an dem Geländer vor dem Haus in der Bank Street lehnen. Sein Hemd steht offen bis zum Nabel, er hat den einen Arm um mich gelegt, und wir lachen beide. Das andere zeigt Fonny allein, wie er in dem Zimmer neben dem Plattenspieler sitzt, schwermütig und friedlich, und das ist mein Lieblingsfoto von ihm.

Mama nimmt die Fotografien und gibt sie Hayward, der sie beide betrachtet. Dann nimmt sie sie wieder an sich.

«Das sind die einzigen, die du hast?» fragt sie mich.

«Ja», sage ich.

Sie gibt mir das Foto zurück, auf dem Fonny allein zu sehen ist. Das von Fonny und mir tut sie in ihre Brieftasche, die abermals auf den Grund ihrer Handtasche sinkt. «Mit dem hier sollte es gelingen», sagt sie. «Schließlich *ist* es meine Tochter, und *sie* ist nicht vergewaltigt worden.» Sie schüttelt Hayward die Hand. «Drücken Sie mir den Daumen, Sohn, und hoffen wir, daß die alte Dame gute

Nachrichten heimbringen kann.»

Sie wendet sich zur Tür. Aber Hayward hält sie noch einmal zurück.

«Seit ich weiß, daß Sie nach Puerto Rico fahren, habe ich ein besseres Gefühl, als ich es wochenlang hatte. Aber: ich muß Ihnen auch sagen, daß die Bezirksstaatsanwaltschaft in ständigem Kontakt mit der Familie Hunt steht – das heißt, mit der Mutter und den beiden Schwestern –, und die sind anscheinend der Ansicht, daß Fonny seit jeher unverbesserlich gewesen ist und nichts getaugt hat.»

Hayward hält inne und sieht uns beide fest an.

«Nun ja, falls der Staat drei ehrbare schwarze Frauen dazu bringen kann, unter Eid auszusagen oder zu bezeugen, daß ihr Sohn und Bruder immer schon ein gefährlich antisoziales Geschöpf gewesen ist, dann ist das ein sehr schwerer Schlag für uns.»

Wieder hält er inne, und er wendet sich dem Fenster zu.

«Tatsächlich – und Galileo Santini ist kein Dummkopf – könnte es weit wirksamer sein, wenn er sie nicht als Charakterzeugen vorladen würde, denn dann können sie nicht ins Kreuzverhör genommen werden – er braucht den Geschworenen nur mitzuteilen, daß diese ehrbaren Kirchgängerinnen von Scham und Gram gebeugt seien. Und der Vater kann als schwerer Trinker und Taugenichts abgetan werden, als ein verheerendes Beispiel für seinen Sohn – vor allem, nachdem er öffentlich gedroht hat, Santini abzuknallen.»

Er wendet sich vom Fenster ab und betrachtet uns sehr aufmerksam.

«Ich glaube, ich werde wahrscheinlich Sie, Sharon, und Mr. Rivers als Charakterzeugen aufrufen. Aber Sie sehen, was uns bevorsteht.»

«Es ist immer besser», sagt Sharon, «wenn man's weiß, als wenn man's nicht weiß.»

Hayward klopft Sharon sanft auf die Schulter. «Versuchen Sie also, gute Nachrichten heimzubringen.»

Ich denke bei mir: Und ich werde mich um diese Schwestern und diese Mutter kümmern. Aber ich sage nichts außer: «Danke, Hayward. Good-bye.»

Und Sharon sagt: «Okay. Ich hab verstanden. Good-bye.» Und wir gehen durch den Flur zum Fahrstuhl.

Ich erinnere mich so gut an die Nacht, in der das Baby empfangen wurde, weil es die Nacht nach dem Tag war, an dem wir endlich unseren Speicher fanden. Und der Typ, er hieß Levy, wollte ihn wirklich an uns vermieten, er war nicht so ein Dreckskerl. Er war ein Junge aus der Bronx, olivenfarbene Haut, lockiges Haar, fröhliches Gesicht, ungefähr dreiunddreißig vielleicht, mit großen, wie elektrisch blitzenden schwarzen Augen, und er mochte uns. Er mochte Leute, die sich liebten. Der Speicher lag in der Nähe der Canal Street, und er war groß und in ziemlich gutem Zustand. Es gab zwei große Fenster, die auf die Straße gingen, und die beiden hinteren Fenster öffneten sich auf ein Dach mit einem Geländer. Es gab einen Raum, in dem Fonny arbeiten konnte, und wenn alle Fenster offen waren, würde man im Sommer nicht am Hitzschlag sterben. Von dem Dach waren wir besonders begeistert: man konnte dort essen oder Getränke servieren oder einfach abends dasitzen, wenn man Lust dazu hatte, und einander in den Armen halten. «Teufel», sagte Levy, «schleppt die Decken raus und schlaft draußen.» Und er sah Fonny lachend an. «Macht Kinder da draußen. Auf die Art bin *ich* hierher gekommen.» Das, woran ich mich am deutlichsten erinnere, ist, daß er uns beide nicht verlegen machte. Wir lachten alle miteinander. «Ihr zwei solltet ein paar hübsche Babies haben», sagte er, «und glaubt mir das, Kinder, die Welt hat sie verdammt nötig.»

Er verlangte von uns nur eine Monatsmiete im voraus, und ungefähr eine Woche später brachte ich ihm das Geld. Und dann, als Fonny in Schwierigkeiten geriet, tat er etwas sehr Eigenartiges und, wie ich finde, sehr Schönes. Er rief mich an und sagte, ich könne das Geld zurückhaben, jederzeit, wenn ich es brauchte. Aber den Speicher, sagte er, den werde er nie jemand anders als uns vermieten. «Das könnte ich nicht», sagte er. «Diese Schweine. Der Speicher bleibt leer, bis dein Mann aus dem Gefängnis kommt. Und das sind keine leeren Versprechungen, mein Schatz.» Und er gab mir seine Telefonnummer und sagte, ich solle ihn wissen lassen, falls er irgend etwas für uns tun könne. «Ich will, daß ihr jungen Leute eure Babies kriegt. Darin bin ich nun mal komisch.»

Levy erklärte und zeigte uns das etwas komplizierte System von Schlössern und Schlüsseln. Unser Speicher befand sich oben im dritten oder vierten Geschoß. Die Treppen waren steil. Es gab ein ganzes Bund Schlüssel für unseren Speicher: alle Türen ließen sich doppelt verschließen. Dann war da die Tür ganz oben im Treppenhaus, die uns von dem übrigen Gebäude abschloß.

«Mann», sagte Fonny, «und was tun wir, wenn's hier mal brennt?»

«Oh», sagte Levy, «das hab ich ganz vergessen», und er schloß die Türen wieder auf, und wir gingen noch einmal auf den Speicher. Er nahm uns mit hinaus auf das Dach und führte uns an den Rand, wo sich das Geländer befand. Ganz rechts am Dach öffnete sich das Geländer und führte auf einen schmalen Steg und von dort zu den Eisensprossen, über die man in den Hof hinuntergelangte. Einmal unten in diesem Hof, der von Mauern umschlossen schien, mochte man sich fragen, was um alles in der Welt man nun machen sollte: der Hof war wie eine Falle. Aber wenigstens würde man nicht aus dem brennenden Gebäude springen müssen. War man einmal unten, konnte man nur hoffen, daß man nicht unter den brennenden, berstenden Wänden begraben wurde.

«Gut», sagte Fonny. Er hielt mich besorgt am Ellbogen und führte mich auf das Dach zurück. «Ich sehe.» Wir erlebten noch einmal das Ritual des Türenabschließens und gingen hinunter zur Straße. «Macht euch keine Sorgen wegen der Nachbarn», sagte Levy, «denn nachmittags ab fünf oder sechs habt ihr keine mehr. Alles, was ihr zwischen euch und der Straße habt, sind ein paar kleine, dahinsiechende Betriebe, wo die Leute für einen Hungerlohn schuften müssen.»

Wir traten hinaus auf die Straße, und er zeigte uns, wie man die Haustür abschloß und aufschloß.

«Kapiert?» fragte er Fonny.

«Kapiert», sagte Fonny.

«Kommt. Ich lade euch zu einem Milch-Shake ein.»

Und wir tranken an der Ecke jeder einen Milch-Shake, und Levy schüttelte uns die Hand und ging. Er sagte, er müsse nach Hause zu seiner Frau und seinen Kindern – zwei Jungen, der eine zwei, der andere dreieinhalb. Aber bevor er ging, sagte er: «Hört zu. Ich sagte euch ja, macht euch keine Sorgen wegen der Nachbarn. Aber seht euch vor den Polypen vor. Die sind Mord.»

Es gehört zu den schrecklichsten, rätselhaftesten Dingen im Leben, daß man eine Warnung immer nur im nachhinein beachtet: wenn es zu spät ist.

Levy verließ uns, und Fonny und ich gingen Hand in Hand die breiten, strahlenden, belebten Straßen hinauf, zum Village, zu unserer Bude. Wir redeten und redeten und lachten und lachten. Wir überquerten die Houston Street und gingen dann die Sixth Avenue hinauf – die Avenue of the Americas mit all den Scheiß-Flaggen, die wir gar nicht sahen. Ich wollte noch zu einem der Läden in der Bleecker Street, um ein paar Tomaten zu kaufen. Wir überquerten die Avenue of the Americas und bogen westwärts in die Bleecker Street ein. Fonny hatte die Hand um meine Taille gelegt. Wir blieben vor einem Gemüsestand stehen. Und ich fing an zu suchen.

Fonny haßt es, Einkäufe zu machen. Er sagte: «Warte hier einen Moment. Ich hol inzwischen Zigaretten.» Und er ging die Straße hinauf, zu einem Laden gleich hinter der Ecke.

Ich fing an, mir Tomaten auszusuchen, und ich weiß noch, daß ich leise vor mich hin summte. Ich sah mich nach einer Waage um und nach dem Mann oder der Frau – irgendwem, der mir die Tomaten wog und mir sagte, was ich ihm schuldete.

Fonny hat recht, wenn er sagt, daß ich keine Ahnung habe.

Im ersten Augenblick, als ich die Hand auf meinem Hintern spürte, dachte ich, es sei Fonny. Dann wurde mir bewußt, daß Fonny mich nie, niemals so auf offener Straße berühren würde.

Ich drehte mich um, meine sechs Tomaten in beiden Händen, und sah mich einem schmächtigen jungen, schmierigen italienischen

Knilch gegenüber.

«So was liebe ich – eine stramme Tomate, die Tomaten liebt», sagte er, und er leckte sich die Lippen und grinste.

Zwei Dinge gingen mir, beide im gleichen Moment, durch den Kopf – oder drei. Es war eine sehr belebte Straße. Ich wußte, daß Fonny jeden Augenblick zurückkommen mußte. Ich wollte dem Jungen gern die Tomaten ins Gesicht schmeißen. Aber bisher hatte niemand uns wirklich beachtet, und ich wollte nicht, daß Fonny in einen Streit geriet. Ich sah einen weißen Polypen langsam die Straße heraufkommen.

Ich machte mir klar, daß ich schwarz war und daß die Menge hier auf den Straßen weiß war, und so wandte ich mich ab und ging in den Laden, immer noch mit den Tomaten in den Händen. Ich fand eine Waage und tat die Tomaten in die Schale, und dann sah ich mich nach jemandem um, der sie mir wog, damit ich bezahlen und aus dem Laden verschwinden konnte, ehe Fonny um die Ecke kam. Der Polyp war jetzt auf der anderen Straßenseite. Und der Junge war mir in den Laden gefolgt.

«Heh, du süße Tomate. Du weißt, ich liebe Tomaten.»

Und jetzt beobachteten uns tatsächlich einige Leute. Ich wußte nicht, was tun – das einzige, was ich tun konnte, war, aus dem Laden zu gehen, ehe Fonny um die Ecke herumkam. Ich versuchte es, aber der Junge versperrte mir den Weg. Ich sah mich hilfesuchend um – die Leute starrten herüber, aber keiner rührte sich. In meiner Verzweiflung beschloß ich, den Polizisten zu rufen. Aber als ich einen Schritt machte, packte der Junge mich am Arm. Er war in Wirklichkeit wahrscheinlich nur ein heruntergekommener Fixer – aber als er mich am Arm packte, schlug ich ihn ins Gesicht und spuckte ihn an: und genau in diesem Augenblick trat Fonny in den Laden.

Fonny packte den Jungen an den Haaren, schlug ihn zu Boden, zog ihn hoch, trat ihn in den Unterleib und zerrte ihn aufs Trottoir hinaus und schlug ihn wieder zu Boden. Ich schrie und hielt Fonny mit aller Gewalt zurück, denn ich sah, daß der Polizist, der gegenüber an der Ecke gestanden hatte, jetzt über die Straße gelaufen kam, und der weiße Junge lag blutend und würgend in der Gosse!

Ich war überzeugt, daß der Polyp Fonny umbringen wollte – aber er konnte Fonny nicht umbringen, wenn es mir gelang, mich zwischen Fonny und dem Polypen zu halten. Mit all meiner Kraft, mit all meiner Liebe, mit meinen Gebeten und gewappnet mit dem Wissen, daß Fonny schließlich *mich* nicht zu Boden schlagen würde, preßte ich meinen Hinterkopf an Fonnys Brust, umklammerte seine Handgelenke mit meinen beiden Händen und blickte dem Polypen ins Gesicht. Ich sagte: «Der Mann da – dort – hat mich angegriffen. Hier, in diesem Laden. Gerade eben. Alle haben es gesehen.»

Niemand sagte ein Wort.

Der Polyp sah sie alle der Reihe nach an. Dann sah er wieder mich an. Und dann sah er Fonny an. Fonnys Gesicht konnte ich nicht sehen. Aber ich konnte das Gesicht des Polypen sehen, und ich wußte, daß ich mich nicht rühren durfte und auch, wenn irgend möglich, verhindern mußte, daß Fonny sich rührte.

«Und wo warst du?» fragte der Polyp Fonny bedächtig, «während all das hier –» und seine Augen glitten über mich hin, genau wie vorher die Augen des Jungen – «während all das hier zwischen dem Kleinen dort und –» seine Augen kehrten zu mir zurück – «und deinem Mädchen vor sich ging?»

«Er war nur eben um die Ecke», sagte ich, «Zigaretten holen.» Denn ich wollte nicht, daß Fonny etwas sagte.

«Stimmt das, Junge?»

Ich sagte: «Er ist kein Junge, Sergeant.»

Jetzt sah er mich an, sah mich zum erstenmal wirklich an und sah darum auch Fonny zum erstenmal wirklich an.

Inzwischen hatten ein paar Leute dem Kleinen wieder auf die Füße geholfen.

«Du wohnst hier in der Gegend?» fragte der Polyp Fonny.

Mein Kopf lag immer noch an Fonnys Brust. Aber Fonny hatte seine Handgelenke aus meinen Händen befreit.

«Ja», sagte er, «in der Bank Street», und er gab dem Polizisten die Adresse.

Ich wußte, gleich würde Fonny mich zur Seite stoßen.

«Dann wollen wir dich mal aufschreiben, Junge», sagte der Polyp, «wegen tätlichen Angriffs verbunden mit Körperverletzung.»

Ich weiß nicht, was nun geschehen wäre, wenn die Italienerin, die den Laden führte, nicht für uns gesprochen hätte. «O nein», sagte sie. «Ich kenne die beiden jungen Leute. Die kaufen hier sehr oft ein. Was die junge Dame Ihnen gesagt hat, ist die Wahrheit. Ich hab sie beide gesehen, vorhin, wie sie kamen, und ich hab die junge Dame beobachtet, wie sie sich die Tomaten ausgesucht hat, und der junge Mann ließ sie hier zurück und sagte, er wäre gleich wieder da. Ich hatte zu tun, ich konnte nicht gleich zu ihr kommen; ihre Tomaten sind noch auf der Waage. Und dieser kleine miese Nichtsnutz da drüben, der hat sie angegriffen. Und er hat genau das gekriegt, was er verdient. Was würden *Sie* tun, wenn ein Mann *Ihre* Frau angriffe – falls Sie eine haben?» Die Menge kicherte, und der Polyp wurde rot. «Ich hab genau gesehen, wie es geschah. Ich bin Zeugin. Und ich werde es beeiden.»

Sie und der Polyp starrten einander an.

«Komische Art, ein Geschäft zu führen», sagte er und leckte seine Unterlippe.

«*Sie* können *mir* nicht sagen, wie ich mein Geschäft führen soll. Ich war schon hier auf der Straße, ehe Sie hier in die Gegend kamen, und ich werde noch hier sein, wenn Sie schon nicht mehr da sind. Nehmen Sie», sagte sie und deutete fuchtelnd in die Richtung des Jungen, der jetzt, von ein paar Freunden umgeben, auf der Bordsteinkante saß, «nehmen Sie diesen elenden Bengel mit, nach Bellevue, oder nach Rikers' Island – oder werfen Sie ihn in den Fluß. Er ist auf dieser Erde sowieso keinem von Nutzen. Aber versuchen Sie nicht, *mich* einzuschüchtern – *basta!*»

Ich bemerke zum erstenmal, daß Bell blaue Augen hat und daß seine Haare, soweit ich sie sehen kann, rot sind.

Er sieht jetzt wieder mich an, und dann wieder Fonny.

Er leckt wieder seine Lippen.

Die Italienerin geht in den Laden zurück, nimmt meine Tomaten von der Waage und tut sie in eine Tüte.

«Na schön», sagt Bell und starrt Fonny an, «ich sehe dich noch.»

«Vielleicht», sagt Fonny, «vielleicht aber auch nicht.»

«Nicht», sagt die Italienerin, die wieder auf die Straße herauskommt, «wenn die beiden oder ich Sie zuerst sehen.» Sie dreht mich herum und legt mir die Tüte mit den Tomaten in die Hände. Sie steht zwischen mir und Bell. Sie blickt mir in die Augen. «Sie haben einen guten Mann», sagt sie. «Bringen Sie ihn nach Hause. Weg von diesen krankhaften Schweinen.» Ich sehe sie an. Sie streicht mit der Hand über mein Gesicht. «Ich bin schon lange in Amerika», sagt sie. «Ich hoffe nur, daß ich nicht hier sterbe.»

Sie geht in ihren Laden zurück. Fonny nimmt mir die Tomaten ab und klemmt sich die Tüte unter den Arm. Mit dem anderen Arm hakt er sich bei mir ein, und er verschränkt seine Finger mit den meinen. Wir gehen langsam weg, zu unserer Bude.

«Tish», sagt Fonny ganz ruhig – mit einer furchtbaren Ruhe.

Ich kann mir fast denken, was er jetzt sagen wird.

«Ja?»

«Versuch nie wieder, mich zu beschützen. Tu das nicht.»

Ich weiß, daß ich etwas Falsches sage: «Aber du hast doch versucht, *mich* zu beschützen.»

«Das», sagt er mit derselben erschreckenden Ruhe, «ist nicht das gleiche, Tish.»

Und plötzlich nimmt er die Tüte mit den Tomaten und schmettert sie gegen die nächste Hausmauer. Gott sei Dank ist es eine Wand ohne Fenster. Gott sei Dank fängt es an, dunkel zu werden. Gott sei Dank spritzen Tomaten nur und klirren nicht.

Ich weiß es selbst, was er da sagt. Ich weiß, er hat recht. Ich weiß, ich darf nichts sagen. Gott sei Dank läßt er meine Hand nicht los. Ich blicke hinunter auf das Trottoir, das ich nicht sehe. Ich hoffe, er hört meine Tränen nicht.

Aber er sieht sie.

Er bleibt stehen und zieht mich zu sich herum, und er küßt mich. Er beugt sich zurück und sieht mich an und küßt mich wieder.

«Denk nicht, ich wüßte nicht, daß du mich liebst. Glaubst du, wir werden es schaffen?»

Und da werde ich ruhig. Tränen sind auf seinem Gesicht, Tränen von ihm oder von mir, ich weiß es nicht. Ich küsse ihn, wohin unsere Tränen fallen. Ich will etwas sagen. Er legt mir den Finger auf die Lippen. Er lächelt sein leises Lächeln.

«Pssst. Sag kein Wort. Ich führe dich zum Essen aus. In unser spanisches Restaurant, weißt du noch? Bloß, diesmal muß es auf Kredit sein.»

Er lächelt, und ich lächle, und wir gehen weiter.

«Wir haben kein Geld», sagt Fonny zu Pedrocito, als wir in das Restaurant eintreten, «aber wir sind sehr hungrig. Und in ein paar Tagen hab ich sicher etwas Geld.»

«In ein paar Tagen!» sagt Pedrocito grimmig. «Das sagen alle. Und obendrein –» er schlägt sich fassungslos mit der Hand vor die Stirn – «möchtet ihr vermutlich beim Essen auch noch *sitzen*!»

«Wieso, ja», sagt Fonny grinsend. «Wenn du es einrichten könntest, das wäre nett.»

«An einem *Tisch* wahrscheinlich, nicht wahr?» Und er starrt Fonny an, als traute er seinen Augen nicht.

«Nun ja . . . Ich hätte gern – tja – einen Tisch.»

«Aha!» Aber dann: «Guten Abend, Señorita», sagt Pedrocito jetzt und sieht mich lächelnd an. «Ich tu's nur für sie, verstehst du?» teilt er Fonny mit. «Ist ja klar, daß du sie nicht ordentlich ernähren kannst.» Er führt uns zu einem Tisch und fordert uns auf, Platz zu nehmen. «Und jetzt», sagt er stirnrunzelnd, «möchtet ihr, wenn mich nicht alles täuscht, zwei Margheritas?»

«Schon wieder hast du mich durchschaut», sagt Fonny, und er und Pedrocito lachen, und Pedrocito verschwindet.

Fonny nimmt meine Hand.

«Hallo», sagt er.

Ich sage: «Hallo.»

«Ich möchte nicht, daß du traurig bist über das, was ich vorhin zu dir gesagt hab. Du bist ein feines, zähes kleines Mädchen, und ich weiß, wärst du nicht gewesen, würde mein Gehirn jetzt da unten im Polizeirevierkeller an der Wand kleben.»

Er macht eine Pause und steckt sich eine Zigarette an. Ich beobachte ihn.

«Also, ich will nicht sagen, daß du irgendwas falsch gemacht hast.

Ich nehme an, du hast das einzige getan, was du tun konntest. Aber du mußt verstehen, worum es mir geht.»

Er nimmt meine Hände wieder zwischen die seinen.

«Wir leben in einem Land der Schweine und Mörder. Ich habe jedesmal Angst, wenn ich dich aus den Augen lasse. Und vielleicht war das, was vorhin geschehen ist, meine Schuld: ich hätte dich nie an dem Gemüsestand allein lassen dürfen – aber ich war gerade so glücklich, verstehst du, über unseren Speicher, und ich dachte nicht –»

«Fonny, ich bin schon hundertmal an diesem Gemüsestand gewesen, und noch nie ist so etwas passiert. Ich muß dich doch versorgen – für uns sorgen. Du kannst nicht überall mitgehen, wo ich hingehe. Wieso ist es *deine* Schuld? Das war doch nur irgendein kaputter Fixer.»

«Irgendein kaputter weißer Amerikaner», sagt Fonny.

«Na gut. Trotzdem ist es nicht *deine* Schuld.»

Er lächelt mich an.

«Die haben uns in eine gemeine Falle gelockt, Baby. Es ist schlimm, aber ich möchte, daß du immer daran denkst: die können erreichen, daß wir einander verlieren, indem sie mich in Schwierigkeiten bringen – oder sie können zu erreichen versuchen, daß wir einander verlieren, indem sie *dich* dazu bringen, daß du versuchst, mich davor zu beschützen. Verstehst du, was ich meine?»

«Ja», sage ich schließlich. «Ich verstehe, was du meinst und ich weiß, daß es stimmt.»

Pedrocito kommt zurück, mit unseren Margheritas.

«Heute abend haben wir eine Spezialität», verkündet er. «Etwas sehr, *sehr* Spanisches, und wir probieren es an allen Gästen aus, die Franco für einen großen Mann halten.» Er sieht Fonny spöttisch an. «Ich nehme an, du tust das nicht unbedingt – darum will ich für euch das Arsen weglassen. Ohne das Arsen ist's etwas weniger stark, aber es ist wirklich sehr gut, ich glaube, es wird euch schmecken. Vertraust du mir, daß ich euch nicht vergifte? Im übrigen wäre es ja dumm von mir, euch zu vergiften, ehe du eure *ungeheure* Rechnung bezahlt hast. Wir würden auf der Stelle bankrott gehen.» Er wendet sich an mich: «Vertrauen Sie mir, Señorita? Ich versichere Ihnen, wir werden das Mahl mit Liebe zubereiten.»

«Nimm dich bloß in acht, Pete», sagt Fonny.

«Oh, deine Phantasie ist schmutzig wie eine Kloake. So ein schönes Mädchen hast du überhaupt nicht verdient.» Und er verschwindet wieder.

«Dieser Polyp», sagt Fonny, «dieser Polyp!»

«Was ist denn mit dem Polypen?» Aber plötzlich bin ich, und ich weiß nicht wieso, stumm und kalt wie ein Stein: vor Angst.

«Er wird versuchen, mich fertigzumachen», sagt Fonny.

«Wie denn? Du hast nichts Unrechtes getan. Die Italienerin hat es gesagt, und sie hat gesagt, daß sie es beeiden würde.»

«Das ist es ja, warum er versuchen wird, mich fertigzumachen», sagt Fonny. «Die Weißen haben's nicht gerade *gern*, wenn eine weiße Frau ihnen sagt: Ihr seid ein Haufen Schweinehunde, der schwarze Typ da hat recht, und ihr könnt mich mal am Arsch lecken.» Er grinst. «Denn genau das ist es, was sie ihm zu verstehen gegeben hat. Und zwar vor einer ganzen Menge Leute. Und er konnte gar nichts machen. Und das wird er nie vergessen.»

«Nun ja», sage ich, «aber wir ziehen doch bald da unten in unseren Speicher.»

«Stimmt», sagt er und lächelt wieder. Pedrocito kommt mit dem Spezialgericht für uns.

Wenn zwei Menschen einander lieben, wenn sie sich wirklich lieben, dann hat alles, was zwischen ihnen geschieht, etwas von einem Sakrament. Manchmal sieht es so aus, als würden sie weit voneinander fortgetrieben: ich kenne keine größere Qual, keine dröhnendere Leere – *Wenn dein Liebster ferne von dir ist.* Aber heute abend, wo unser gegenseitiges Versprechen so rätselhaft bedroht war und wir beide uns, wenn auch von verschiedenen Seiten her, dieser Tatsache gegenübergestellt sahen, waren wir tiefer zusammen, als wir es je zuvor gewesen waren. *«Gebt auf einander acht»*, hatte Joseph gesagt. *«Ihr werdet sehen, daß das mehr ist als eine Redensart.»*

Nach dem Essen und nach dem Kaffee bot Pedrocito uns Cognac

an, und dann ließ er uns in dem fast leeren Restaurant allein. Fonny und ich saßen nur da, nippten an unserem Cognac, sprachen ein wenig, hielten einander bei der Hand – mochten uns. Wir tranken unseren Cognac aus. Fonny sagte: «Gehen wir?»

«Ja», sagte ich. Denn ich wollte mit ihm allein sein, in seinen Armen.

Er unterschrieb die Rechnung – die letzte Rechnung, die er hier unterschreiben sollte. Sie haben mir nie erlaubt, sie zu bezahlen – sie hätten sie verlegt, sagen sie.

Wir sagten gute Nacht, und wir gingen Arm in Arm nach Hause.

Gegenüber von unserem Haus parkte ein Streifenwagen am Straßenrand, und als Fonny die Pforte öffnete und die Tür aufschloß, fuhr er davon. Fonny lächelte, aber er sagte nichts. Ich sagte nichts.

In dieser Nacht wurde das Baby empfangen. Ich weiß es. Ich weiß es – so wie Fonny mich berührte, mich hielt, in mich eindrang. Ich war nie vorher so offen gewesen. Und als er sich zurückziehen wollte, ließ ich ihn nicht, ich hielt ihn so fest, wie ich nur konnte, ich schrie und stöhnte und zitterte mit ihm, und ich spürte Leben, Leben, sein Leben in mich hineinströmen, spürte, wie es sich mir anvertraute.

Dann lagen wir still da. Wir bewegten uns nicht, denn wir konnten uns nicht bewegen. Wir hielten einander so eng umschlungen, daß wir wirklich wie *ein* Leib waren. Fonny streichelte mich und flüsterte meinen Namen, und er schlief ein. Ich war sehr stolz. Ich hatte meinen Fluß überschritten. Nun waren wir eins.

Sharon trifft mit einem Abendflugzeug in Puerto Rico ein. Sie weiß genau, wieviel Geld sie hat, und das heißt, sie weiß, daß sie im Wettlauf mit der Zeit handeln muß – die unerbittlich gegen sie arbeitet.

Mit hundert anderen steigt sie aus dem Flugzeug und geht über das Vorfeld unter dem blauschwarzen Himmel; und irgend etwas an der Art, wie hier die Sterne tief hängen, irgend etwas an der Art, wie die Luft ihre Haut liebkost, erinnert sie an jenes Birmingham in Alabama, das sie so lange nicht gesehen hat.

Sie hat nur eine kleine Reisetasche mitgenommen, also braucht sie nicht in der Schlange auf ihr Gepäck zu warten. Hayward hat für sie ein Zimmer in einem kleinen Hotel in San Juan reserviert, und er hat ihr die Adresse auf einen Zettel geschrieben.

Er hat sie darauf aufmerksam gemacht, daß es vielleicht nicht ganz einfach sein werde, ein Taxi zu finden.

Aber natürlich konnte er sie nicht auf das betäubende Durcheinander vorbereiten, das am Flugplatz von San Juan herrscht. So bleibt Sharon einen Augenblick stehen und versucht sich zurechtzufinden.

Sie trägt ein grünes Sommerkleid, meine Mutter, und einen breitkrempigen grünen Leinenhut; die Handtasche über der Schulter, die Reisetasche in der Hand, betrachtet sie das Schauspiel.

Ihr erster Eindruck ist, daß hier jeder mit jedem verwandt zu sein scheint. Das liegt nicht daran, wie die Leute aussehen, und es ist auch nicht eine Sache der Sprache: es liegt an der Art, wie sich einer dem andern gegenüber verhält. Das sind Menschen vieler verschiedener Hautfarben, aber die Hautfarbe scheint, zumindest am Flugplatz, nicht von großem Belang zu sein. Wer spricht, der schreit – die einzige Möglichkeit, sich Gehör zu verschaffen. Und jeder ist entschlossen, sich Gehör zu verschaffen. Es ist völlig unmöglich, zu erraten, wer abreist und wer gerade angekommen ist. Da sind ganze Familien, die so aussehen, als kampierten sie hier schon seit Wochen: sie haben all ihre irdischen Güter rings um sich aufgestapelt – und es ist, wie Sharon feststellt, nicht etwa so, daß diese Güter sich sehr hoch türmten. Für die Kinder ist das Flughafengebäude offenbar nur ein aufregenderes Spielhaus.

Sharons Probleme sind echte und schwierige Probleme. Da sie nicht zulassen darf, daß hoffnungslose Probleme daraus werden, muß sie sich jetzt auf das verlassen, was sie vorzuspiegeln vermag, und das Geheimnis des Vorspiegelns besteht darin, mit den anderen mitzutun. Die Welt sieht, was sie sehen will, oder, wenn die Karten verdeckt sind, was du ihr erzählst: sie will nicht sehen, wer oder was du bist oder was du willst. Nur Sharon weiß, daß sie meine Mutter ist, nur sie weiß, was sie vorhat hier in San Juan, wo niemand sie erwartet. Ehe zu wilde Spekulationen aufkommen, muß sie klarmachen, daß sie eine Touristin ist, von weither – aus Nordamerika –, eine Touristin, die nichts dafür kann, daß sie nicht Spanisch spricht.

Sharon geht zum Schalter von Hertz, und da steht sie nun und lächelt Aufmerksamkeit heischend eine der jungen Damen hinter dem Schalter an.

«Sprechen Sie Englisch?» fragt sie die junge Dame.

Die junge Dame, eifrig darauf bedacht, es zu beweisen, blickt auf, entschlossen, sich hilfsbereit zu zeigen.

Sharon gibt ihr den Zettel mit der Adresse des Hotels. Die junge Dame wirft einen Blick darauf und sieht wieder Sharon an. Ihr Blick verrät Sharon, daß Hayward sehr umsichtig gewesen ist, daß er sie in einem sehr geachteten, achtbaren Hotel untergebracht hat.

«Es tut mir sehr leid, daß ich Ihnen Mühe mache», sagt Sharon, «aber ich spreche kein Wort Spanisch, und ich mußte überraschend hierherkommen.» Sie macht eine Pause, gibt keine Erklärung. «Und ich kann nicht Auto fahren. Ich wollte fragen, ob ich einen Wagen mit Fahrer mieten kann oder, falls nicht, ob Sie mir genau sagen können, wie ich ein Taxi bekomme –?» Sharon macht eine hilflose Handbewegung. «Verstehen Sie –?»

Sie lächelt, und die junge Dame lächelt. Sie blickt wieder auf den Zettel und sieht sich mit zusammengekniffenen Augen in der Flughafenhalle um.

«Einen Augenblick, Señora», sagt sie.

Sie nimmt den Hörer von ihrem Telefon ab, legt ihn daneben, stößt die niedrige Schwingtür auf, schließt sie hinter sich und verschwindet.

Gleich darauf erscheint sie wieder: mit einem Jungen von etwa achtzehn Jahren. «Das ist Ihr Taxifahrer», sagt sie. «Er wird Sie fahren, wohin Sie wollen.» Sie liest die Adresse vor und gibt Sharon den Zettel zurück. Sie lächelt. «Ich hoffe, Sie haben einen schönen Aufenthalt, Señora. Wenn Sie irgend etwas brauchen – gestatten Sie?» Sie gibt Sharon ihre Karte. «Wenn sie irgend etwas brauchen, rufen Sie mich bitte ungeniert an.»

«Ich danke Ihnen», sagt Sharon. «Ich danke Ihnen vielmals. Es war sehr freundlich von Ihnen.»

«Nicht der Rede wert. – Jaime», sagt sie in herrischem Ton, «nimm die Tasche der Dame!»

Jaime tut es, und Sharon sagt gute Nacht und folgt Jaime. *Eins zu null!* denkt Sharon und beginnt sich zu fürchten. Aber sie ist gezwungen, ihre Entscheidungen sehr schnell zu treffen. Auf dem Weg in die Stadt beschließt sie, sich mit Jaime, weil er nun einmal da ist, anzufreunden und sich auf ihn zu verlassen, oder doch so zu tun, als verlasse sie sich auf ihn. Er kennt die Stadt, und er kann fahren. Gewiß, er ist furchtbar jung. Aber das könnte sich als ein Plus herausstellen. Ein älterer, erfahrener Mann könnte sich als furchtbare Plage erweisen. Sie hat die Idee, den Nachtclub in Augenschein zu nehmen und Pietro und womöglich auch Victoria zu sehen, ohne sie anzusprechen. Aber es ist nicht ganz einfach für eine Frau, einerlei, ob schwarz oder weiß, allein, ohne Begleitung, in einen Nachtclub zu gehen. Außerdem kann es nach allem, was sie weiß, gut sein, daß dieser Nachtclub ein Bordell ist. Sie hat keine andere Wahl, als die amerikanische Touristin zu spielen, mit großen, staunenden Augen – aber sie ist schwarz, und sie ist hier in Puerto Rico.

Nur sie weiß, daß sie meine Mutter ist und demnächst Großmutter wird; nur sie weiß, daß sie fast vierzig ist; nur sie weiß, was sie hier will.

Als sie das Hotel erreichen, gibt sie Jaime ein Trinkgeld. Dann, als ihre Reisetasche hineingetragen wird, sieht sie plötzlich auf ihre Uhr. «Mein Gott», sagt sie, «ob Sie wohl auf mich warten könnten, nur einen Augenblick, während ich mich hier eintrage? Ich hatte keine *Ahnung*, daß es schon so spät ist. Ich habe eine Verabredung. Es dauert nur eine Sekunde. Der Junge bringt inzwischen meine Tasche rauf. Geht das in Ordnung?»

Jaime ist ein Junge mit etwas undurchsichtigen Gesichtszügen, mit strahlenden Augen und einem mürrischen Lächeln. Er ist ganz gebannt von dieser unglaublichen Dame aus Nordamerika – gebannt, weil er aus unsagbar grausamer Erfahrung weiß, daß sie, obwohl sie vielleicht in Schwierigkeiten ist und ganz bestimmt ein Geheimnis hat, nicht versuchen wird, ihm Gewalt anzutun. Er begreift, daß sie ihn – das Taxi – braucht, für irgend etwas – aber das ist nicht seine Sache. Er weiß nicht, daß er es weiß – der Gedanke ist ihm nicht bewußt in den Sinn gekommen –, aber er weiß, daß sie eine Mutter ist. Er hat eine Mutter. Er erkennt eine Mutter, wenn er eine sieht. Er weiß, auch wieder ohne zu wissen, daß er es weiß, daß er ihr heute abend helfen kann. Seine Höflichkeit ist ebenso echt, wie ihre Schwierigkeiten echt sind. Und so sagt er ganz ernst, selbstverständlich werde er die Señora fahren, wohin sie wünsche, und auf sie warten, so lange sie wolle.

Sharon hat ihn beschwindelt, aber nur ein bißchen. Sie trägt sich ein, fährt mit dem Hoteldiener im Fahrstuhl hinauf, gibt ihm ein Trinkgeld. Sie kann sich nicht entscheiden, ob sie ihren Hut aufbehalten soll oder nicht. Ihr Problem ist trivial und ernst zugleich, aber sie hat sich noch nie damit auseinandersetzen müssen. Ihr Problem ist, daß sie nicht so alt aussieht, wie sie ist. Sie nimmt den Hut ab. Sie setzt ihn wieder auf. Sieht sie mit dem Hut jünger oder älter aus? Zu Hause sieht sie so alt aus, wie sie ist (wie alt das auch sein mag), weil jeder weiß, wie alt sie ist. Sie sieht so alt aus, wie sie ist, weil sie ihre Rolle kennt. Aber jetzt hat sie vor, in einen Nachtclub zu gehen, in einer fremden Stadt, zum erstenmal seit zwanzig Jahren, allein. Sie setzt den Hut auf. Sie nimmt ihn ab. Sie merkt, daß sie gleich in Panik geraten wird, und so wirft sie den Hut auf den Nachttisch, schrubbt sich das Gesicht mit kaltem Wasser, so grob, wie sie einst meines schrubbte, zieht eine hochgeschlossene weiße Bluse, einen schwarzen Rock und schwarze Schuhe mit hohen Absätzen an, bürstet sich heftig das Haar von der Stirn nach hinten zurück, schlingt es zu einem Knoten und wirft sich ein schwarzes Tuch über Kopf und Schultern. All das soll bezwecken, daß sie älter aussieht. Die tatsächliche Wirkung ist, daß sie jugendlich aussieht. Sharon flucht, aber das Taxi wartet. Sie ergreift ihre Handtasche, läuft zum Fahrstuhl, geht unten mit schnellen Schritten durch die Halle und gelangt zum Taxi. Bestimmt jedenfalls sieht sie – Jaimes strahlende Augen sagen es ihr – wie eine Yankee- oder eine Gringo-Touristin aus.

Da, wo der Nachtclub liegt, muß ein toter Wasserarm, wenn

nicht gar ein Moor gewesen sein, ehe das riesige Hotel, das den Club beherbergt, gebaut wurde. Ein abgrundhäßliches Gebäude, so laut, so marktschreierisch, so abstoßend und grausam, daß einem, wenn man es betrachtet, bloße Geschmacklosigkeit wie ein unwiderruflicher Zustand der Gnade vorkommt. Sharon fürchtet sich jetzt wirklich, ihre Hände zittern. Sie zündet sich eine Zigarette an.

«Ich muß hier jemanden treffen», sagt sie zu Jaime. «Ich bleibe nicht lange.»

Sie kann in diesem Augenblick nicht wissen, daß es der ganzen Miliz kaum gelingen würde, Jaime zu vertreiben. Sharon ist jetzt sein Eigentum geworden. Diese Dame, das weiß er, ist in großen Schwierigkeiten. Und es sind nicht gewöhnliche Schwierigkeiten: denn sie *ist* eine Dame.

«Gewiß, Señora», sagt Jaime mit einem Lächeln, und er steigt aus dem Taxi und kommt, um ihr die Tür zu öffnen.

«Ich danke Ihnen», sagt Sharon und geht schnell auf das protzige, weit geöffnete Portal zu. Nirgendwo ist ein Portier zu sehen. Aber bestimmt ist drinnen ein Portier.

Jetzt kommt es darauf an, frei nach dem Gehör zu spielen! Und alles, was sie aufrecht hält – meine Mutter, die einmal davon träumte, Sängerin zu werden –, ist ihr geheimes Wissen, der Gedanke an das, was sie hier will.

Und sie betritt tatsächlich die Hotelhalle – Schlüssel, Anmeldung, Post, Kasse, gelangweilte Angestellte (hauptsächlich Weiße, und entschieden blaß) –, ohne daß jemand ihr die geringste Beachtung schenkt. Sie geht, als ob sie genau wüßte, wohin sie geht. Der Nachtclub liegt links, eine Treppe hinunter. Sie wendet sich nach links und geht die Treppe hinunter.

Niemand hat sie bisher aufgehalten.

«Señorita –?»

Sie hat nie ein Foto von Pietro gesehen. Der Mann vor ihr ist sanft und dunkelhäutig. Das Licht ist zu schwach (und ihre Umgebung zu fremd), als daß sie sein Alter schätzen könnte; er wirkt nicht unfreundlich. Sharon lächelt.

«Guten Abend. Ich hoffe, ich bin hier richtig. Ist dies das –?» und sie stammelt den Namen des Nachtclubs.

«Sí, Señorita.»

«Schön – ich bin hier mit einem Freund verabredet, aber das Flugzeug, das ich nehmen sollte, war ausgebucht, und so mußte ich eine frühere Maschine nehmen. Nun bin ich etwas zeitig dran. Können Sie mir einen Tisch im Hintergrund geben, irgendwo in einer Ecke?»

«Selbstverständlich. Mit Vergnügen.» Er geleitet sie durch den überfüllten Raum. «Wie ist der Name Ihres Freundes?»

Ihr steht der Verstand still, sie muß alles auf eine Karte setzen. «Eigentlich ist es eher etwas Geschäftliches. Ich warte auf einen Señor Alvarez. Ich bin Mrs. Rivers. Aus New York.»

«Vielen Dank.» Er führt sie an einen Tisch und läßt sie Platz nehmen, mit dem Rücken zur Wand. «Möchten Sie etwas trinken, während Sie warten?»

«Ja. Gern. Einen Screwdriver.»

Er verbeugt sich, wer er auch sein mag, und geht.

Zwei zu null! denkt Sharon. Und jetzt ist sie ganz ruhig. Dies ist ein Nachtclub, und so ist die Musik – *live.* Sharon muß an die Zeit mit ihrem Schlagzeuger denken. Sie muß an die Zeit denken, als sie Sängerin war. Und die Erinnerungen kommen, wie sie mir sehr viel später lebhaft versichert, ohne eine Kruste von Bedauern. Sie und der Schlagzeuger hatten einander verloren – so war das nun mal. Und sie hatte nicht das Zeug zu einer guten Sängerin, und damit basta! Aber sie erinnert sich, was sie und der Schlagzeuger und die Band zu erreichen versuchten, sie weiß, woher sie kamen. So wie ich mich an *Unclowdy Day* erinnere, weil ich mich daran erinnere, wie ich auf dem Schoß meiner Mutter saß, als ich es zum erstenmal hörte, so erinnert sie sich an *Mein Gott und ich: Und so gehen wir gemeinsam, mein Gott und ich.* Dieses Lied ist Birmingham, ist ihr Vater und ihre Mutter, und sie sieht dabei die Küchen und die Bergwerksschächte vor sich. Vielleicht hat sie gerade dieses Lied nie besonders geliebt, aber sie weiß darüber Bescheid, es ist ein Teil von ihr. Langsam wird ihr bewußt, daß dies das Lied ist, das die jungen Leute auf dem Podium – allerdings zu anderen Worten, wenn es überhaupt Worte sind – gerade herunterdreschen, herausbrüllen. Und sie wissen überhaupt nichts über das Lied, das sie da singen, so daß Sharon sich überlegt, ob sie über sich selbst auch nur irgend etwas wissen. Es ist das erste Mal, daß Sharon allein ist, seit sehr langer Zeit. Und auch jetzt ist sie nur äußerlich allein, so wie sie allein ist, wenn sie zum Beispiel für ihre Familie einkaufen geht. Beim Einkaufen muß sie zuhören, hinsehen, zu diesem ja sagen, zu jenem nein sagen, muß sie wählen: sie hat eine Familie zu ernähren. Sie darf sie nicht vergiften, weil sie die Ihren liebt. Und jetzt sitzt sie da und hört sich ein Geräusch an, wie sie es noch nie gehört hat. Wäre sie jetzt beim Einkaufen, könnte sie das nicht mit heimnehmen, um es der Familie auf den Tisch zu stellen, denn es würde die Ihren nicht nähren. *Mein Mädchen und ich!* schreit der unterernährte Rock-Sänger und peitscht sich in einen elektronischen Orgasmus. Aber keiner, der je geliebt hat, eine Freundin, eine Mutter, einen Vater oder einen Gott, könnte auf eine Art singen, die so nach verzweifelter Selbstbefriedigung klingt. Denn es ist Verzweiflung, was Sharon da hört, und Verzweiflung, ob man sie mit heimnehmen und der Familie auf den Tisch stellen kann oder nicht, muß immer respektiert werden. Verzweiflung kann einen zum Ungeheuer machen, aber sie kann einen auch erhöhen. Und diese Kinder hier in der Arena sind jedermann ausgeliefert. Sharon klatscht ihnen Beifall, weil sie für sie betet. Ihr Screwdriver kommt, und sie lächelt in ein Gesicht, das sie nicht deutlich sieht. Sie nippt an ihrem Drink. Sie erstarrt: die Kinder machen Anstalten, zu ihrer nächsten Nummer überzugehen, und sie blickt auf und sieht wieder in ein Gesicht, das sie nicht erkennen kann.

Die Kinder fangen lautstark mit ihrer Nummer an: *I Can't Get No Satisfaction.*

«Sind Sie Mrs. Rivers? Sie erwarten mich?»

«Ich glaube, ja. Wollen Sie sich nicht setzen?»

Er setzt sich ihr gegenüber an den Tisch. Jetzt erst sieht sie sein Gesicht.

Wieder muß sie – sie denkt an mich und an Fonny und an das Baby, und sie verflucht sich, weil sie so unvernünftig ist, denn sie erkennt, daß sie eingekreist, gefangen ist: sie mit dem Rücken zur Wand, er dagegen mit dem Rücken zur Tür – alles auf eine Karte setzen.

«Mir wurde gesagt, daß ein gewisser Mr. Pietro Alvarez hier arbeitet. Sind sie Pietro Alvarez?»

Sie sieht ihn. Und doch, natürlich, sieht sie ihn gleichzeitig nicht.

«Vielleicht. Weshalb wollen Sie ihn sprechen?»

Sharon möchte gern eine Zigarette rauchen, aber sie fürchtet, daß ihre Hand zittern würde. Sie nimmt ihren Screwdriver mit beiden Händen und trinkt ihn langsam, und sie dankt Gott jetzt geradezu für das Tuch, das sie so zurechtziehen kann, daß es ihr Gesicht verdeckt. Wenn sie ihn sehen kann, kann er sie auch sehen. Sie schweigt einen Augenblick. Dann stellt sie ihr Glas auf den Tisch und nimmt eine Zigarette.

«Kann ich, bitte, Feuer haben?»

Er gibt ihr Feuer. Sie nimmt das Tuch ab.

«Ich möchte eigentlich gar nicht Mr. Alvarez sprechen. Ich möchte Mrs. Victoria Rogers sprechen. Ich bin die Schwiegermutter, die zukünftige Schwiegermutter des Mannes, den sie beschuldigt hat, er habe sie vergewaltigt, und der nun in New York im Gefängnis ist.»

Sie beobachtet ihn. Er beobachtet sie. Jetzt allmählich sieht sie ihn wirklich.

«So, da haben Sie ja einen feinen Schwiegersohn, meine Dame, lassen Sie sich das von mir gesagt sein.»

«Ich habe auch eine feine Tochter. Lassen Sie sich *das* von *mir* gesagt sein.»

Der Schnurrbart, den er sich hat wachsen lassen, um älter auszusehen, bewegt sich zuckend. Er fährt sich mit den Händen durch sein dichtes schwarzes Haar.

«Hören Sie, die Kleine hat genug durchgemacht. Mehr als genug. Lassen Sie sie in Ruhe.»

«Ein Mann wird sterben für etwas, das er nicht getan hat. Dürfen wir *ihn* allein lassen?»

«Wie kommen sie darauf, daß er es nicht getan hat?»

«Sehen sie mich an!»

Die Kinder auf dem Podium haben ihre Serie beendet und treten ab, und sofort setzt die Musicbox ein – Ray Charles: *I Can't Stop Loving You.*

«Warum soll ich Sie ansehen?»

Der Kellner kommt.

«Was trinken Sie, Señor?» Sharon drückt ihre Zigarette aus und zündet sich sofort die nächste an.

«Es geht auf meine Rechnung. Für mich das übliche. Und für die Dame das, was sie schon hatte.»

Der Kellner geht.

«Sehen Sie mich an.»

«Ich sehe Sie ja an.»

«Glauben Sie mir, daß ich meine Tochter liebe?»

«Ehrlich – man kann kaum glauben, daß Sie eine Tochter haben.»

«Ich werde demnächst Großmutter.»

«Von –?»

«Ja.»

Er ist jung, sehr, sehr jung, aber auch sehr alt; doch nicht in der Art, wie sie erwartet hatte. Sie hatte ihn sich verlebt vorgestellt. Was sie vor sich sieht, ist ein durch Leid gealterter Mann. Was sie vor sich sieht ist Qual.

«Glauben Sie, ich würde meine Tochter mit einem Mann verheiraten, der Frauen vergewaltigt?»

«Vielleicht wüßten Sie es nicht.»

«Sehen Sie mich noch mal an.»

Und er tut es. Aber es hilft ihm nicht.

«Hören Sie. Ich war nicht dabei. Aber Victoria schwört, daß er es war. Und sie hat verdammt was durchgemacht, Baby, sie hat *verdammt* was durchgemacht, und ich will nicht, daß sie noch mehr durchmacht. Es tut mir leid, meine Dame, aber mir ist egal, was aus Ihrer Tochter wird –» Er hält inne. «Sie erwartet ein Kind?»

«Ja.»

«Was wollen Sie von mir? Können Sie uns nicht in Ruhe lassen? Wir wollen nur in Ruhe gelassen werden.»

Sharon sagt nichts.

«Hören Sie. Ich bin kein Amerikaner. Sie haben all diese Anwälte und Leute da oben, warum kommen Sie zu mir? Scheiße – es tut mir leid, aber ich bin ein Nichts. Ich bin ein Indianer, ein Itaker, ein Mestize, ein Neger – nennen Sie's, wie Sie wollen. Ich habe hier mein kleines Auskommen, und ich habe Victoria, und, meine Dame, ich will nicht, daß sie noch mehr durchmacht; es tut mir leid, meine Dame, aber ich kann Ihnen wirklich einfach nicht helfen.»

Er will aufstehen – er möchte nicht vor ihren Augen weinen. Sharon ergreift sein Handgelenk. Er setzt sich wieder, die eine Hand vor dem Gesicht.

Sharon zieht ihre Brieftasche hervor.

«Pietro – ich darf Sie so nennen, denn ich bin alt genug, daß ich Ihre Mutter sein könnte. Mein Schwiegersohn ist in Ihrem Alter.»

Er stützt seinen Kopf in die Hand und sieht sie an.

Sharon gibt ihm das Foto von Fonny und mir.

«Sehen Sie es sich an.»

Er will nicht, aber er tut es.

«Sind Sie ein Mann, der Frauen vergewaltigt?»

Er sieht auf zu ihr.

«Antworten Sie mir. Sind Sie das?»

Die dunklen Augen in dem gleichgültigen Gesicht, die jetzt direkt in die Augen meiner Mutter starren, elektrisieren das Gesicht, machen es hell wie ein Feuer in der Dunkelheit eines fernen Hügels: er hat die Frage gehört.

«Sind Sie das?»

«Nein.»

«Glauben Sie, ich bin hierhergekommen, um Sie zu quälen?»

«Nein.»

«Glauben Sie, ich bin eine Lügnerin?»

«Nein.»

«Glauben Sie, ich bin verrückt? Ich weiß, wir sind alle ein bißchen verrückt. Aber *wirklich* verrückt?»

«Nein.»

«Werden Sie dann dieses Foto mitnehmen und es Victoria bringen und sie bitten, wirklich darüber nachzudenken, es wirklich genau zu betrachten? Halten Sie sie in Ihren Armen. Tun Sie es. Ich bin eine Frau. Ich weiß, daß sie vergewaltigt worden ist, und ich weiß – nun – ich weiß, was Frauen wissen. Aber ich *weiß* auch, daß Alonzo sie *nicht* vergewaltigt hat. Und ich sage Ihnen das, weil ich weiß, daß Sie wissen, was Männer wissen. *Halten Sie sie in Ihren Armen.*» Sie starrt ihn einen Augenblick an; er starrt sie an. «Und – werden Sie mich morgen anrufen?»

Sie sagt ihm den Namen und die Telefonnummer des Hotels. Er schreibt sich beides auf. «Werden Sie es tun?»

Er sieht sie an, aber jetzt sehr hart und kalt. Er blickt auf die Telefonnummer. Er blickt auf das Foto.

Er schiebt beides zu Sharon hinüber.

«Nein», sagt er und steht auf und geht fort.

Sharon sitzt da. Sie hört die Musik. Sie sieht den Tänzern zu. Sie zwingt sich, ihren zweiten, ungewollten Drink auszutrinken. Sie kann nicht glauben, daß das, was geschieht, wirklich geschieht. Aber es geschieht tatsächlich. Sie zündet sich eine Zigarette an. Sie ist sich jetzt nicht nur ihrer Hautfarbe sehr wohl bewußt, sondern auch der Tatsache, daß in den Augen etlicher Zeugen ihre Position, die bei ihrem Eintreten zweifelhaft war, nunmehr eindeutig klar ist: der zweiundzwanzigjährige junge Mann, um dessentwillen sie die weite Reise gemacht hat, ist einfach aufgestanden und weggegangen. Sie möchte weinen. Sie möchte auch lachen. Sie winkt den Kellner herbei.

«Sí –?»

«Was schulde ich Ihnen?»

Der Kellner sieht sie verwirrt an. «Aber nichts, Señora. Señor Alvarez hat das übernommen.»

Sie erkennt, daß der Blick seiner Augen weder Mitleid noch Verachtung ausdrückt. Das ist ein schwerer Schock für sie, und es treibt ihr die Tränen in die Augen. Um sie zu verbergen, neigt sie den Kopf und zieht ihr Tuch zurecht. Der Kellner entfernt sich. Sharon legt 5 Dollar auf den Tisch. Sie geht zur Tür. Der sanfte, dunkelhäutige Mann öffnet sie ihr.

«Vielen Dank, Señora. Guten Abend. Ihr Taxi wartet draußen. Bitte, kommen Sie wieder.»

«Vielen Dank», sagt meine Mutter und lächelt und geht die Treppe hinauf.

Sie geht durch die Halle. Jaime lehnt am Taxi. Sein Gesicht leuchtet auf, als er sie sieht, und er hält ihr die Tür auf.

«Um welche Zeit brauchen Sie mich morgen?» fragt er.

«Ist neun Uhr zu früh?»

«Aber nein.» Er lacht. «Ich bin immer schon vor sechs auf.»

Der Wagen fährt an.

«Schön», sagt Sharon – und sie wippt mit dem Fuß und denkt schon wieder weiter.

Und das Baby fängt an zu strampeln und weckt mich nachts auf. Jetzt, wo Mama in Puerto Rico ist, passen Ernestine und Joseph auf mich auf. Ich habe Angst, meinen Job aufzugeben, weil ich weiß, wir brauchen das Geld. Das bedeutet, daß ich sehr oft die Sechs-Uhr-Besuchszeit verpasse.

Ich habe das Gefühl, wenn ich meinen Job aufgebe, daß ich dann auf immer und ewig zur Sechs-Uhr-Besuchszeit dort sein werde. Ich erkläre das Fonny, und er sagt, er versteht es, und er versteht es tatsächlich. Aber das Verstehen hilft ihm nicht, wenn es sechs Uhr wird. Wieviel du auch verstehst, gegen das Warten kannst du nichts machen: du wartest, daß dein Name aufgerufen wird, daß du aus deiner Zelle geholt und die Treppe hinuntergeführt wirst. Wenn dich Leute besuchen, und selbst wenn nur *ein* Mensch dich besucht, dieser eine aber regelmäßig, dann heißt das, daß draußen sich jemand um dich sorgt. Und das kann dir durch die Nacht helfen, in den nächsten Tag. Wieviel du auch verstehen magst und *wirklich* verstehst, und was du dir auch sagen magst – wenn keiner dich besuchen kommt, dann bist du in tiefer Not. Und Not, das heißt hier – Gefahr.

Joseph setzt mir das an einem Sonntagmorgen ganz klar auseinander. An diesem Morgen war mir ungewöhnlich schlecht, und Joseph mußte mich pflegen, weil Ernestine eine eilige Arbeit bei der

Schauspielerin erledigen muß. Ich habe keine Ahnung, was dieses Etwas da in mir tut, aber anscheinend hat es Füße gekriegt. Manchmal verhält es sich ruhig, mehrere Tage lang: vielleicht schläft es dann, aber wahrscheinlicher ist, daß es Pläne ausheckt – Pläne für seine Flucht. Und dann wieder dreht es sich um, strampelt in dem Wasser und wühlt es auf: offenbar langweilt es sich unsäglich in diesem Element und will hinaus. Wir haben eine etwas scharfe Unterredung miteinander, dieses Etwas da und ich – es tritt, und ich lasse ein Ei auf den Boden fallen, es tritt, und plötzlich liegt die Kaffeekanne umgekippt auf dem Tisch, es tritt, und das Parfum auf meinem Handrücken treibt mir Salz in den Gaumen, und meine freie Hand stützt sich auf die schwere Glasplatte des Ladentischs – kräftig genug, um sie entzweizubrechen. Gottverflucht! Hab Geduld! Ich tue ja mein Bestes – und wieder tritt es zu, entzückt, daß es eine so heftige Reaktion hervorgerufen hat. Bitte! Sei ruhig! Und dann, ob vor Erschöpfung oder, wie ich vermute, nur, um mich listig zu täuschen, *ist* es ruhig, nachdem es erreicht hat, daß mir der Schweiß auf der Stirn steht und mir das Frühstück hochkommt und ich – vergeblich – vier- oder fünfmal ins Badezimmer laufe. Und es ist wirklich sehr listig, es will leben: es rührt sich nie, wenn ich mit der Subway fahre oder wenn ich eine belebte Straße überquere. Aber es wird immer schwerer, und seine Forderungen werden mit jeder Stunde energischer. Es meldet tatsächlich seine Forderungen an. Die Botschaft lautet, daß es weniger *mir* gehört – obwohl es mir dann und wann, gewöhnlich nachts, einen anderen, sanfteren Tritt versetzt, der bedeutet, daß es nichts dagegen hat, mir zu gehören, und daß wir uns eines Tages vielleicht sogar ganz gern haben werden –, sondern daß *ich* vielmehr *ihm* gehöre. Und dann holt es wieder aus, wie Muhammed Ali, und ich hänge in den Seilen.

Ich erkenne meinen Körper nicht wieder, er ist völlig entstellt. Ich versuche, ihn gar nicht anzusehen, weil ich ihn einfach nicht wiedererkenne. Außerdem: manchmal ziehe ich abends irgend etwas aus und habe dann am Morgen Schwierigkeiten, wieder reinzukommen. Ich kann keine Schuhe mit hohen Absätzen mehr tragen, sie stören meinen Gleichgewichtssinn ebenso stark, wie das Sehvermögen eines Menschen gestört ist, der auf einem Auge blind ist. Ich habe nie einen richtigen Busen oder einen Hintern gehabt, aber jetzt kriege ich beides. Es kommt mir so vor, als ob ich ungefähr dreihundert Pfund in der Stunde zunehme, und ich wage mir nicht auszumalen, wie ich wahrscheinlich aussehen werde, bis dieses Etwas in mir sich endlich herausstrampelt. Mein Gott. Und doch, wir fangen an, einander kennenzulernen, dieses Etwas, dieses Geschöpf und ich, und manchmal sind wir sehr, sehr freundlich miteinander. Es will mir etwas sagen, und ich muß lernen, ihm zuzuhören – sonst werde ich nicht wissen, was ich ihm sagen soll, wenn es hier ist. Und das würde Fonny mir nie verzeihen. Schließlich war ich es ja, die dieses Kind wollte, mehr als er. Und tief innen, jenseits und hinter all unseren Nöten, bin ich sehr glücklich. Ich kann jetzt kaum noch eine Zigarette rauchen – *es* hat dafür gesorgt. Ich habe eine Leidenschaft für Kakao und Schmalzkringel entwickelt, und Cognac ist der einzige Alkohol, der mir noch schmeckt. Deshalb bringt Ernestine manchmal ein paar Flaschen aus der Wohnung der Schauspielerin mit. «Sie wird sie schon nicht vermissen, Baby. So wie die trinken!»

An diesem Sonntagmorgen gießt Joseph mir meine dritte Tasse Kakao ein, nachdem die ersten beiden gleich wieder hochgekommen sind, und setzt sich mit ernstem Gesicht mir gegenüber an den Tisch.

«Willst du dieses Kind zur Welt bringen, oder nicht?»

Die Art, wie er mich ansieht, und die Art, wie seine Stimme klingt, erschrecken mich zu Tode.

«Ja», sage ich. «Das will ich.»

«Und du liebst Fonny?»

«Ja. Ich liebe ihn.»

«Also, es tut mir leid, aber dann mußt du deinen Job aufgeben.»

Ich sehe ihn an.

«Ich weiß, du machst dir Sorgen wegen dem Geld. Aber laß das *meine* Sorge sein. Ich habe mehr Erfahrung. Außerdem verdienst du sowieso nur einen Hungerlohn. Du reibst dich nur auf dabei und machst Fonny verrückt. Wenn du so weitermachst, dann verlierst du das Kind noch. Du verlierst das Kind, und Fonny wird nicht mehr leben wollen, und dann bist du verloren, und dann bin ich auch verloren, dann ist alles verloren.»

Er steht auf, geht ans Fenster und kehrt mir den Rücken zu. Dann dreht er sich wieder zu mir um. «Ich meine es ernst, Tish.»

Ich sage: «Das weiß ich.»

Joseph lächelt. «Hör zu, meine Kleine. Wir müssen aufeinander achtgeben in dieser Welt, stimmt's? Also: es gibt ein paar Dinge, die ich tun kann und die du nicht tun kannst. Das ist alles. Es gibt Dinge, die *ich* tun kann und die *du nicht tun kannst* – und es gibt Dinge, die *du* tun kannst und die *ich* nicht tun kann, so wie ich zum Beispiel dieses Baby nicht für dich zur Welt bringen kann. Ich wollte, ich könnte es. Es gibt nichts, was ich nicht für dich tun würde – das weißt du doch?» Und er sieht mich an, immer noch lächelnd.

«Ja. Das weiß ich.»

«Und es gibt Dinge, die *du* für Fonny tun kannst und die *ich* nicht tun kann – stimmt's?»

«Ja.»

Joseph geht in der Küche auf und ab. «Junge Leute hören das nicht gern – *mir* ging das auch so, als ich jung war –, aber ihr *seid* noch jung. Kind, ich möchte keinen von euch beiden verlieren, nicht für all den gottverdammten Kaffee in Brasilien – aber ihr seid noch sehr jung. Fonny ist beinahe noch ein Junge. Und er ist in Schwierigkeiten, in denen ein Junge nicht stecken sollte. Und du bist alles, was er hat, Tish. Du bist *alles*, was er hat. Ich bin ein Mann, und ich weiß, wovon ich spreche. Verstehst du mich?»

«Ja.»

Er setzt sich wieder mir gegenüber. «Du mußt ihn jeden Tag besuchen, Tish. Jeden Tag. Du mußt auf Fonny achtgeben. Wir werden für das übrige sorgen. Abgemacht?»

«Ja, gut.»

Er küßt meine Tränen.

«Bring das Baby heil und gesund zur Welt. Wir werden Fonny aus dem Gefängnis holen – ich verspreche es dir. Versprichst *du* es?»

Ich lächle, und ich sage: «Ja. Ich verspreche es.»

Am nächsten Morgen ist mir sowieso zu elend, als daß ich zur Arbeit gehen könnte, und Ernestine ruft im Geschäft an, um es auszurichten. Sie sagt, daß sie – oder ich – in den nächsten Tagen vorbeikommen werde, um meinen Lohnscheck abzuholen.

So, das wäre erledigt, und hier sind wir nun. Da ist etwas, wovon ich, wenn ich ehrlich bin, sagen muß, daß ich den Gedanken daran einfach nicht ertragen konnte –: nichts zu tun zu haben. Aber es zwang mich, endlich einzusehen, daß ich mich an meinen Job geklammert hatte, um meinen Schwierigkeiten aus dem Weg zu gehen. Jetzt war ich allein – mit Fonny, meinem Baby und mir.

Aber Joseph hat recht gehabt, und Fonny strahlt vor Freude. An den Tagen, an denen ich nicht zu Hayward gehe, besuche ich Fonny zweimal am Tag. Zur Sechs-Uhr-Besuchszeit bin ich immer dort. Und Fonny weiß, daß ich dort sein werde. Es ist sehr seltsam, aber nach und nach lerne ich jetzt etwas sehr Seltsames. Meine Anwesenheit, die von keinerlei praktischem Nutzen ist, die unter einem praktischen Gesichtspunkt sogar als Verrat angesehen werden kann, ist weit wichtiger als alles Praktische, was ich tun könnte. Jeden Tag, wenn er mein Gesicht sieht, weiß er von neuem, daß ich ihn liebe – und weiß Gott, das tue ich, mit jeder Stunde mehr und tiefer. Aber es ist nicht nur das. Es bedeutet, daß andere ihn auch lieben, ihn so sehr lieben, daß sie mir die Freiheit gegeben haben, bei ihm zu sein. Er ist nicht allein; wir sind nicht allein. Und während ich etwas entsetzt darüber bin, daß ich nichts mehr habe, was man eine Taille nennen könnte, ist er begeistert. «Da kommt sie ja! Dick wie zwei Fässer! Bist du dir sicher, daß es keine Zwillinge sind? Oder Drillinge? Mensch, wir würden Geschichte machen!»

Dabei wirft er den Kopf zurück, hält den Hörer, sieht mir in die Augen und lacht.

Und ich begreife, daß das Wachsen des Babys irgendwie mit seinem Verlangen verknüpft ist, frei zu sein. Nun, mir macht es nichts aus, wenn ich so dick wie zwei Fässer werde. Das Baby will raus. Fonny will raus. Und wir werden es schaffen: rechtzeitig.

Jaime ist pünktlich, und Sharon ist um 9 Uhr 30 in der *favella*. Jaime weiß ungefähr, wo das Haus liegt, aber er kennt die Dame nicht – zumindest ist er sich nicht sicher, ob er sie kennt. Er überlegt immer noch, als Sharon aus dem Taxi steigt.

Hayward hatte Sharon warnen wollen, als er ihr sagte, er sei nie imstande gewesen, eine *favella* zu beschreiben, und er bezweifle stark, daß sie nach ihrer Reise den Wunsch haben werde, es zu versuchen. Es ist bitter. Oben der blaue Himmel und die strahlende Sonne. Hier das blaue Meer, dort die Müllhalde. Es dauert einige Zeit, bis es einem klar wird: diese Müllhalde *ist* die *favella*. Häuser sind darauf errichtet – Behausungen; manche auf Stelzen, so als versuchten sie, sich über den Dunghaufen zu erheben. Manche haben Wellblechdächer. Manche haben Fenster. Zu allen gehören Kinder.

Jaime geht neben Sharon her, stolz darauf, ihr Beschützer zu sein, doch ist ihm nicht wohl bei dem Unternehmen. Der Gestank ist sagenhaft, aber die Kinder, die mit gellendem Geschrei bergauf und bergab rutschen, die dunkelhäutig, halbnackt, mit ihren strahlenden Augen und ihrem Gelächter ins Meer platschen und wieder herausgewatet kommen, scheinen sich nicht daran zu stoßen.

«Hier muß es sein», sagt Jaime, und Sharon tritt durch einen Torbogen in einen verfallenen Hof. Das Haus, vor dem sie steht, muß irgendwann einmal ein recht bedeutender privater Wohnsitz gewesen sein. Jetzt hat es nichts Privates mehr. Generationen von Farbe blättern von den Wänden ab, und das Sonnenlicht, das jeden Flecken und jeden Riß enthüllt, läßt sich nicht dazu herab, in die Zimmer vorzudringen: vor einigen Fenstern sind die Rolläden heruntergelassen, das heißt, soweit die Rolläden noch halten. Es ist lauter als bei der Probe eines ungeschulten Orchesters, und der Lärm von Säuglingen und Kindern ist das Thema: gewaltig entwikkelt kehrt es in außergewöhnlichen Harmonien in den Stimmen der älteren Leute wieder. Überall scheint es Türen zu geben – niedrig, dunkel und derb.

«Ich glaube, hier könnte es sein», sagt Jaime nervös und deutet auf eine der Türen. «Im zweiten Stock. Sie sagen, sie ist blond?»

Sharon sieht ihn an. Er ist ganz unglücklich. Er möchte nicht, daß sie allein hinaufgeht.

Sie berührt sein Gesicht mit der Hand: er erinnert sie plötzlich an Fonny, und das erinnert sie daran, warum sie hier ist.

«Warte hier auf mich», sagt sie. «Mach dir keine Sorgen. Ich bleibe nicht lange.»

Und sie tritt durch die Tür ins Haus und geht die Treppe hinauf, als ob sie genau wüßte, wohin sie geht. Im zweiten Stock gibt es vier Türen. An keiner steht ein Name. Eine steht ein wenig offen, und sie klopft an – und öffnet sie, während sie klopft, noch ein wenig mehr.

«Mrs. Rogers –?»

Ein sehr dünnes Mädchen mit riesigen dunklen Augen in einem dunklen Gesicht kommt barfuß, in einem geblümten Hauskleid, in die Mitte des Zimmers. Ihr lockiges Haar ist schmutzigblond. Sie hat vorgewölbte Backenknochen, schmale Lippen, einen breiten Mund: ein zartes, verletzliches, freundliches Gesicht. Ein goldenes Kruzifix funkelt an ihrem Hals.

Sie sagt: «Señora –?» und steht dann still da und starrt erschreckt mit ihren großen Augen Sharon an.

«Señora –?»

Denn Sharon hat noch nichts gesagt: sie steht einfach nur in der Tür und sieht sie aufmerksam an.

Das Mädchen befeuchtet sich mit der Zunge die Lippen. Wieder sagt sie:

«Señora –?»

Sie sieht jünger aus, als sie ist. Sie sieht wie ein kleines Mädchen aus. Dann macht sie eine Bewegung, und das Licht fällt anders auf sie, und Sharon erkennt sie.

Sharon lehnt sich an die offene Tür. Einen Augenblick lang hat sie wirklich Angst, umzukippen.

«Mrs. Rogers –?»

Die Augen des Mädchens verengen sich, und ihre Lippen kräuseln sich.

«Nein, Señora. Sie irren sich. Ich heiße Sanchez.»

Sie sehen einander an. Sharon lehnt immer noch an der Tür.

Das Mädchen macht einen Schritt auf die Tür zu, wie um sie zu schließen. Aber sie will Sharon nicht fortstoßen. Sie möchte sie nicht berühren. Sie macht einen Schritt, sie bleibt stehen; sie berührt das Kruzifix an ihrem Hals, starrt Sharon an. Sharon kann in dem Gesicht des Mädchens nicht lesen. Es ist Sorge darin, eine Besorgnis, die der Jaimes nicht unähnlich ist. Auch Schrecken ist darin, und ein gewisses verstecktes, ängstliches Mitgefühl.

Sharon ist sich immer noch nicht ganz sicher, ob sie sich wieder frei bewegen kann. Doch sie spürt, daß es, einerlei, ob sie sich bewegen kann oder nicht, besser ist, wenn sie in ihrer Stellung an der offenen Tür verharrt. Sie gewährt ihr eine Art Vorteil.

«Entschuldigen Sie, Señora, aber ich habe zu tun – wenn Sie gestatten. Ich kenne keine Mrs. Rogers. Vielleicht in einem der anderen Häuser hier –?» Sie lächelt matt und sieht zum offenen Fenster hin. «Aber hier gibt es so viele – Sie werden lange suchen müssen.»

Sie betrachtet Sharon voll Bitterkeit. Sharon richtet sich auf, und plötzlich sehen sie einander in die Augen – jede nun durch die andere gestützt.

«Ich habe ein Foto von Ihnen», sagt Sharon.

Das Mädchen sagt nichts. Sie versucht, belustigt dreinzublicken.

Sharon holt die Fotografie hervor und hält sie hoch. Das Mädchen geht zur Tür. Als sie näher kommt, bewegt sich Sharon von der Tür weg, ins Zimmer.

«Señora –! Ich sagte Ihnen doch, ich hab zu tun.» Sie mustert Sharon von oben bis unten. «Ich bin keine nordamerikanische Lady.»

«Ich bin keine Lady. Ich bin Mrs. Rivers.»

«Und ich bin Mrs. Sanchez. Was wollen Sie von mir? Ich kenne Sie nicht.»

«Ich weiß, daß Sie mich nicht kennen. Vielleicht haben Sie sogar noch nie von mir gehört.» Irgend etwas passiert in dem Gesicht des Mädchens: sie preßt die Lippen zusammen. Sie durchsucht die Tasche ihres Hauskleids nach ihren Zigaretten, bläst den Rauch unverschämt in Sharons Richtung. Doch dann: «Möchten Sie eine Zigarette, Señora?» Und sie hält Sharon das Päckchen hin.

Da ist ein Flehen in den Augen des Mädchens, und Sharon, mit zitternder Hand, nimmt die Zigarette, und das Mädchen gibt ihr Feuer. Sie steckt das Päckchen wieder in die Tasche ihres Hauskleids.

«Ich weiß, daß Sie mich nicht kennen. Aber ich denke, Sie müssen von mir gehört haben.»

Das Mädchen wirft einen kurzen Blick auf das Foto in Sharons Hand, sieht Sharon an, sagt nichts.

«Ich habe Pietro gestern abend getroffen.»

«Ah! Und er hat Ihnen das Foto gegeben?»

Das sollte eine spöttische Bemerkung sein. Sie erkennt, daß sie einen Fehler gemacht hat. Trotzdem – scheinen ihre Augen zu sagen, die herausfordernd in Sharons Augen starren –, es gibt so viele Pietros!

«Nein. Ich habe es von dem Anwalt bekommen, der Alonzo Hunt vertritt – den Mann, von dem Sie sagen, er habe Sie vergewaltigt.»

«Ich weiß nicht, wovon Sie reden.»

«Ich glaube, Sie wissen es.»

«Hören Sie. Ich habe gegen niemand etwas. Aber ich muß Sie bitten, jetzt zu gehen.»

Sie zittert und ist den Tränen nahe. Sie hat ihre beiden dunklen Hände fest vor sich zusammengepreßt, wie um sich daran zu hindern, Sharon anzurühren.

«Ich bin hier, um zu versuchen, einen Mann aus dem *Gefängnis* zu holen. Dieser Mann wird meine Tochter heiraten. Und er hat Sie nicht vergewaltigt.»

Sie holt das Foto von mir und Fonny hervor.

«Sehen Sie es sich an.»

Das Mädchen wendet sich ab, wieder dem Fenster zu, setzt sich auf das ungemachte Bett und starrt immer noch aus dem Fenster.

Sharon nähert sich ihr.

«Sehen Sie es sich an. Bitte. Das Mädchen ist meine Tochter. Der

Mann neben ihr ist Alonzo Hunt. Ist das der Mann, der Sie vergewaltigt hat?»

Das Mädchen will weder die Fotografie noch Sharon ansehen.

«Ist das der Mann, der Sie vergewaltigt hat?»

«Eines kann ich Ihnen sagen, Lady – Sie sind nie vergewaltigt worden.» Sie blickt kurz auf das Foto hinunter und dann kurz zu Sharon auf. «So sah er aus. Aber er lachte nicht.»

Nach einer Weile fragt Sharon: «Darf ich mich setzen?»

Das Mädchen sagt nichts, seufzt nur und verschränkt die Arme. Sharon setzt sich neben sie auf das Bett.

Rings um sie, in der Nachbarschaft, spielen mindestens zweitausend Transistorradios, und alle spielen sie B. B. King. Eigentlich kann Sharon nicht sagen, was die Radios spielen, aber sie erkennt den Beat: nie klang er lauter, eindringlicher, wehmütiger. Nie zuvor klang er so entschlossen und gefährlich. Dieser Beat findet sein Echo in den vielen menschlichen Stimmen, und das Meer bekräftigt ihn – es glitzert und glänzt hinter dem Müllhaufen der *favella*.

Sharon sitzt und horcht, horcht, wie sie nie zuvor gehorcht hat. Das Gesicht des Mädchens ist dem Fenster zugewandt. Sharon fragt sich, was sie da hört, was sie da sieht. Vielleicht sieht oder hört sie überhaupt nichts. Sie sitzt da in starrer, stiller Hilflosigkeit – ihre schmalen Hände hängen schlaff zwischen ihren Knien –, wie jemand, der schon öfter in eine Falle geraten ist.

Sharon betrachtet ihren zerbrechlichen Rücken. Das krause Haar des Mädchens fängt an auszutrocknen und ist an den Wurzeln dunkel. Der Beat, die Musik wird lauter, wird fast unerträglich, beginnt in Sharons Kopf zu dröhnen, so daß sie das Gefühl hat, gleich werde sie den Verstand verlieren.

Sie ist jetzt den Tränen nahe, und sie kann sich nicht erklären, warum. Sie steht von dem Bett auf und geht der Musik entgegen. Sie betrachtet die Kinder und beobachtet das Meer. In der Ferne dort ist ein Torbogen, nicht viel anders als der Torbogen, durch den sie gekommen ist – von den Mauren zurückgelassen. Sie dreht sich um und sieht das Mädchen an. Das Mädchen blickt zu Boden.

«Sind Sie hier geboren?»

«Hören Sie, Lady, ehe Sie weitermachen, will ich Ihnen nur sagen, Sie können mir nichts tun, ich bin hier nicht allein und hilflos, ich habe Freunde, das will ich Ihnen nur sagen!»

Und sie blitzt Sharon an, mit einem zornigen, verängstigten, zweifelnden Blick. Aber sie rührt sich nicht.

«Ich will Ihnen gar nichts tun. Ich versuche nur, einen Mann aus dem Gefängnis zu holen.»

Das Mädchen dreht sich auf dem Bett um und kehrt Sharon den Rücken zu.

«Einen unschuldigen Mann», fügt Sharon hinzu.

«Lady, ich glaube, Sie sind an der falschen Adresse – ich glaube es wirklich. Es hat keinen Sinn, daß Sie mit mir sprechen. Ich kann nichts tun!»

Sharon beginnt tastend: «Wie lange waren Sie in New York?»

Das Mädchen schnippt ihre Zigarette aus dem Fenster. «Zu lange.»

«Haben Sie Ihre Kinder dort gelassen?»

«Hören Sie. Lassen Sie meine Kinder aus dem Spiel.»

Es wird heiß in dem Zimmer, und Sharon legt ihre leichte Leinenjacke ab und setzt sich wieder auf das Bett.

«Ich», sagt sie behutsam, «bin auch eine Mutter.»

Das Mädchen sieht sie an, versucht eine verachtungsvolle Distanz zu wahren. Doch obwohl sie und der Neid Geschwister sind, ist Verachtung ihr fremd.

«Warum sind Sie hierher zurückgekehrt?» fragt Sharon.

Das ist nicht die Frage, die das Mädchen erwartet hatte. Tatsächlich ist es auch nicht die Frage, die Sharon stellen wollte.

Und sie sehen einander an, und die Frage schimmert zwischen ihnen, so wie das Licht auf dem Meer sich verändert.

«Sie sagten, Sie sind eine Mutter», sagt das Mädchen schließlich, steht auf und tritt wieder ans Fenster.

Diesmal folgt Sharon ihr, und sie starren gemeinsam aufs Meer hinaus. In einer Weise, angesichts der mürrischen Antwort des Mädchens, klären sich Sharons Gedanken. Sie liest aus der Antwort des Mädchens ein Flehen heraus, und so spricht sie jetzt anders zu ihr.

«Tochter. In dieser Welt passieren dir furchtbare Dinge, und wir alle sind fähig, furchtbare Dinge zu tun.» Sie blickt bedächtig aus dem Fenster; sie beobachtet das Mädchen. «Ich war eine Frau, bevor du eine Frau wurdest. Vergiß das nicht. Aber –» und sie wendet sich Victoria zu, zieht das Mädchen zu sich herum, die mageren Handgelenke, die knochigen Hände, die verschränkten Arme, und sie berührt sie leicht: sie versucht so zu sprechen, als spräche sie zu mir – «du mußt für die Lügen bezahlen, die du sprichst.» Sie starrt das Mädchen an. Das Mädchen starrt sie an. «Du hast einen Mann ins Gefängnis gebracht, Tochter, einen Mann, den du nie gesehen hast. Er ist 22 Jahre alt, Tochter, er möchte *meine* Tochter heiraten – und –» wieder blicken Victorias Augen in die ihren – «er ist schwarz.» Sie läßt das Mädchen los und wendet sich wieder dem Fenster zu. «Wie wir.»

«Ich *habe* ihn gesehen.»

«Du hast ihn bei der Polizei in der Reihe gesehen. Das war das *erste* Mal, daß du ihn gesehen hast. Und das *einzige* Mal.»

«Wieso sind *Sie* sich Ihrer Sache so sicher?»

«Weil ich ihn sein Leben lang kenne.»

«Ha!» sagt Victoria und versucht sich abzuwenden. Tränen steigen in die dunklen, besiegten Augen. «Wenn Sie wüßten, wie viele Frauen ich das habe sagen hören. Aber die haben ihn nicht gesehen – als *ich* ihn sah – als er zu *mir* kam! Das sehen die *nie*. Achtbare Frauen – so wie Sie! –, die sehen das nie.» Die Tränen rollen ihr jetzt über die Wangen. «Vielleicht haben Sie einen netten kleinen Jungen gekannt, und er war vielleicht ein netter Mann – bei *Ihnen*! Aber Sie kennen nicht den Mann, der das getan hat . . . der das getan hat . . . was er mir angetan hat!»

«Aber sind Sie», fragt Sharon, «sicher, daß *Sie* ihn kennen?»

«*Ja*, ich bin sicher. Sie brachten mich dorthin, und sie forderten mich auf, ihn herauszusuchen, und ich deutete auf ihn. Das ist alles.»

«Aber Sie waren . . . es passierte im Dunkeln. Und Alonzo Hunt sahen Sie . . . bei hellem Licht.»

«Der Hausflur ist beleuchtet. Ich habe genug gesehen.»

Sharon packt sie und berührt das Kruzifix.

«Tochter, Tochter. Im Namen Gottes.»

Victoria blickt auf die Hand an dem Kreuz hinunter, und sie schreit – ein Geräusch, wie Sharon noch nie eines gehört hat. Sie reißt sich von Sharon los und rennt zur Tür, die die ganze Zeit über offen gestanden hat. Sie schreit und ruft: «Verschwinden Sie! Verschwinden Sie!»

Türen gehen auf. Menschen kommen zum Vorschein. Sharon hört die Hupe des Taxis. *Eins-zwei, eins-zwei, eins-zwei-drei, eins-zwei-drei.* Victoria schreit jetzt auf spanisch. Eine der älteren Frauen im Flur kommt herüber an die Tür und nimmt Victoria in die Arme. Victoria bricht weinend am Busen der Frau zusammen. Und die Frau führt sie, ohne einen Blick auf Sharon zu werfen, davon. Aber alle anderen versammeln sich und starren Sharon an, und jetzt ist das einzige Geräusch, das Sharon hört, das Hupen von Jaimes Taxi.

Sie starren sie an, starren ihre Kleider an. Es gibt nichts, was sie ihnen sagen könnte. Sie geht in den Flur hinaus, auf sie zu. Ihre leichte Sommerjacke hängt über ihrem Arm, sie hält ihre Handtasche, sie hat die Fotografie von Fonny und mir in der Hand. Sie geht an ihnen vorbei, langsam, und langsam geht sie die Treppe hinunter. Menschen stehen auf jedem Absatz. Sie gelangt vom Hof auf die Straße hinaus, Jaime hält ihr die Taxitür auf. Sie steigt ein, er wirft die Tür zu, und wortlos fährt er sie davon.

Am Abend fährt sie zum Club. Aber der Portier erklärt ihr, Señor Alvarez werde heute abend nicht da sein, es gebe keine Tische für Frauen ohne Begleitung, und im übrigen sei der Club voll besetzt.

Die Seele ist wie ein Gegenstand, der Staub anzieht. Der Gegenstand weiß nicht, weiß ebensowenig wie die Seele, warum das, was an ihm haftenbleibt, haftenbleibt. Aber sobald irgend etwas über dich gekommen ist, läßt es dich nicht mehr los. Und so sah ich nach jenem Nachmittag am Gemüsestand überall und ständig Bell.

Damals wußte ich seinen Namen noch nicht. Ich erfuhr seinen Namen in der Nacht, als ich ihn danach fragte. Seine Dienstnummer hatte ich mir schon eingeprägt.

Ich hatte ihn bestimmt schon vor dem bewußten Nachmittag gesehen, aber bis dahin war er nur irgendein Polyp gewesen – einer von vielen. Nach jenem Nachmittag hatte er rote Haare und blaue Augen. Er war irgendwo in den Dreißigern. Er hatte einen Gang wie John Wayne: weit ausschreitend, als wollte er das ganze Universum gründlich säubern. Und er glaubte all diesen Mist: ein böser, dummer, infantiler Scheißer. Wie seine Helden hatte er einen hohlen Kopf, einen fetten Wanst, einen breiten Arsch, und seine Augen waren so blank wie George Washingtons Augen. Aber damals lernte ich etwas über die Leere solcher Augen. Und was ich da lernte, erschreckte mich zu Tode. Wenn du fest in dieses makellose Blau blickst, in diese Nadelspitze im Mittelpunkt des Auges, dann gewahrst du eine bodenlose Grausamkeit, eine kalte, eisige Bösartigkeit. In diesem Auge existierst du nicht: wenn du Glück hast. *Wenn* dieses Auge einmal gezwungen worden ist, dich aus seiner Höhe herab zu bemerken, wenn du in dem unglaublich frostigen Winter existierst, der hinter diesem Auge liegt, dann bist du gezeichnet, gezeichnet, gezeichnet – erkennbar wie ein Mann, der in einem schwarzen Mantel auf der Flucht durch den Schnee kriecht. Dem Auge mißfällt deine Anwesenheit in der Landschaft, du störst das Bild. Und sogleich wird der schwarze Mantel regungslos daliegen, wird sich blutrot färben, und der Schnee wird sich röten, und auch das mißfällt dem Auge, und es blinzelt einmal und läßt noch mehr Schnee fallen, der alles zudeckt. Manchmal war Fonny bei mir, wenn ich Bells Weg kreuzte, manchmal war ich allein. Wenn Fonny bei mir war, blickten die Augen starr geradeaus, in eine eisige Sonne. Wenn ich allein war, krallten sich die Augen an mir fest wie Katzenkrallen und kratzten über mich hin wie eine Harke. Diese Augen blicken nur in die Augen des besiegten Opfers. In andere Augen können sie nicht blicken. Wenn Fonny allein war, geschah das gleiche. Bells Augen glitten über Fonnys schwarzen Körper hin, mit der eindeutigen Grausamkeit der Geilheit, so als habe er schon die Lötlampe entzündet und auf Fonnys Geschlecht gerichtet. Wenn ihre Wege sich kreuzten, und ich war dabei, sah Fonny ihn offen an und Bell blickte starr geradeaus. *Ich werd dich fertigmachen, Junge*, sagten Bells Augen. *Nein, das wirst du nicht*, sagten Fonnys Augen. *Ich werde meinen Kram zusammenpacken und von hier verduften.*

Ich hatte Angst, denn dort, in den Straßen im Village, wurde mir klar, daß wir ganz allein waren. Außer uns selbst kümmerte sich kein Mensch um uns, und von denen, die uns liebten, war niemand hier.

Einmal sprach Bell mich an. Ich war auf dem Weg zu Fonny, es war spät, ich kam von der Arbeit. Ich war überrascht, ihn zu sehen, denn ich war an der Kreuzung der Fourteenth Street und der Eighth Avenue aus der Subway ausgestiegen, und er hielt sich gewöhnlich in der Gegend der Bleecker Street und der MacDougal Street auf. Ich hastete schnaufend und keuchend die Avenue hinunter – ich schleppte ein Paket mit allem möglichen Krimskrams, den ich bei dem Juden geklaut hatte –, als ich ihn langsam die Avenue heraufkommen sah, mir entgegen. Einen Moment lang hatte ich Angst, weil mein Paket, das Sachen wie Leim und Heftklammern und Wasserfarben und Papier und Reißzwecken und Nägel und Federn enthielt, heiß war. Aber das konnte er nicht wissen, und ich haßte ihn schon viel zu sehr, um mir Sorgen zu machen. Ich ging ihm entgegen, er kam mir entgegen. Es fing gerade an, dunkel zu werden, es war gegen sieben, 7 Uhr 30. Die Straßen waren voller Menschen: Leute auf dem Heimweg, torkelnde Trinker, fliehende Frauen, puertorikanische Kinder, Fixer – und da kam Bell.

«Darf ich Ihnen das tragen?»

Ich hätte fast das Paket fallen lassen. Tatsächlich, ich hätte fast in die Hose gemacht. Ich blickte in seine Augen.

«Nein», sagte ich, «vielen Dank», und ich wollte weitergehen, aber er stand mir im Weg.

Wieder blickte ich in seine Augen. Vielleicht ist es das erste Mal gewesen, daß ich wirklich in die Augen eines Weißen blickte. Das hielt mich fest, ich stand regungslos da. Es war nicht so, wie wenn man in die Augen eines Menschen blickt. Es war anders als alles, was ich kannte, und *darum* war es etwas sehr Mächtiges. Es war eine Verführung, die das Versprechen der Vergewaltigung umfaßte. Es war eine Vergewaltigung, die Erniedrigung und Rache versprach: auf beiden Seiten. Ich wollte näher an ihn herankommen, in ihn eindringen, dieses Gesicht öffnen und es verwandeln und es zerstören, mit ihm in den Schlamm hinabsteigen. Dann würden wir beide frei sein: fast hörte ich den Gesang.

«Na», sagte er mit sehr leiser Stimme, «Sie haben es ja auch nicht mehr weit. Trotzdem, ich hätte es Ihnen gern getragen.»

Ich sehe uns noch im Dämmerlicht in dem Gedränge der von Menschen wimmelnden Straße – da stehe ich mit meinem Paket und meiner Handtasche und starre ihn an, und er starrt mich an. Ich gehörte plötzlich ihm: eine Trostlosigkeit, wie ich sie noch nie empfunden hatte, befiel mich. Ich betrachtete seine Augen, seine feuchten, jungenhaften, verzweifelten Lippen, und fühlte, wie sein steif werdendes Geschlecht sich gegen mich drängte.

«Ich bin kein schlechter Kerl», sagte er. «Richten Sie das Ihrem Freund aus. Ihr braucht keine Angst vor mir zu haben.»

«Ich habe keine Angst», sagte ich. «Ich werd's ihm ausrichten. Danke.»

«Gute Nacht», sagte er.

«Gute Nacht», antwortete ich, und ich hastete weiter.

Ich habe Fonny nie davon erzählt. Ich konnte es nicht. Ich strich es aus meinem Gedächtnis. Ich weiß nicht, ob Bell jemals Fonny angesprochen hat – ich bezweifle es.

In der Nacht, in der Fonny verhaftet wurde, war Daniel bei uns. Er war ein bißchen betrunken. Er weinte. Er sprach wieder über seine Zeit im Gefängnis. Er hatte gesehen, wie neun Männer einen Jungen vergewaltigten: und *er* war vergewaltigt worden. Er würde nie, nie, nie wieder der Daniel sein, der er gewesen war. Fonny hielt ihn, hielt ihn gerade noch rechtzeitig, damit er nicht fiel. Ich ging Kaffee kochen.

Und dann kamen sie und pochten an die Tür.

2
Zion

. . . Wenn aber meine Füße Zion streifen,
Fürchte ich mich nimmermehr.

Aus einem alten Spiritual

Fonny arbeitet am Holz. Es ist ein weiches braunes Holz, und es steht auf seinem Arbeitstisch. Er hat beschlossen, eine Büste von mir zu machen. Die Wand ist mit Skizzen bedeckt. Ich bin nicht da.

Sein Werkzeug liegt auf dem Tisch. Er geht erschrocken um den Holzblock herum. Er möchte das Holz nicht berühren. Er weiß, daß er es berühren muß. Aber er will das Holz nicht entweihen. Er starrt und starrt, und fast weint er. Er wünscht, das Holz würde zu ihm sprechen. Er wartet darauf, daß das Holz zu ihm spricht. Solange es nicht spricht, kann er nichts tun. Ich bin irgendwo in dem Schweigen dieses Holzes gefangen, und er ist es ebenso.

Er nimmt einen Meißel zur Hand, er legt ihn weg. Er steckt sich eine Zigarette an, setzt sich auf seinen Arbeitsstuhl, starrt, nimmt den Meißel wieder in die Hand.

Er legt ihn weg, geht in die Küche, um sich ein Glas Bier einzugießen, kommt mit dem Bier zurück, setzt sich wieder auf den Stuhl, starrt auf das Holz. Das Holz starrt zurück, starrt *ihn* an.

«Du Votze», sagt Fonny.

Er nimmt den Meißel wieder in die Hand und nähert sich dem wartenden Holz. Er berührt es ganz leicht mit der Hand, er liebkost es. Er horcht. Er hält herausfordernd den Meißel an das Holz. Der Meißel fängt an sich zu bewegen. Fonny fängt an.

Und erwacht.

Er ist allein in einer Zelle, im obersten Geschoß des Gefängnisgebäudes. Er ist nur vorläufig hier. Bald wird man ihn nach unten bringen, in eine größere Zelle, zu anderen Männern. In der Ecke der Zelle steht ein Klosett. Es stinkt.

Und Fonny stinkt.

Er gähnt, wirft die Arme hinter den Kopf und dreht sich wütend auf der schmalen Pritsche um. Er horcht. Er kann nicht sagen, wie spät es ist, aber das macht nichts. Eine Stunde vergeht wie die andere, ein Tag wie der andere. Er blickt auf seine Schuhe, die, ohne Schnürbänder, neben der Pritsche auf dem Boden stehen. Er versucht, sich einen Grund für sein Hiersein zu sagen, einen Grund, etwas zu unternehmen oder nichts zu unternehmen. Er weiß, er muß etwas tun, um sich davor zu bewahren, daß er hier ertrinkt, und jeden Tag versucht er es. Aber es gelingt ihm nicht. Weder kann er sich in sich zurückziehen noch kann er aus sich heraustreten. Er hängt regelrecht in der Luft, er kann sich nicht rühren. Er kann sich nicht rühren vor Angst. Er steht auf und geht in die Ecke und pißt. Das Klosett funktioniert nicht richtig, bald wird es überlaufen. Er weiß nicht, was er dagegen tun soll. Er fürchtet sich, hier oben, so ganz allein. Aber er fürchtet sich auch vor dem Moment, wenn sie ihn nach unten verlegen werden, zu den anderen, die er bei den Mahlzeiten sieht, die ihn sehen. Er weiß, wer sie sind, er hat sie alle irgendwann schon einmal gesehen. Würde er ihnen draußen begegnen, wüßte er, was er ihnen zu sagen hätte. Hier weiß er nichts. Hier ist er stumm, hier ist er völlig verängstigt. Hier ist er jedermann ausgeliefert, und auch dem Stein und dem Stahl ist er ausgeliefert. Draußen ist er nicht mehr jung. Hier wird ihm klar, daß er noch jung ist, sehr jung, zu jung. Und – wird er hier alt werden?

Er starrt durch das kleine Loch in der Zellentür auf das, was er vom Flur sehen kann. Alles ist still und ruhig. Es muß noch sehr früh sein. Er überlegt, ob heute wohl der Tag ist, an dem er in den Duschraum geführt wird. Aber er weiß nicht, welcher Tag heute ist, er kann sich nicht erinnern, wie lange es her ist, daß er in den Duschraum geführt wurde. Heute werde ich jemanden fragen, denkt er, und dann werde ich mich wieder erinnern. Ich muß mich dazu zwingen, daß ich mich erinnere. Ich darf mich nicht so gehenlassen. Er versucht sich an alles zu erinnern, was er je über das Leben im Gefängnis gelesen hat. Er kann sich an nichts erinnern. Sein Kopf ist leer wie eine Muschel, tönt wie eine Muschel – ein sinnloses Rauschen, keine Fragen, keine Antworten, nichts. Und er stinkt. Er gähnt wieder, er kratzt sich, er zittert, und mit gewaltiger Anstrengung erstickt er einen Schrei, umklammert die Gitterstäbe des hohen Fensters und blickt hinauf in das Stück Himmel, das er von hier aus sehen kann. Das Berühren des Stahls beruhigt ihn ein wenig. Der kalte, rauhe Stein an seiner Haut tröstet ihn ein wenig. Er denkt an Frank, seinen Vater. Er denkt an mich. Er überlegt, was wir wohl gerade tun, jetzt, in diesem Augenblick. Er überlegt, was die ganze Welt, seine Welt, ohne ihn tut, warum er hier allein gelassen worden ist, vielleicht zum Sterben. Der Himmel hat die Farbe des Stahls. Schwere Tränen rollen über Fonnys Wangen, und dadurch jucken die Bartstoppeln in seinem Gesicht. Er kann seine Abwehrkräfte nicht aufbieten, weil er sich keinen Grund für sein Hiersein sagen kann.

Er legt sich wieder auf die Pritsche. Er hat noch fünf Zigaretten. Er weiß, daß ich ihm heute abend Zigaretten mitbringen werde. Er steckt sich eine Zigarette an und starrt auf die Rohre an der Decke. Er bebt am ganzen Leibe. Er versucht, sein Gemüt zu beruhigen. *Nur noch einen Tag. Mach dich nicht verrückt. Bleib ruhig.*

Er zieht an der Zigarette. Sein Schwanz wird hart. Er streichelt ihn abwesend, durch den Stoff seiner Unterhose – er ist sein einziger Freund. Er beißt die Zähne zusammen und leistet Widerstand, aber er ist jung, und er ist einsam, er ist allein. Er streichelt sich sanft und schließt wie in Andacht die Augen. Sein steifes Geschlecht antwortet glühend, und Fonny stöhnt und zieht wieder an der Zigarette. Er hält inne, aber seine Hand will nicht ruhig sein – kann nicht ruhig sein. Er zieht die Unterlippe zwischen seine Zähne, er möchte – aber die Hand will nicht ruhig sein. Er streift seine Unterhose ab und zieht die Decke bis zum Kinn herauf. Die Hand will nicht ruhig sein, sie greift fester zu, fester, bewegt sich schneller, und Fonnys Körper hebt sich und senkt sich. Oh. Er bemüht sich, an niemand zu denken, er bemüht sich, nicht an mich zu denken, er möchte mich nicht in Verbindung bringen mit dieser Zelle oder mit seinem Tun. Oh. Und er dreht sich, hebt sich, windet sich, und sein Bauch fängt an zu zittern. Oh. Und große Tränen sammeln sich hinter seinen Augen. Er möchte, daß es nie aufhört. Es muß aufhören. Oh. Oh. Oh. Er läßt die Zigarette auf den Steinfußboden fallen, er gibt sich ganz hin, er stellt sich vor, daß menschliche Arme ihn halten, er ächzt, er schreit fast, sein größer werdendes, brennendes Geschlecht treibt ihn dazu, den Rücken zu wölben, und seine Beine versteifen sich. Oh. Er möchte, daß es nie aufhört. Es muß aufhören. Er stöhnt. Es ist unfaßlich. Sein Geschlecht tropft, spritzt, explodiert – über seine Hand und seinen Bauch und seinen Sack. Er stöhnt. Nach einem langen Moment öffnet er die Augen, und die Zelle stürzt krachend auf ihn herab, Stahl und Stein, und bringt ihm zum Bewußtsein, daß er allein ist.

Um sechs Uhr wird er hinuntergebracht – zu mir.

Er erinnert sich daran, daß er den Hörer nehmen muß.

«He!» Und er grinst. «Wie geht's, Baby? Erzähl mir was.»

«Du weißt, ich hab nichts zu erzählen. Wie geht's dir?»

Er küßt die Glasscheibe. Ich küsse die Glasscheibe.

Aber er sieht nicht wohl aus.

«Hayward kommt dich morgen vormittag besuchen. Er glaubt, er hat jetzt einen festen Termin für die Verhandlung.»

«Für wann?»

«Bald. Sehr bald.»

«Was verstehst du unter bald? Morgen? Nächsten Monat? Nächstes Jahr?»

«Würde ich's dir erzählen, Fonny, wenn ich nicht wüßte, daß es bald ist? Würde ich das? Und Hayward hat mir *gesagt*, ich könnte es dir erzählen.»

«Ehe das Baby kommt?»

«O ja, ehe das Baby kommt.»

«Wann kommt es?»

«Bald.»

Da verändert sich sein Gesicht, und er lacht. Er droht mir im Spaß mit der Faust.

«Wie geht's ihm, dem Baby?»

«Es lebt und strampelt. Das kannst du mir glauben!»

«Verhaut dir den Arsch, was?» Er lacht wieder. «Meine gute Tish.»

Und wieder verändern sich seine Züge, und ein neues Leuchten tritt in sein Gesicht: er ist sehr schön.

«Hast du Frank gesehen?»

«Ja. Er macht 'ne Menge Überstunden. Er will morgen herkommen.»

«Kommt er mit dir?»

«Nein. Er kommt mit Hayward, am Vormittag.»

«Wie geht's ihm?»

«Gut geht's ihm, Baby.»

«Und was machen meine zwei tollen Schwestern?»

«Die sind immer noch die alten.»

«Noch nicht verheiratet?»

«Nein, Fonny. Noch nicht.»

Ich warte auf die nächste Frage:

«Und meine Mama?»

«Ich hab sie nicht gesehen. Natürlich. Aber anscheinend geht's ihr ganz ordentlich.»

«Ihr schwaches Herz hat sie noch nicht umgebracht, was? Ist deine Mama aus Puerto Rico zurück?»

«Noch nicht. Aber wir erwarten sie jeden Moment.»

Sein Gesicht verändert sich wieder.

«Aber – wenn dieses Mädchen nun immer noch sagt, ich hätte sie vergewaltigt, dann muß ich sicher 'ne Weile hierbleiben.»

Ich zünde mir eine Zigarette an, und ich drücke sie aus. Das Baby bewegt sich, als wollte es einen Blick von Fonny erhaschen.

«Mama glaubt, daß Hayward ihre Aussage zerpflücken kann. Die Frau muß irgendwie hysterisch sein. Im übrigen betätigt sie sich nebenbei als Hure – das ist ihrer Sache nicht gerade förderlich. Und du – du warst das Schwärzeste, was an dem Morgen in der Reihe zu sehen war. Da waren noch ein paar weiße Typen und ein Puertorikaner und ein paar hellbraune Brüder – aber du warst der einzige *Schwarze.*»

«Ich weiß nicht, wie weit das was zu bedeuten hat.»

«Na, zum Beispiel *kann* es bedeuten, daß das Verfahren eingestellt werden kann. Sie sagt, sie ist von einem Schwarzen vergewaltigt worden, und da haben die einfach *einen* Schwarzen in eine Reihe von lauter blassen Typen gestellt. Da sagt sie natürlich, daß du es gewesen bist. Wenn sie nach einem schwarzen Typ sucht, *weiß* sie, daß es keiner von den andern sein kann.»

«Und was ist mit Bell?»

«Nun, der hat schon einmal einen schwarzen Jungen umgebracht, genau wie ich dir gesagt hab. Und Hayward wird dafür sorgen, daß die Geschworenen das erfahren.»

«Scheiße. Wenn die Geschworenen das erfahren, werden Sie ihm wahrscheinlich einen Orden verleihen wollen. Weil er für Sicherheit auf den Straßen sorgt.»

«Fonny, denk so etwas nicht. Baby. Als dieser Scheißkram anfing, haben wir ausgemacht, daß wir immer nur von Tag zu Tag weitersehen und nicht durchdrehen und nicht zu weit vorausdenken wollen. Ich weiß genau, was du meinst, Liebster, aber es hat keinen Sinn, es so zu betrachten –»

«Fehle ich dir?»

«O Gott, ja. Und darum darfst du nicht durchdrehen. Ich warte auf dich, das Baby wartet auf dich!»

«Es tut mir leid, Tish. Es tut mir leid. Ich werd schon damit klarkommen. Ich will es, ehrlich. Aber – manchmal ist es schwer, denn ich hab hier nichts zu tun, verstehst du? Und manches, was in mir vorgeht, verstehe ich einfach nicht – vielleicht sehe ich jetzt manches, was ich vorher nie gesehen hab. Ich habe keine Worte dafür, und ich hab Angst. Ich bin nicht so zäh, wie ich dachte. Ich bin jünger, als ich dachte. Aber ich werd schon damit klarkommen. Ich versprech's dir. Ich versprech's dir, Tish. Wenn ich rauskomme, werde ich besser sein, als ich war, ehe ich hier reinkam. Ich versprech's dir. Ich weiß es. Tish! Vielleicht ist es so, daß ich etwas lernen mußte und – daß ich es nicht lernen konnte, ohne hier reinzukommen. Vielleicht. Vielleicht ist es das. O Tish – liebst du mich?»

«Ich liebe dich. Ich liebe dich. Du *mußt* es so sicher wissen, daß ich dich liebe, wie du weißt, daß krauses Haar auf deinem Kopf wächst.»

«Sehe ich schlimm aus?»

«Na, ich wollte, ich kriegte dich in die Hände! Aber für mich bist du schön.»

«Ich wollte auch, ich kriegte dich in die Hände!»

Schweigen senkt sich herab, und wir sehen uns an. Wir sehen uns an, als die Tür hinter Fonny aufgeht und der Mann erscheint. Das ist immer der furchtbarste Augenblick, wenn Fonny aufstehen und sich abwenden muß, wenn ich aufstehen und mich abwenden muß. Aber Fonny ist jetzt ganz ruhig. Er steht da und hebt die Faust. Er lächelt und steht einen Moment da und sieht mir direkt in die Augen. Irgend etwas wandert von ihm zu mir: es ist Liebe, und Mut. Ja. Ja. Wir werden es schaffen, irgendwie. Irgendwie. Ich stehe da und lächle und hebe die Faust. Er wendet sich dem Inferno zu. Ich gehe auf die Sahara zu.

Wie gewaltig sich die Welt verrechnen kann! Die Bezirksstaatsanwaltschaft, die Anklagebehörde, der Staat – *Das Volk gegen Alonzo Hunt!* – hat es fertiggebracht, jeden Zeugen, der für Alonzo Hunt aussagen sollte, zu kassieren, zu isolieren oder einzuschüchtern. Aber die Staatsanwaltschaft hat auch einen dicken Fehler gemacht, wie eine abgemagerte Sharon uns an dem Abend berichtet, an dem Ernestine sich Wagen und Chauffeur der Schauspielerin ausgeliehen und Mama vom Kennedy Airport abgeholt hat:

«Ich hab noch zwei Tage gewartet. Ich dachte, so darf das nicht enden. So *kann* die Sache doch nicht ausgehen. Jaime sagte, sie könnte und sie *würde* so ausgehen. Inzwischen hatte die Geschichte sich auf der ganzen Insel rumgesprochen. Jeder kannte sie. Jaime wußte mehr darüber, als ich selbst wußte. Er sagte, ich würde überall verfolgt, *wir* würden überall verfolgt, und eines Abends, im Taxi, bewies er es mir. Aber das erzähle ich euch ein andermal.»

Mamas Gesicht: auch sie sieht etwas, das sie nie zuvor gesehen hat.

«Ich konnte mich nicht mehr frei bewegen. Die letzten beiden Tage mußte Jaime für mich den Spion spielen, wirklich. Sie kannten sein Taxi besser, als sie ihn kannten, wenn ihr versteht, was ich meine. Die Leute kennen immer das Äußere besser, als sie das Innere kennen. Wenn sie Jaimes Taxi kommen sahen – klar, das war Jaime. Sie sahen gar nicht rein.»

Sharons Gesicht – und Josephs Gesicht.

«Also lieh er sich den Wagen von jemand anders. Auf diese Weise sahen sie ihn nicht kommen. Und wenn sie ihn dann *doch* sahen, machte es nichts aus, da er nicht mit mir zusammen war. Er war ein

Teil der Landschaft, wie das Meer, wie der Müllhaufen, er war etwas, das sie schon ihr ganzes Leben lang kannten. Sie brauchten ihn gar nicht anzusehen. So hatte ich das noch nie betrachtet. Vielleicht *wagten* sie nicht, ihn anzusehen, so wie sie die Müllhalde nicht ansehen. So wie sie sich selbst nicht ansehen – wie *wir* uns selbst nicht ansehen. So hatte ich das noch nie betrachtet. Nie. Ich spreche nicht Spanisch, und sie sprechen nicht Englisch. Aber wir leben auf der gleichen Müllhalde. Aus dem gleichen Grund.»

Sie sieht mich an.

«Aus dem gleichen Grund. So hatte ich es noch nie betrachtet. Wer *immer* Amerika entdeckt hat, er *verdiente* es, in Ketten in sein Land zurückgeschleppt zu werden und zu sterben.»

Wieder sieht sie mich an.

«Du wirst das Kind zur Welt bringen, hörst du?» Und sie lächelt. Sie lächelt. Sie ist ganz nahe bei mir. Und sie ist sehr weit weg. «Wir werden nicht zulassen, daß jemand dieses Kind in Ketten legt. Das ist alles.»

Sie steht auf und geht langsam durch die Küche. Wir beobachten sie: sie *hat* abgenommen. Sie hält ein Glas Gin mit Orangensaft in der Hand. Ich weiß, daß sie noch nicht alles gesagt hat. Mir wird bewußt, weil ich sie mit den Tränen kämpfen sehe, daß sie wirklich im Grunde noch jung ist.

«Wie auch immer. Er war dort, Jaime war dort, als sie das Mädchen wegbrachten. Sie schrie. Sie hatte eine Fehlgeburt – es hatte gerade angefangen. Pietro trug sie in seinen Armen die Treppe hinunter. Sie blutete schon.»

Sie nippt an ihrem Drink. Sie steht an unserem Fenster, sehr allein.

«Sie wurde ins Gebirge gebracht, an einen Ort, der *Barranquitas* heißt. Man muß wissen, wo das ist, wenn man dorthin will. Jaime sagt, man wird sie nie wiedersehen.»

Damit ist der Prozeß geplatzt, die Anklage hat sich um ihre Hauptbelastungszeugin gebracht. Wir haben noch eine schwache Hoffnung: wir hoffen auf Daniel, aber keiner von uns kann ihn besuchen – wir könnten es auch dann nicht, wenn wir wüßten, wo er zu finden wäre. Er ist in ein Gefängnis irgendwo im Norden verlegt worden: Hayward bemüht sich, Näheres zu erfahren, Hayward ist an dem Fall interessiert.

Die Staatsanwaltschaft wird Aufschub beantragen. Wir werden beantragen, daß die Anklage fallengelassen und das Verfahren eingestellt wird. Aber wir müssen bereit sein, uns auf Haftentlassung gegen Kaution zu einigen, falls der Staat nachgibt – und falls wir die Kaution aufbringen können.

«Na gut», sagt Joseph. Er steht da, geht zum Fenster, steht neben Sharon, berührt sie aber nicht. Sie betrachten ihre Insel.

«Bist du okay?» fragt Joseph und zündet eine Zigarette an und gibt sie ihr.

«Ja. Ich bin okay.»

«Dann wollen wir mal rübergehen. Du bist müde. Und du warst lange unterwegs.»

«Gute Nacht», sagt Ernestine mit fester Stimme, und Sharon und Joseph gehen Arm in Arm durch den Flur, zu ihrem Zimmer. In gewisser Weise sind *wir* jetzt ihre Eltern. Und das Baby strampelt wieder. Zeit.

Aber die Wirkung all dessen auf Frank ist verheerend, ist einfach verhängnisvoll, und es ist Joseph, der ihm die Neuigkeiten überbringen muß. Außerdem haben beide jetzt so unregelmäßige Arbeitszeiten, daß er ihm die Neuigkeiten ins Haus bringen muß.

Ohne ein Wort ist es ihm gelungen, Ernestine und mir zu verbieten, den Hunts irgend etwas zu sagen.

Es ist gegen Mitternacht.

Mrs. Hunt ist im Bett. Adrienne und Sheila sind gerade heimgekommen. Sie stehen im Nachthemd in der Küche und kichern und trinken Ovomaltine. Adriennes Hintern geht langsam in die Breite, aber für Sheila besteht keinerlei Hoffnung mehr. Jemand hat Sheila erzählt, daß sie Merle Oberon, einer unbedeutenden Schauspielerin, ähnlich sehe, die sie zufällig in der *Late Late Show* gesehen hat, und nun hat sie sich die Augenbrauen gestutzt – in der gleichen Absicht, aber nicht mit dem gleichen Effekt. Die kleine Oberon wurde immerhin für ihre beunruhigende Ähnlichkeit mit einem Ei bezahlt.

Joseph muß früh am Morgen im Hafen sein, und so darf er keine Zeit verschwenden. Das gleiche gilt für Frank, der auch früh in der Stadt sein muß.

Frank stellt Joseph ein Bier hin und gießt sich selbst etwas Wein ein. Joseph trinkt einen Schluck von seinem Bier. Frank schlürft seinen Wein. Sie sehen einander einen langen, furchtbaren Augenblick an, beide sind sich des Gelächters der Mädchen in der Küche bewußt. Frank möchte dem Gelächter ein Ende machen, aber er kann seine Augen nicht von Josephs Augen abwenden.

«Nun?» sagt Frank.

«Fasse dich. Ich muß dir einen schweren Schlag versetzen. Der Prozeß ist verschoben, weil das Mädchen, die Puertorikanerin, verstehst du, ihr Baby verloren hat, und es sieht so aus, als ob sie dazu auch noch übergeschnappt ist, den Verstand verloren hat, Mann! Jedenfalls steckt sie irgendwo in den Bergen von Puerto Rico, und sie kann nicht reisen, und keiner kann sie besuchen, und sie kann jetzt nicht nach New York kommen, *unmöglich*, und darum will die Stadt, daß der Prozeß aufgeschoben wird – bis die Frau *kann.*»

Frank sagt nichts. – Joseph sagt: «Verstehst du, was ich sage?»

Frank schlürft seinen Wein und sagt, ganz ruhig: «Ja. Ich verstehe.»

Sie hören die gedämpften Stimmen der Mädchen in der Küche: dieses Geräusch treibt die beiden Männer fast in den Wahnsinn.

Frank sagt: «Du sagst mir also, daß sie Fonny im Gefängnis behalten wollen, bis die Frau wieder bei Verstand ist.» Er trinkt wieder einen kleinen Schluck von seinem Wein und sieht Joseph an. «Richtig?»

Irgend etwas an Franks Aussehen macht Joseph plötzlich Angst, aber er weiß nicht, was es ist.

«Na ja – das haben sie jedenfalls vor. Aber es könnte uns gelingen, ihn rauszuholen, gegen Kaution.»

Frank sagt nichts. Die Mädchen draußen in der Küche kichern.

«Wieviel Kaution?»

«Das wissen wir nicht. Die Summe ist noch nicht festgesetzt.» Er trinkt einen Schluck Bier, und er bekommt immer mehr Angst – eine unbestimmte, aber tiefe Angst.

«Wann wird sie festgesetzt?»

«Morgen. Übermorgen.» Er muß es sagen: «Falls –»

«Falls was?»

«Falls sie unser Gesuch bewilligen, Mann. Sie sind nicht *gezwungen*, ihn gegen Kaution freizulassen.» Und da ist noch etwas, das er sagen muß. «Und – ich glaube nicht, daß es so kommt, aber es ist besser, auf das *Schlimmste* gefaßt zu sein – sie *könnten* versuchen, die Anklage gegen Fonny zu verschärfen, weil das Mädchen ihr Baby verloren hat und anscheinend übergeschnappt ist.»

Schweigen: das mädchenhafte Kichern in der Küche.

Joseph kratzt sich unter der Achsel und beobachtet Frank. Joseph fühlt sich immer unbehaglicher.

«So», sagt Frank schließlich mit eisiger Ruhe, «dann sind wir also aufgeschmissen.»

«Wie kommst du darauf, Mann? Es ist hart, ich geb's zu, aber noch ist nicht alles aus.»

«Oh, doch», sagt Frank, «es *ist* aus. Sie haben ihn in der Zange. Sie werden ihn nicht loslassen, ehe sie mit ihm fertig sind. Und sie sind noch nicht fertig. Und wir können nichts dagegen tun.»

Aus seiner Angst heraus schreit Joseph: «Wir *müssen* etwas dagegen tun!» Er hört seine Stimme, sie drängt gegen die Wände an, gegen das mädchenhafte Gelächter aus der Küche.

«Was . . . können wir dagegen tun?»

«Wenn sie ihn gegen Kaution freilassen, das Kleingeld zusammenbringen –»

«Wie?»

«Mann, was weiß ich! Ich weiß nur, daß wir es zusammenbringen *müssen*!»

«Und wenn sie ihn nicht gegen Kaution freilassen?»

«Wir holen ihn *raus*! Ich scher mich nicht drum, was wir tun müssen, um ihn rauszuholen!»

«Ich auch nicht! Aber was können wir *tun*?»

«*Ihn rausholen.* Das ist's, was wir tun müssen. Wir beide wissen, daß er da drinnen nichts verloren hat. Und diese verlogenen Scheißer, die wissen das auch.» Er ist aufgestanden. Er zittert. In der Küche ist es still. «Hör zu. Ich weiß, was du sagen willst. Du willst sagen, sie haben uns in der Falle. Okay. Aber es ist unser Fleisch und Blut, Baby: *unser Fleisch und Blut.* Ich weiß nicht, *wie* wir's schaffen werden. Ich weiß nur, *daß* wir's schaffen müssen. Ich weiß, du hast um dich keine Angst, und Gott weiß, ich habe auch keine Angst um mich. Der Junge muß da raus. Das ist alles. Und wir müssen ihn rausholen. Das ist alles. Und das allererste ist, Mann, daß wir nicht die Nerven verlieren dürfen. Wir dürfen nicht zulassen, daß diese heimtückischen weißärschigen Scheißer mit dieser Schweinerei noch länger durchkommen.» Er setzt sich, er trinkt von seinem Bier. «Die haben lange genug unsere Kinder gemordet.»

Frank sieht zur offenen Küchentür hinüber, wo seine beiden Töchter stehen.

«Ist alles in Ordnung?» fragt Adrienne.

Frank schmettert sein Weinglas zu Boden, es klirrt und zersplittert. «Ihr zwei blöden halbweißen Votzen! Verflucht, geht mir aus den Augen, habt ihr verstanden? *Geht mir aus den Augen, verflucht noch mal!* Wenn ihr richtige Frauen wärt, dann würdet ihr hier im Block euren Arsch verhökern, um euren Bruder aus dem Gefängnis zu holen, statt es all diesen lahmarschigen Tunten, die euch mit einem Buch unterm Arm beschnuppern, gratis zu besorgen. Geht zu Bett! Geht mir aus den Augen!»

Joseph beobachtet die Töchter. Er sieht etwas sehr Seltsames, etwas, das er nie erwartet hätte: er sieht, daß Adrienne ihren Vater liebt – mit ehrlich verzweifelter Liebe. Sie weiß, er leidet. Sie würde ihn trösten, wenn sie nur könnte, aber sie weiß nicht, wie. Sie gäbe alles darum, wenn sie wüßte, wie. Sie weiß nicht, daß sie Frank an ihre Mutter erinnert.

Wortlos schlägt sie die Augen nieder und wendet sich ab, und Sheila folgt ihr.

Die Stille ist erdrückend – sie breitet sich immer weiter aus. Frank stützt den Kopf in die Hände. Und da sieht Joseph, daß Frank seine Töchter liebt.

Frank sagt nichts. Tränen fallen auf den Tisch, tropfen von den Händen herab, mit denen er sein Gesicht bedeckt hat. Joseph beobachtet es: die Tränen rinnen von der Handfläche auf den Knöchel herab und tropfen – mit einem leichten, leichten, unerträglichen Geräusch – auf den Tisch. Joseph weiß nicht, was er sagen soll. Trotzdem:

«Jetzt ist nicht die Zeit, um zu weinen, Mann», sagt er. Er trinkt sein Bier aus. Er beobachtet Frank: «Na, geht's dir einigermaßen?»

Schließlich sagt Frank: «Ja. Schon gut.»

Joseph sagt: «Schlaf ein bißchen. Wir müssen morgen früh auf den Beinen sein. Nach Feierabend spreche ich mit dir. Hast du kapiert?»

«Jaah», sagt Frank. «Ich hab's kapiert.»

Als Fonny erfährt, daß der Prozeß verschoben ist, und erfährt, warum, und welche Folgen Victorias Unglück für sein eigenes Unglück haben kann – ich bin es, die es ihm sagt –, geschieht etwas ganz Seltsames, ganz und gar Wunderbares in ihm. Nicht daß er die Hoffnung aufgäbe – aber er klammert sich jetzt nicht mehr daran.

«Okay.» Das ist alles, was er sagt.

Mir ist, als sähe ich seine vorgewölbten Wangenknochen zum erstenmal und vielleicht stimmt das sogar – er hat so sehr abgenommen. Er sieht mir in die Augen, sieht in mich hinein. Seine Augen sind riesig, tief und dunkel. Ich bin erleichtert und ängstige mich zugleich. Er hat einen Schritt getan – nicht fort von mir: aber er hat einen Schritt getan. Er steht irgendwo, wo ich nicht bin.

Und er starrt mich mit diesen schweren, riesigen Augen an und fragt:

«Geht's dir auch gut?»

«Ja. Ganz gut.»

«Und geht's dem Baby gut?»

«Ja. Dem Baby geht's *sehr* gut.»

Er grinst. Es ist, irgendwie, ein Schock. Ich werde immer die

Lücke sehen, wo der Zahn gefehlt hat.

«Schön. Mir geht's auch ganz gut. Mach dir keine Sorgen. Ich komme heim. Ich komme heim, zu dir. Ich muß dich in meinen Armen haben. Ich muß deine Arme um mich haben. Ich muß unser Baby in den Armen halten. So soll es sein. Behalte dein Vertrauen.»

Und wieder grinst er, und alles in mir bewegt sich. Oh, Liebe. Liebe.

«Mach dir keine Sorgen. Ich komme heim.»

Er grinst noch einmal und steht da und grüßt mich. Er sieht mich an, ganz fest, mit einem Ausdruck, wie ich ihn noch nie in einem Gesicht gesehen habe. Er berührt kurz seine Lippen, und er beugt sich vor, um die Glasscheibe zu küssen. Ich küsse die Glasscheibe.

Jetzt weiß Fonny, warum er hier ist – warum er dort ist, wo er ist; jetzt wagt er es, sich umzusehen. Er ist nicht für etwas, das er getan hätte, hier. Das hat er immer gewußt. Aber jetzt weiß er es anders. Bei den Mahlzeiten, im Duschraum oder wenn er die Treppe hinauf- oder hinuntergeführt wird, sieht er die anderen an, hört zu: was haben *sie* getan? Nicht viel. Die, die viel tun, haben die Macht, diese Menschen dorthin zu bringen, wo sie sind, und sie festzuhalten, wo sie sind. Diese gefangenen Männer sind der versteckte Preis für eine versteckte Lüge: die Rechtschaffenen müssen sagen können, wer und wo die Verdammten sind. Die, die viel tun, haben die Macht und das Bedürfnis, über die Verdammten zu bestimmen. Aber das, denkt Fonny, gilt für beide. *Du bist drin oder du bist draußen. Okay. Ich verstehe. Scheißkerle. Ihr werdet mich nicht hängen.*

Ich bringe ihm Bücher, und er liest. Wir besorgen ihm Papier, und er zeichnet. Jetzt, wo er weiß, woran er ist, fängt er an mit den Männern zu sprechen, richtet sich sozusagen ein. Er weiß, daß ihm hier alles passieren kann. Aber seit er das weiß, kann er nicht mehr die Augen davor verschließen: er muß der Gefahr trotzen, sogar darüber spotten, damit spielen, sie herausfordern.

Er wird in eine Einzelzelle gesteckt, weil er sich dagegen gewehrt hat, vergewaltigt zu werden. Er verliert einen Zahn, wieder, und beinahe büßt er ein Auge ein. Irgend etwas verhärtet sich in ihm, irgend etwas verändert sich für immer, seine Tränen gefrieren ihm im Leib. Aber er ist dem Vorgebirge der Verzweiflung entkommen. Er kämpft um sein Leben. Er sieht das Gesicht seines Kindes vor sich, er hat eine Verabredung, die er einhalten muß, und er wird zur Stelle sein – er schwört es, während er dort in der Scheiße sitzt und schwitzt und stinkt –, wenn das Baby kommt.

Hayward erreicht, daß jetzt die Möglichkeit besteht, durch Zahlung einer Kaution Fonnys Freilassung zu erwirken. Aber die Summe ist hoch. Und es wird Sommer. – Zeit.

Eines Tages – es war ein Tag, den ich nie vergessen werde – fuhr Pedrocito mich von dem spanischen Restaurant nach Hause, und schwer, schwer, schwer schleppte ich mich zu meinem Sessel und setzte mich.

Das Baby war unruhig, und ich hatte Angst. Es war beinahe so weit. Ich war so müde, fast hätte ich sterben mögen. Ich hatte Fonny, da er in Einzelhaft war, lange Zeit nicht besuchen können. An diesem Tag hatte ich ihn gesehen. Er war so mager; er war so zerschlagen: fast hätte ich aufgeschrien. Zu wem, wohin? Diese Frage sah ich in Fonnys riesigen, schrägen schwarzen Augen – Augen, die jetzt brannten wie die Augen eines Propheten. Doch als er grinste, sah ich wieder meinen Geliebten, so als sähe ich ihn das erste Mal.

«Wir müssen dafür sorgen, daß du etwas Fleisch auf die Rippen kriegst», sagte ich. «Herr, erbarme dich!»

«Sprich lauter. Er kann dich nicht hören.» Aber er sagte es mit einem Lächeln.

«Wir haben das Geld für die Kaution fast beisammen.»

«Ich dachte mir, daß ihr's schaffen würdet.»

Wir saßen da, und wir sahen einander nur an. Wir waren zusammen, wir liebten uns durch all das Glas und den Stein und den Stahl.

«Hör zu, bald bin ich draußen. Ich komme heim, weil ich froh bin, daß ich hierherkam, kannst du das verstehen?»

Ich beobachtete seine Augen.

«Ja», sagte ich.

«*Also.* Ich bin ein Handwerker», sagte er. «Wie einer, der – Tische macht. Ich mag das Wort Künstler nicht. Vielleicht hab ich's nie gemocht. Ich weiß wirklich nicht, was es bedeutet. Ich bin einer, der aus den Lenden heraus arbeitet, mit seinen Händen. Ich weiß jetzt, worum es geht. Ich glaube, ich weiß es wirklich. Auch wenn ich untergehe. Aber ich glaube nicht, daß ich untergehe. Jetzt nicht mehr.»

Er ist sehr weit weg von mir. Er ist bei mir, aber er ist sehr weit weg. Und jetzt wird er es immer sein.

«Wo du hingehst», sagte ich, «da will ich auch hingehen.»

Er lachte. «Baby. Baby. Baby. Ich liebe dich. Und ich werde uns einen Tisch *bauen*, und viel Volk soll daran essen auf lange, lange Zeit.»

Von meinem Sessel aus blickte ich aus meinem Fenster, über diese furchtbaren Straßen hin.

Das Baby fragte:

Ist denn nicht ein Gerechter unter ihnen?

Und es trat wieder, doch diesmal war es ein gewaltiger Unterschied, und ich wußte, daß meine Zeit nun fast gekommen war. Ich erinnere mich, daß ich auf meine Uhr sah: es war zwanzig vor acht. Ich war allein, aber ich wußte, daß bald jemand zur Tür hereinkommen würde. Wieder trat das Baby, und ich rang nach Atem, und fast hätte ich laut geschrien, und da klingelte das Telefon.

Ich schleppte mich durchs Zimmer, schwer, schwer, schwer, und ich nahm den Hörer ab.

«Hallo –?»

«Hallo – Tish? Hier ist Adrienne.»

«Wie geht's, Adrienne?»

«Tish – hast du meinen Vater gesehen? Ist Frank bei euch?»

Ihre Stimme schlug mich fast zu Boden. Nie hatte ich solches Entsetzen gehört.

«Nein. Warum?»

«Wann hast du ihn zuletzt gesehen?»

«Wieso – ich *hab* ihn nicht gesehen. Ich weiß, daß er mit Joseph gesprochen hat. Aber *ich* hab ihn *nicht* gesehen.»

Adrienne schluchzte. Es klang schrecklich am Telefon.

«Adrienne! Was ist? *Was ist denn los?*»

Und ich erinnere mich, daß in diesem Augenblick alles stillstand. Die Sonne stand still, und die Erde stand still, und der Himmel starrte wartend hernieder, und ich legte die Hand auf mein Herz, um es wieder zum Schlagen zu bringen.

«Adrienne! *Adrienne!*»

«Tish – mein Daddy ist aus seinem Job geflogen vor zwei Tagen – sie haben gesagt, er hätte gestohlen, und sie haben gedroht, ihn ins Gefängnis zu bringen ... Und er war ganz verzweifelt, wegen Fonny und allem, und er war betrunken, als er heimkam, und er hat uns alle verflucht, und dann ist er aus dem Haus gegangen, und keiner hat ihn seitdem gesehen ... Tish, weißt du nicht, wo mein Vater ist?»

«Adrienne, Baby, ich weiß es nicht. Ich schwör's bei Gott, ich weiß es nicht. Ich hab ihn nicht gesehen.»

«Tish, ich weiß, du magst mich nicht –»

«Adrienne, du und ich, wir hatten einen kleinen Streit, aber das ist doch nicht schlimm. Das ist normal. Das heißt doch nicht, daß ich dich nicht mag. Ich würde dir nie weh tun wollen, bestimmt nicht. Du bist Fonnys *Schwester.* Und wenn ich ihn liebe, *muß* ich dich lieben. Adrienne –?»

«Wenn du ihn siehst – rufst du mich dann an?»

«Ja. Ja. Ja, natürlich.»

«Bitte. Bitte. Bitte. Ich hab so Angst», sagte Adrienne mit einer leisen, ganz und gar veränderten Stimme, und sie legte auf.

Ich legte den Hörer auf, und der Schlüssel drehte sich im Schloß, und Mama kam herein.

«Tish, was hast du?»

Ich ging wieder zu meinem Sessel und setzte mich.

«Das war Adrienne. Sie sucht Frank. Sie hat gesagt, daß er aus seinem Job geflogen ist und daß er ganz verzweifelt war. Und Adrienne, die arme – es hörte sich an, als ob sie völlig fertig wäre. Mama –» und wir starrten einander an, und das Gesicht meiner

Mutter war so ruhig wie der Himmel – «hat Daddy ihn gesehen?»

«Ich weiß nicht. Aber Frank ist nicht hier gewesen.»

Sie stellte ihre Handtasche auf den Fernsehapparat und kam herüber und legte mir die Hand auf die Stirn.

«Wie fühlst du dich?»

«Müde. Komisch.»

«Soll ich dir einen kleinen Cognac holen?»

«Ja. Danke, Mama. Das ist vielleicht eine gute Idee. Vielleicht hilft er, meinen Magen zu beruhigen.»

Sie ging in die Küche und kam mit einem Glas Cognac zurück und gab es mir in die Hand.

«Ist dir schlecht?»

«Ein bißchen. Aber das geht schon vorbei.»

Ich nippte an dem Cognac, und ich beobachtete den Himmel. Mama beobachtete mich einen Augenblick, dann ging sie wieder. Ich beobachtete den Himmel. Es war, als wollte er mir etwas sagen. Ich war irgendwo an einem seltsamen Ort, allein. Alles war ruhig. Sogar das Baby war ruhig.

Sharon kam zurück.

«Hast du Fonny heute gesehen?»

«Ja.»

«Und wie ging's ihm?»

«Er ist großartig. Sie haben ihn zusammengeschlagen, aber sie haben ihn nicht *geschlagen* – wenn du verstehst, was ich meine? Er ist großartig.»

Aber ich war so müde – ich erinnere mich, daß ich kaum sprechen konnte. Irgend etwas bereitete sich in mir vor. Das war es, was ich fühlte, als ich in dem Sessel saß und den Himmel beobachtete – und ich konnte mich nicht rühren. Ich konnte nichts tun, nur warten.

Bis daß meine Veränderung komme!

«Ich glaube, Ernestine hat jetzt den Rest des Geldes», sagte Sharon und lächelte. «Von ihrer Schauspielerin.»

Ehe ich etwas sagen konnte, klingelte es, und Sharon ging an die Tür. Irgend etwas in ihrer Stimme, dort an der Tür, ließ mich hochfahren, und ich ließ das Cognacglas fallen. Ich erinnere mich noch an Sharons Gesicht, sie stand hinter meinem Vater, und ich erinnere mich an das Gesicht meines Vaters.

Frank war gefunden worden, erzählte er uns, weit, weit draußen am Fluß, im Wald – er hatte in seinem Auto gesessen, bei geschlossenen Türen und bei laufendem Motor.

Ich setzte mich in meinen Sessel.

«Weiß Fonny es schon?»

«Ich glaube nicht. Noch nicht. Er wird es nicht vor morgen erfahren.»

«Ich muß es ihm sagen.»

«Vor morgen kannst du nicht hingehen, Tochter.»

Joseph setzte sich.

Sharon fragte mich streng: «Wie fühlst du dich, Tish?»

Ich machte den Mund auf und wollte etwas sagen – ich weiß nicht was. Und als ich den Mund öffnete, kriegte ich keine Luft. Alles verschwand, alles, außer den Augen meiner Mutter. Ein unfaßbares Wissen war zwischen uns. Dann sah ich nur noch Fonny. Und dann schrie ich, und meine Zeit war gekommen.

Fonny arbeitet am Holz, am Stein, er pfeift, er lächelt. Und von weit her, aber immer näher kommend, schreit das Baby und schreit und schreit und schreit und schreit und schreit und schreit und schreit – schreit, als wollte es die Toten wecken.

(Columbus Day) 12. Oktober 1953
St. Paul de Vence

Moderne amerikanische Autoren

(Eine Auswahl)

John Barth
Ambrose im Juxhaus. Fiktionen für den Druck, das Tonband und die menschliche Stimme [dnb 28*]

Alan Lelchuk
Amerikanische Streiche · Roman

Thomas Pynchon
Die Versteigerung von N° 49. Roman [dnb 42*]

Philip Roth
Portnoys Beschwerden. Roman · Lucy Nelson oder Die Moral. Roman
Unsere Gang. Die Story von Trick E. Dixon und den Seinen [dnb 10*]

Ed Sanders
The Family. Die Geschichte von Charles Manson und seiner Strand-Buggy-Streitmacht [dnb 14*]

Hubert Selby
Letzte Ausfahrt Brooklyn · Mauern. Roman

John Updike
Auf der Farm. Roman · Das Fest am Abend. Roman · Gesammelte Erzählungen [Sonderausgabe] · Hasenherz. Roman · Der Zentaur. Roman · Unter dem Astronautenmond. Roman

Eudora Welty
Die Tochter des Optimisten. Roman

Tom Wolfe
Das bonbonfarbene tangerinrot- gespritzte Stromlinienbaby · Radical Chic und Mau Mau bei der Wohlfahrtsbehörde [dnb 5*]

* Eine Veröffentlichung des Rowohlt Taschenbuch Verlages

Rowohlt

James Baldwin

Sag mir, wie lange ist der Zug schon fort
Roman · 432 Seiten · Geb.

Gesammelte Erzählungen
Sonderausgabe · 256 Seiten · Geb.

Gehe hin und verkünde es vom Berge
Roman · 272 Seiten · Geb.
Taschenbuch-Ausgabe: rororo 1415

Eine andere Welt
Roman · Sonderausgabe · 456 Seiten · Geb.

Giovannis Zimmer
Roman · Taschenbuch-Ausgabe: rororo 999

Hundert Jahre Freiheit
ohne Gleichberechtigung oder The Fire Next Time
rororo aktuell 634

Blues für Mr. Charlie / Amen Corner
Zwei Schauspiele · rororo 1385

Eine Straße und kein Name
das neue buch 23

Sie nannten ihn Malcolm X
Ein Drehbuch · rororo 1750

Rowohlt